この世界にはレベル30の俺と、
レベル5以下のその他。そして、
レベル100の魔王しか居ない！

著　はいじ
画　高山しのぶ

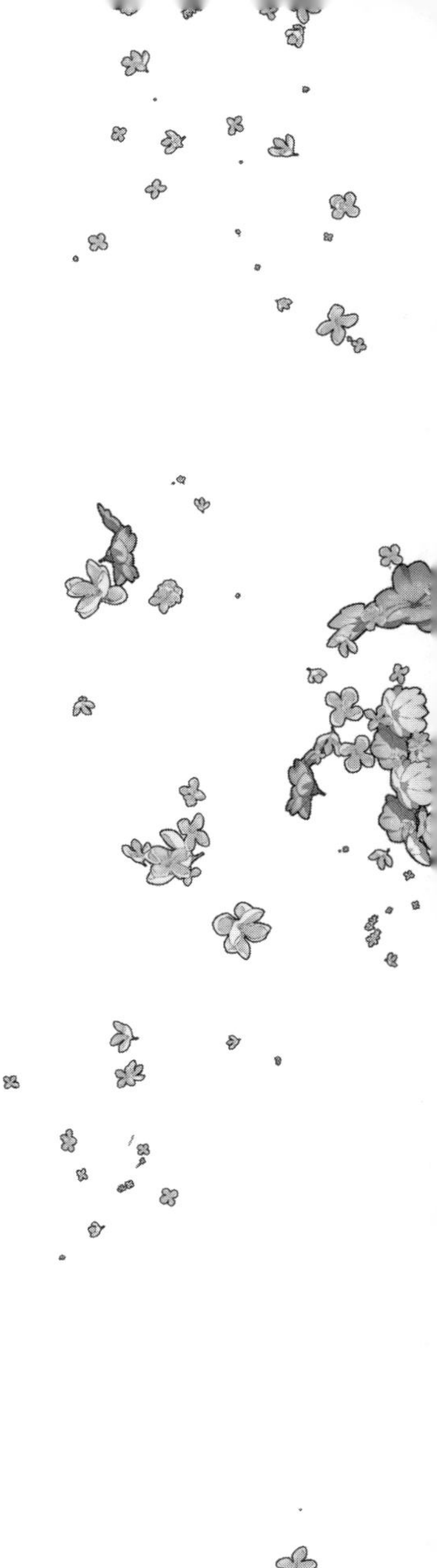

CHARACTERS

キトリス

LV:	30 (MAX)
HP:	2541
MP:	453
攻撃力：	158
防御力：	98
素早さ：	68
幸運：	24

名作RPGゲーム【レジェンド・オブ・ソードクエスト】の世界に転生してしまった、元日本人の大学生。この世界で唯一「生物の能力値《ステータス》」を見ることができる、チート持ちのニセ勇者。

シモン

LV:	6 → 100
HP:	345 → ???
MP:	48 → ???
攻撃力：	21 → ???
防御力：	17 → ???
素早さ：	30 → ???
幸運：	4 → ???

初代勇者と同じ金髪を持っているスラム出身の青年。幼い頃から勇者としてのカリスマ性を持つが、娼婦だった母を早くに亡くし、愛情を知らずに生きていた本物の勇者（見習い）。

イラスト　高山しのぶ

この世界にはレベル30の俺と、レベル5以下のその他。
そして、レベル100の魔王しか居ない！

修業1：ともかく逃げろ

この世界には「レベル30の俺」と「レベル5以下のその他」しか居ない……だから俺は「最強」なんだと、そう思っていた。

「おいおいおいおいおい！　何だよっ、アレ！」

しかし、それは全くの勘違いだった。

俺は電光石火の速さで走っていた。いや、違う。ちょっと格好良《よ》く言ってみたけど、ただ全速力で逃げているだけだ。

「ふざっけんな！　魔王だからってレベル100とか反則すぎだろっ！」

先ほど、俺はこの世界のラスボスである「魔王」と対峙《たいじ》した。しかし、その姿を見てすぐ、一目散に逃げ出した。絶対に敵わない事が分かったからだ。

「っはぁ、っはぁっはぁ」

ビビリすぎていつもより息が切れて仕方がない。背後にそびえる漆黒《しっこく》の城は、不気味な影を山の上に投げかけ、周囲の空気を重くする。

体中が嵐に見舞われるような恐怖の中、俺はふと視界の右端に映り込む、数値と文字の映し出された四角い枠を見た。

> 名前：キトリス　　Lv《レベル》：30

クラス：剣士
HP《ヒットポイント》：2541　MP《マジックポイント》：453
攻撃力：158　防御力：98
素早さ：68　幸運：24

そこには、一度でも日本《にほん》のRPGに触れた事のある人間なら、ピンと来る文字列が並んでいる。

敵に与えるダメージの大きさを示す「攻撃力」。逆に、敵から与えられるダメージをどれだけ軽減できるかを示す「防御力」。敵からの攻撃の回避率を示す「素早さ」。ゲーム内の様々な局面に影響を与える「幸運」。などなど。

そう、これは【ステータス画面】だ。

ただ、ゲームの中ならいざ知らず、現実世界でこんなモノが見えるなんて普通はあり得ない。しかし、その〝あり得ないモノ〟が俺にはずっと見えていた。理由は分からない。

三年前。交通事故で死んだ俺は、いつの間にかこの世界に居た。

そうしたら、当たり前のようにステータスが見えるようになっていたのだ。自分を含む、この世界の全ての人間に対して。

「【レジェンド・オブ・ソードクエスト】ってこんな理不尽な死にゲーじゃなかった筈《はず》だよな!?」

【レジェンド・オブ・ソードクエスト】

それは、日本のRPGの中で最も歴史が古く、そして、一番売れているゲームシリーズだ。プレイヤーである勇者が魔王を倒して世界の危機を救うという、今や「王道」と言われるゲームシナリオも、元を辿《たど》ればこのレジェンドシリーズから生まれたモノである。

そんな王道にして最強、そして最高峰に分かりやすくて格好良《い》いシナリオに、世の男の子達はみんな夢中になった。それは俺も例外ではなく、小学生の頃は六つ下の弟と一緒になってそりゃあもう熱心に遊んだものだ。ちなみに、俺の父親も小学生の頃に遊んでいたらしいので、歴史の古さが窺《うかが》える。

そしてここは、そのゲームの世界だ。

目覚めたら、俺は見た目も名前もまったく違う姿でこの世界に放り出されていた。そして、同時にずっと〝とある勘違い〟をして生きていた。

「くそっ！　俺、ぜんっぜん勇者じゃねぇじゃん！」

俺は魔王と対峙するその瞬間まで、自分の事を「勇者」だと信じて生きてきたのである。

しかし、弁明させてほしい！　コレは思春期特有の「俺は選ばれた〝特別〟な存在なんだ！」という右腕が疼《うず》いたり、第三の目が開眼したりする中学二年生あたりで発症しがちな病ではなく、勘違いして然《しか》りなヤツなのだ。だって、目覚めた瞬間。

『おお、伝説の勇者キトリスが召喚された！　これで世界は救われるぞ！』

なんて言われて、めちゃくちゃ歓迎ムードだったんだから！

いや、さすがに最初は何かの間違いかと思ったさ。事故に遭った直後だったし、それなりに混乱もしていた。そんな中、あれよあれよという間に王様っぽい人から『勇者キトリスよ、この世界を救ってくれ』とか言われて、誰もが憧れる格好良い剣まで貰《もら》っちゃって。その場面を前に、俺は確信した。

これ、レジェンドシリーズの世界じゃね？　と。

これは、シリーズ初期の作品にはありがちな展開で、だいたい王様から突如として魔王討伐を依頼される事になるのだ。まぁ、最近では単純すぎてあまり見ない展開だが、それでも物語中のどこかには必ずこの場面が挿入される。いわゆる「お約束」というヤツだ。

しかも、鏡に映った俺の姿は、日本人特有ののっぺりした顔から、ゲームでよく見る西洋風のハッキリとした目鼻立ちの冒険者になっていた。とは言ってもゲーム的には、よく町とかで見かけるようなモブ顔でしかなかったが、それでも顔が変わるなんて人生でそうない経験だ。

そんな状況になってみ？「あ、俺って勇者なんだ。スゲ！」ってなるよね？　絶対に俺じゃなくてもそう思うよね!?　だから、俺は悪くないし、イタイ奴《やつ》でもない！

「まぁ、ちょっとおかしいとは思ってたけど！　レジェンドシリーズの勇者って、血統で受け継ぐのであって、召喚して呼び出すタイプじゃなかったから！」

でも、大学受験以来、ゲームとか全然やってなかったし、途中で仕様が変わったのかなって思うじゃん！　ほら、人間って自分に都合良く解釈しようとする生き物じゃん！

そんなワケで、召喚されてからの三年間はそりゃあもう楽しい毎日を過ごしてきた。祝賀パーティや国を挙げてのパレードなんかも行われたりして。そんな、前世では経験した事がないような「特別扱い」に最初こそ戸惑いも多かったが、それも次第に慣れていった。

王様の庇護《ひご》の元、住む場所にも、食うモノにもまったく困らなかった。いや、困らないどころの騒ぎではない。

何もかもが現代に居た時よりも満ち足りていた。

『君はこの世界を救う勇者だ。必要なモノはなんでも言いなさい。私が全て揃《そろ》えてやろう』

そう言って煌《きら》びやかな金色の髪を靡《なび》かせ、玉座に腰かける美しい王様の姿に、俺は何度見惚れたかしれない。

もちろん、レジェンドシリーズの「勇者」としてＲＰＧらしく冒険や鍛錬も怠らなかった。自分の強さや成長がステータス画面を通して数値で確認できるせいか、まるでゲームをしているみたいに楽しかった。

しかし、そんな俺の順風満帆な勇者生活は、魔王と対峙した瞬間、完全に幕を閉じた。

現在の俺のレベルは30。それに対し、魔王城で対峙した「魔王」はレベル100。その手下ですら、レベル80はあった。勝てるワケがない。こんなん、一ターン目で即死だわ。

「……この世界、完全に終わったな」

きっと人類は、あの魔王によって滅ぼされるのだろう。いや、支配されて長い奴隷生活が待っているのかも。

だって、あんなヤバイ奴ら、俺でも相手にならないのに、この世界の他の人間が敵うワケない。なにせ、この世界の人間のほとんどが——。

「レベル５以下なんだぞっ!?」

人間と魔王とのレベル差えげつなさすぎだろ。ＲＰＧというのは、レベル至上主義の世界だぞ！こんなクソゲーあってたまるかよ！

まぁ、おかしいとは思ってた。どんなに世界中を旅してもパーティを組めるようなレベルの奴が現れないから、お陰で魔王城に一人で乗り込む事になったのだ。

「どうする、どうする、どうするっ！」

走りながら必死に考える。

ただ「クソゲー」とは言ったものの、この世界は日本で最も売れた人気ゲームの世界だ。普通に考えてクソゲーなワケがない。ラスボスであるあの魔王を倒す為《ため》の「攻略法」が必ずどこかにある筈だ。

「っはぁ、っはぁ。っふ――……」

森を抜けた。太陽の光を浴びた事で、背中に張り付いていた恐怖が少しずつ薄れていく。流れる汗を腕で拭いながら、俺は再び自分のステータス画面に目を向けた。

> 名前：キトリス　Ｌｖ：30
> クラス：剣士

この俺「キトリス」というキャラには二つの「チート能力」がある。

一つ目は、ステータス画面が見える事。普通の人間は、自分のステータスすら見る事が出来ないが、俺は自分のも他人のも分かる。

そして二つ目が、俺のレベルが30である事。

いや、二つ目に関しては魔王には遠く及ばないので、「チート」と言うには微妙なところだ。

しかし、その他の人間と比較すると、一気にそうではなくなる。

この世界の人間は、皆レベル5以下だ。俺が自分を「勇者」だと勘違いし続けられたのは、そこにも原因があった。この世界に来た時、既に俺のレベルは8だった。だからこそ、相対的に見て俺はずっと「最強」でいられたのだ。

「でも、俺は……勇者じゃない」

自分のステータス画面に、俺は再びボソリと呟《つぶや》いた。

レベルが足りないなら、今からレベルを上げればいい。ＲＰＧとは本来そういうモノだ。旅の中で仲間と協力して強敵を倒し、その過程でレベルを上げていく。しかし、その選択肢は俺にはなかった。

ステータス画面の一番下。そこには、こんな項目がある。

【次のレベルまで、あと……】

これはレベルアップに必要な経験値の数値を示す大事な項目だ。「あと……」の後に続く数字の分、経験値を稼いだらレベルが一つ上がる。上がる事で、各パラメータも成長して強くなる。そうやって「勇者」は少しずつ、「ホンモノの勇者」へと成長していくのだ。

ただ、この項目が俺にとって一番の問題だった。

俺は勇者じゃなかった。その理由は、魔王がレベル100だからではない。

【次のレベルまで、あと……0】

俺の成長がレベル30で完全に止まってしまったからだ。こんな中途半端なレベルで成長が止まる「勇者」なんか、居るワケがない。レベルの頭打ちは、俺以外の人間達も同様だ。皆レベル５以下の段階で、その成長が止まってしまっている。

と、そこまで考えて、俺はハタと思い至った。

「俺が勇者じゃないなら、居るんじゃないか？　ホンモノの勇者が」

この世界のどこかに。

「探さないと……ホンモノの勇者を」

レベル100の魔王に勝てるのは、本当の勇者しか居ない。そして、それを見つけられるのは他人のステータスを覗《のぞ》く事が出来る――。

「俺だけだ！」

こうして、俺は三年間の恵まれたチート生活の中で得てしまった「勇者」という偽の称号を「ホンモノ」に返すべく、勇者を探す旅に出た。

いや、出ざるを得なかった。

だって、絶対に魔王を倒してこいって王様の勅命の元に旅に出てしまったのだから。今更「俺、勇者じゃないっぽいです。魔王強すぎて倒せそうにないっす」なんて言えっこない。なにせ、勇者って事で最高に贅沢《ぜいたく》させてもらったし、周りからもすっごいチヤホヤされてきたんだから！

「……待ってろよ、ホンモノの勇者！　俺の代わりに魔王を倒してもらうからな！」

こうして世界からたった一人を見つけ出すという、俺の長く険しい「ホンモノの勇者探し」の旅は幕を開けたのである。


そう、思っていたのだが。

「ん？　んんん？　あれ、もしかして……」

その旅は、数日後。

アッサリと幕を閉じたのであった。

修業2：たくさん食え

剣と魔法のファンタジー世界には、いくつかのお約束のようなモノがある。

その一つが、魔法という超常現象の代わりに〝電気〟などの文明の利器が存在しない、というものだ。絶対ではないがそういう場合が多い。少なくとも、俺がやってきたレジェンドシリーズはそうだった。

「だからって、まさか手紙のやり取りが伝書鳩《ばと》なんてなぁ」

正確には、伝書「鷹《たか》」だが。

俺はひっそりとした森の一角で、止まり木に止まった一匹の鷹に向かってゴクリと唾液を飲み下した。鷹にしては珍しい、まるで海の底のような深い青色の瞳《ひとみ》。同時に、鷹らしい鋭い眼光が、チラと一瞬こちらを捉える。

「……こえぇ」

旅に出てから、もう二年の付き合いになる筈なのに未だに慣れない。

向けられる冷ややかな視線に息を呑《の》みながら、丁寧に手紙を足に括《くく》り付けていく。

「よし。じゃ、その……よろしくお願いします」

それを終えると、鷹に向かって軽く一礼した。いや、自分でも鳥相手に何やってんだよって感じなのだが、あまりの威厳に毎回頭を下げてしまう。

大きく羽ばたいた後、青空に吸い込まれるように遠のいていく鷹の姿を見つめながら、俺は「はぁあっ」と深いため息を吐《つ》いた。

「魔王は討伐できたかって、そんなにすぐに倒せるワケねぇじゃん」

鷹が俺に届けるのは「王様」からの手紙だ。そして、先ほど俺が鷹の足に括り付けたのはその返事である。まったくどんな仕掛けになっているのか、あの鷹は俺がどこに居ても、王様からの手紙を届けに来てくれるのだ。

手紙の中身はいつも同じ。「魔王城には着いたか」「魔王は倒せそうか」と、ともかく毎度毎度しつこいくらい同じ言葉が並んでいて、正直ちょっと面倒くさい。

「でも、金の面倒とか見てもらってるし……仕方ねぇか」

俺は、右手にある金貨のたっぷり入った袋を見下ろすと、静かに肩をすくめた。返事には、いつも通り金の礼と、少しの言い訳、あと、魔王討伐への旅は順調である事をしたためている。

「まぁ、順調だよ。あと五年待ってもらえれば、ちゃんと倒してやるさ」

その為には、ともかく金が要《い》る。これは必要経費なのだ。

それに、あれだけ毎日派手な服を身に纏《まと》って豪華な宴《うたげ》を繰り広げていた王様だ。ちょっとくらい金の無心をしたって悪くないだろう。手紙に書いてあった嫌味ったらしい文章を忘れようと、俺は勢いよく頭を振った。

「仕方ねぇだろ……だって」

そう、俺が金貨の袋を握り締めた時。

「おいっ、キトリス！　キトリスは居るかっ!?」

森の入口の方から、雷のような激しい怒鳴り声が響いてきた。

今や聞き慣れてしまったその怒声に、俺は逃げ出したいのを堪《こら》えて深く大きく息を吸い込んだ。

「あ――、はいはい。キトリスはここに居ま――す！」

俺は鷹が飛び立った止まり木からクルリと背を向けると、教会がある森の入口に向かって駆け出した。

ちょうど良かった。金なら、たっぷりここにある。

◇◆◇

一体誰が予想した？

「勇者」は見つけ出すより、見つけ出した後の方が大変だなんて。

「シモン、お前、またパンを盗《と》ったんだって？」

「うるせぇな。俺は腹が減ってたんだよ！」

「腹が減ってるなら俺に言えって言っただろうが。パンならちゃんと買ってあるんだから」

「うるせぇっ、んな事知るか！」

「合いの手みたいにうるせぇって言うな！」

「うるせぇっ！」

畜生、なんだコイツ！

何を言っても「うるせぇ」と返してくる痩《や》せこけた少年、シモンを前に俺は頭を抱えるしかなかった。この子供こそが、先ほどのパン屋の親父の怒りの原因だ。今の俺の住まいである古い教会にあの親父が乗り込んで来るのも、一度や二度の話ではない。

「……ったく、どうしたもんか」

俺は腕を組んで目の前の少年を見下ろした。

此方《こちら》をこれでもかと睨《にら》み付けてくるシモンは、十四歳とは思えないほど小柄で随分《ずいぶん》幼く見える。そうなると、先ほどの乱暴な口調も相まって「近所の悪ガキ」や「ガキ大将」のような風貌を想像してしまいがちだが——それは違う。

薄汚れ、伸びきった髪の隙間から覗く大きな金色の瞳と、キラキラと輝く長いまつ毛のせいで、つぎはぎだらけの汚れきった服を着ているにもかかわらず、シモンは気品のようなモノすら漂わせている。

「なぁ、そろそろ俺の事も信用してくれよ。一緒に暮らし始めて一カ月は経《た》つのに……」

「っは、大人なんて信用できるかよ」

すげなく一蹴《いっしゅう》されてしまった。

俺は現在、シモンを含む総勢十二人の子供達と共に、この寂《さび》れた教会で暮らしている。急展開に次ぐ急展開で、未だその事実に俺もピンと来ていない。

ここは、王都の東部に位置する都市クラスト。交通の要所として栄える、とても活気ある街だ。

しかし、一歩路地を奥に入り込めば、様相は一変する。そこには狭い道が迷路のように張り巡らされたスラム街が広がり、日々の暮らしにすら苦しむ人々が肩を寄せ合って生きている。

俺が居るのは、そんなスラム街から更に奥に進んだところにある、今にも崩れ落ちそうな古びた教会の前だ。此処《ここ》は親に捨てられた子供達が最後に行き着く場所、貧しさの果ての果てだ。

シモンのか細い手には盗んだばかりのパンが握られており、口元にはパン屋の親父に殴られて出来た傷が、ジワリと血を滲《にじ》ませていた。

「シモン、その傷……」

「うるっせぇっ！」

思わず傷に触れようとした俺の手が勢いよく叩《たた》き落される。

「触んじゃねぇよ！　バァァカ！」

「はぁっ!?」

これはもう絶対に反抗期だ。俺、六歳下の弟がこんな感じだったから、めっちゃ分かる。だって見てよ、世界の大人は全て敵だと言わんばかりのこの態度！　しかも、右手には拳《こぶし》まで用意されてるし。ちょっと触ろうとしただけで暴力も辞さないなんて、過激派思春期すぎだろ！

「誰がテメェの言う事なんか聞くか！」

――なんで俺が、弱いテメェの言う事なんか聞かなきゃなんねぇんだよっ！

デジャヴ。シモンと現実世界の弟の姿がダブって見えた。

まぁ、実の弟なら、触らぬ神に祟《たた》りなしとばかりにこの辺で距離を取るところなのだが、今回ばかりはそうもいかない。

「シモン。約束、忘れたのか？」

「っ！」

なにせシモンは、弟は弟でも、俺の「〝弟〟子」なのだから。

俺はシモンに視線を合わせるように体を屈《かが》めると、出来るだけ優しい声色で言い聞かせた。

「なぁ、シモン。約束したよな？　俺が教会の子供達の面倒見る代わりに、お前は俺の弟子になるって。〝修業〟するって」

「うるせぇんだよ、師匠！」

「うおっ！　……ちょっ」

　次の瞬間、顔面に向かって繰り出されたシモンの拳を、反射的に左手で受け止めた。次いで左足からの蹴りが続く。ただ、それも左手を出した時の予備動作で動きが読めていた為、軽く避《よ》ける事が出来た。

「おい、危ないだろ⁉　気に入らないからって、すぐに手を出そうとするな！」

「クソッ、避けてんじゃねぇよ！」

「いや、普通避けるだろ⁉」

　まぁ、シモンのガリガリの体から繰り出される攻撃だ。たとえ受け身なんて取らずとも、その威力など大した事はないだろう。しかし、お前の攻撃なんて軽く避けられるんだというところを見せておかないと、師匠として示しがつかない。いや、既に全然ついてないけど。

「おい、思春期だからって調子に乗んなよ⁉　約束を破る気か！」

「うるせぇ！　知るかよ……師匠のバァカ！　メシ寄越せ！」

「お前、師匠って言ってりゃ何でも許されると思ってんだろ⁉」

　っくそ。マジで俺が何を言っても「うるせぇ」しか言わねぇ。

　ただ、一応俺との〝約束〟がある為なのか、罵声と罵声の合間に「師匠」を挟み込んでくる。こんな取って付けたような「師匠」呼びありかよ。

「そんな事を言う奴にはー！」

「離せっ！　はーなーせ！」

俺は、シモンのひょろひょろの腕から繰り出された拳を掌《てのひら》で掴《つか》むと、その脇に見えるステータス画面へと目をやった。

名前：シモン	Lv：6
HP：345	MP：48
攻撃力：21	防御力：17
素早さ：30	幸運：4

どんなに強い戦士と呼ばれる人間ですら最大レベルが5のこの世界で、シモンのレベルは出会った頃から既に6だった。こんな人間、俺以外に見た事がない。

「気持ち悪《わり》ぃな！　手ぇ離せや、師匠！」

レベル5以下の人間しか居ない世界で、シモンだけが〝特別〟な存在だ。

「シモンッ！」

「っな、なんだよ……し、し、師匠」

俺の大声にシモンがビクリと体を揺らす。未だにシモンの手は、俺の掌からピクリとも動かない。いくらシモンのレベルが普通の人間より高くとも、俺とは文字通り桁《けた》が違う。レベル30の俺がレベル6の子供になど負けるワケがないのだ。

「くらえ！　思春期に一番ツラい、身内からの過度なスキンシップ！」

「あぁぁぁっ‼　あぁぁぁっ！」

俺はシモンの細い腕を無理やり引っ張ると、腕の中にきつく抱き締めた。親もなく、スラム街で育ったせいか、碌《ろく》な食事を摂《と》れていないシモンの体は骨ばっていて、肉がほとんどついていない。ガリガリだ。

けれど、こんな子供を旅の途中にたくさん見た。

「ぎゃあああっ！　クソッ、離せよ！　気持ち悪ぃ‼」

「離してほしかったら、俺より強くなれ！」

魔王討伐の為に旅するようになって分かった事がある。この世界は、俺の生きていた日本とは比べ物にならないくらい貧しいという事だ。

まだ王宮で世話をしてもらっていた頃、王様に言われた。魔王の放つ瘴気《しょうき》のせいで土地が死に、人々は住む場所を追われている。だからこそ、こうして小さなパン一つに大人も子供も必死にしがみつくんだ、と。

――民は魔王のせいで飢《う》えている。彼らを救う事が出来るのは、選ばれし勇者である君だけだ。なぁ、キトリス。

そう言って、豪華絢爛《けんらん》な玉座に腰かける、金髪の王様の姿が脳裏を過《よぎ》る。

「シモン、お前には死んでも強くなってもらうからな！　じゃなきゃ、抱き締めるだけじゃなく、キスしてやる！」

「あぁぁぁっ！　いやだぁぁぁっ！」

喉が潰れそうなほどの悲鳴にチラリとシモンの顔を覗き込めば、その目には微《かす》かに涙が浮かんでいる。

いや、そこまで嫌がる⁉　と、少しばかりショックの隠せない俺だったが、シモンを強く出来るならなんだって構わない。

シモンのレベルは、まだ6と俺より断然低い。ただ、この子は特別な存在だ。そう、なにせシモンは――。

名前：シモン　レベル6
クラス：見習い勇者

ホンモノの勇者となる、選ばれし人間なのだから。

◇◆◇

シモンと出会ったのは、偶然だった。

『今日こそ捕まえてやるからな、このクソガキが！』

『うるせぇっ！　バァアカ！』

たまたま立ち寄った街で、凄《すさ》まじい怒声と罵声の応酬が聞こえてきた。

『ん？』

声のした方に目を向けると、道の向かい側からボロボロの服を纏った、薄汚れた金髪の子供が全速力で駆けて来るのが見えた。その腕の中には、なにやら大量のパンが抱えられている。

『あ、パンが落ちたぞ』

少年の腕からコロリと転がる一つのパン。それと同時に、俺に向かって大きな声がかけられた。

『そこの旅人さん！　ソイツを捕まえてくれっ！』

『え、俺？』

『そうだっ。ソイツは盗人《ぬすっと》なんだよ！』

大量にパンを抱えた金髪の子供を必死で追いかけるエプロン姿の親父《おやじ》。どうやら、あの少年にパンを盗まれた店の主人らしい。

いや、そんな事急に言われても。面倒な事に巻き込まれたなと、俺がチラと金髪の少年を見た時だ。

俺の目は一瞬でその少年……の脇に表示される【ステータス画面】へと釘付《くぎづ》けになった。

『レベル……6だと？』

これまで、俺以外では見た事のなかった5以上の数字に、俺は無意識のうちに体勢を低くしていた。

捕まえないと、と本能的に感じ、少年を視界に捉える。同時に、少年が俺を避ける為に、微かに右足に重心をかけたのが分かった。

よし、左だ。

『っ！』

『はい、捕まえた』

完璧に俺を避けたと思っていたのだろう。

避けた先に俺が居て、腕の中にすっぽり納まっている事に、最初は少年も気付いていないようだった。

『え？　あれ……俺、なんで？』

薄汚れた麻布の服から伸びる手足はほとんど骨と皮しかなく、その髪の毛は一見するとくすんだ黄《お》土《ど》色を思わせた。ただ、少年の今にも零《こぼ》れ落ちそうな瞳が輝くような金色であった為、その髪の毛が本来は金髪である事が、なんとなく分かった。

『……おぉ、スゲ』

一瞬で感じる。この子供はタダ者ではない、と。そして、その予感は直後、確信へと変わった。

名前：シモン　Ｌｖ：６
クラス：見習い勇者

『……見習い、勇者』

『は？』

ステータス画面に映し出される【クラス：見習い勇者】の文字に、俺は金色の瞳の少年を抱える腕に、一気に力を込めた。

『見つけたぁぁぁっ！』

『うっ、うわぁぁぁっ！』

『うぉぉおおっ！』

嬉《うれ》しさのあまり絶叫して金髪の子供を抱き締めると、それに呼応するように少年も絶叫した。更に、

そんな俺達につられて、少年を追いかけて来ていたパン屋の店主まで何故《なぜ》か一緒に絶叫してきた。いや、なんでだよ。

『やばッ、もう見つけちまった。ラッキー！』

『はっ⁉　な、なんだよ！』

そこからの俺の行動はともかく速かった。少年を憲兵に突き出すと意気込む店主に、少年が盗んだ大量のパン（しかも、これまでの分も含む）の代金を支払い、俺が後見人になる事で手打ちにしてもらった。

『……まぁ、今回までは仕方ねぇな。兄ちゃん、ちゃんとソイツの面倒見ろよ』

『了解でーす』

『離せっ！　はなせよっ！』

いやぁ、どこの世界でも金って凄《すげ》ぇわ。あんなに激怒りしてたのに、今ではめちゃくちゃ笑顔になってる。この世の皆を笑顔に出来るモノ。それが金である。また鷹を呼んで、王様に金の工面をしてもらわないと。

『なっ、なんだよお前……誰なんだよっ⁉』

『俺？　俺の名前はキトリス』

『い、いや……なんだよ。急に、名乗られても困る！』

『は？　自分から聞いといて困ってんじゃねぇし』

コッチが困るだろうが！

だが、お陰で抵抗する手が止まり、その隙をついて俺は小脇に抱えていた少年を正面に抱え直した。

すると、太陽の光を背負った少年の髪の毛が、汚れていない一部だけ光を含んで金色を放った。その髪色に、ふと王様も同じだったことを思い出す。綺麗《きれい》だ。

『とりあえず、今から俺はお前の師匠だ』

『は？』

『俺の事はキトリスではなく、師匠と呼べ！』

人生で一回は呼ばれてみたかったんだよなー、師匠って。普通に生きてたら、誰かの師匠になる事ってあんまりないし。勇者の師匠って、それはそれで最高に格好良いし。

『で、お前の名前は？』

『だっ、誰がお前みたいな不審者に名乗るかっ』

まぁ、聞かなくても本当は分かっている。

なにせステータス画面には【名前：シモン】と表示されているのだから。ただ、こういう基本情報は本人から聞くまで口にしない。逆に怪しまれて面倒な事になった経験は一度や二度ではないのだ。

『……じゃあ、お前はこれから俺の弟子だから、教えてくれないなら、お前の事も〝弟子〟って呼ぶ事になるけど。いいか、弟子？』

『変な呼び方すんなっ、俺の名前はシモンだ！　このバァカ！』

ヤバイわ、この子。扱いやすすぎる。それに、何か色々と懐かしい気が……。

『あ』

——死ね！　もう帰ってくんな、バァカ！

その瞬間、俺の脳裏を過ったのは現実世界の——前世の弟の姿だった。同時にシモンに対して親近感が一気に湧く。

『うんうん！　シモン、これから一緒に強くなろうな！』

『う、うわ……な、なんなんだよ。お前』

『よし、さっそくお前の親に挨拶に行こう。家はどこ？』

『……お、親なんか居ねぇよ！』

『へ？』

詳しく話を聞いてみれば、どうやらシモンは、この街に住む孤児の面倒を一手に見ている、兄貴分のような事をしているようだった。だから、危険を冒してあんなに大量のパンを盗もうとしていた、と。

『お前、良い奴すぎだろ！』

『っ！』

偉い！　さすが勇者見習いだ。自分がそうだと知らないうちから、自然と弱い者を助けている。これぞまさしくホンモノの勇者。周囲から『勇者！』『最強！』と祭り上げられて、調子に乗ってヘイヘイしていた勘違い勇者の俺とは大違いである。

『ふーん。だったら、お前が居なきゃ、スラム街の子供達が飢えちまうってワケか』

『そうだよ。だから離してくれ』

一瞬、腕の力を緩めた俺に、シモンが期待を込めた目で見てくる。え、なんか勘違いしてない？

『いや、絶対離さないよ？』

『ひぃっ！　あ、な、なっ、なんでだよ!?　お、お、お前！　俺をどうする気だっ！』

売り飛ばす気か!?　と腕の中で暴れ散らかすシモンを再び小脇に抱え、俺は落ちたパンを拾い上げながら言った。

『シモンが俺を師匠と呼んでくれたら、スラム街の子供達は今後、俺が腹いっぱい食わせてやる』

『え？』

『これは契約だ。俺が強くなったと判断するまで、お前は俺の弟子。そんで強くなったら、俺と一緒にやってもらいたい事があるから』

『は、は、は、離せ……』

『大丈夫大丈夫。悪いようにはしないから。はい！　そんなワケで、俺の事は今日から師匠と呼びなさい』

『っひぅ！　は、はなせ……はなしぇぇ』

こうして、大量のパンと泣きじゃくる勇者を両手に抱えた俺は、シモンを立派な勇者にするというクエストを達成すべく、新しい一歩を踏み出したのであった。

『っひっぅ、っひっぅぅぅ』

『……え、ガチ泣き？』

ごめんて。俺も、必死だったんだよ。

◇◆◇

そんな、見習い勇者との出会いが一カ月前。

「よーし、こんなモンか」

　夜が明けて日が昇り始めた頃。俺の朝は、買って来たパンを子供達が起きる時間に合わせて温めることから始まる。

　教会の脇にある、年季の入った竈《かまど》の前に立ち、俺は鉄板の上に並べたパンを取り出した。別にそのまま食べても良いのだが、やっぱりもう一回焼いた方が美味《おい》しい。

「焼き立ての食べ物。基本全部美味しい説！」

　はい、立証。これは完全に世界の真理だ。

　俺は料理は苦手だが、「焼く！」だけなら……まぁ、出来る。それに、パン自体は既に出来上がっているモノなので、温める時間は本当に少しでいい。竈から取り出したパンの香りが、朝の澄んだ空気に溶けていく。

「あぁ、良い匂いだ」

　そう、俺が口にした時。背後から一つの気配が近寄って来るのを感じた。

「おはよ。シモン」

「っ！」

　俺が振り返らずに挨拶をしてやれば、背後に居た人物はビクリと体を揺らす。気配を消して近寄ってきたつもりなんだろうが、全然消せてない。バレバレだ。

「パン、もうすぐ持っていけるからなー」

「うるせぇ」

「お前、ほんとうにうるせぇしか言わねぇのな」

にしても、十四歳のクセにガキすぎやしないか。

いや、見た目の話じゃない。確かに見た目もガリガリのギスギスなので通常よりは大分幼く見えるのだが、一番はこの言動だ。

「うるせぇっ！　バァァカ」

「思春期は朝から元気だなー。ほい、コレ。朝ごはん」

俺が熱々のパンを差し出すと、シモンは眉間に皺《しわ》を寄せつつそのパンをジッと見つめた。

「ほら、腹減ってんだろ」

「……」

俺はよく知っている。どんなに反抗的な奴でも空腹には勝てない、と。なにしろ、俺の弟がそうだった。中学に入って盛大にグレ散らかした弟でさえ、夜遊びをしてどれだけ遅い時間になろうとも必ず家には帰って来ていた。もちろん、食べ物にありつく為に。

グレても子供は子供。金がないのだ。

「熱いから気を付けて食べろよ」

焼き直したパンの香りが朝露に濡れた空気に染み渡る。シモンは「うるせぇ」と言う事なく、ソロソロと俺の手からパンを受け取った。

「焼き立てはやっぱ美味《うま》いなー」

「……はむ」

悪態もつかないが、返事もしない。俺は、痩せこけた体でリスのようにパンに齧《かじ》り付くシモンを視界の隅で眺めながら、温め直したパンを籠に入れていった。サクサクとした咀嚼《そしゃく》音が竈の火の音に交じり聞こえてくる。

子供十二人分のパンだ。一度で温める事は出来ない。最低でもあと三回はやらないと。

「うーん、今日は……あともう一回くらい焼いとくか」

最近、少しずつ子供達の食べる量が増えてきた。

教会で暮らす子供は十四歳のシモンが最年長で、なんと一番下の子はまだ三歳だ。全員漏れなく、貧しさから親に捨てられ、俺と出会ったあの日まで必死に生きてきた。シモンの盗みだけが頼りな中、よく今まで生き残ってくれたものだ。

そして俺は、そんな子供達の為に温かいパンを用意する。毎朝、毎朝。それが、このシモンとの約束だ。

「シモン、今日の修業も頑張《がんば》れよ」

「……うるへぇ」

「食ってる時に喋《しゃべ》るなー」

「テメェが話しかけたんだろうが」

食べながらも必死に憎まれ口を叩いてくる。栄養を取り入れて少しだけ色味が金に近付いてきたシモンの頭に、俺はポンポンと手を乗せた。

「たくさん食えよ」

シモンを立派な勇者に育て上げる事。

それが、勘違い勇者だった俺が出来る、最後の魔王を倒す方法だ。そうでもしないと、これまで俺を「特別扱い」して、チヤホヤしてくれていた周囲に顔向けが出来ない。

「ん？」

ふと、シモンの口元の傷からジワリと血が滲んでいるのが見えた。どうやら、パンを大口で頬張《ほおば》ったせいで昨日パン屋の親父に殴られた傷が開いたらしい。しかも、昨日より青あざが濃くなっている。

「シモン、口。大丈夫か？」

「あ？」

「血が出てる」

無意識に、シモンの口元へと手を伸ばしていた。

次の瞬間、パンッという乾いた音が朝の空気を揺らす。手の甲に走った痺《しび》れるような痛み。顔を上げると、目の前には顔を真っ赤にして此方を睨み付けるシモンの姿があった。

「はぁっ!?」

「俺をオンナ扱いするなっ！」

あまりにも予想外すぎる反応に、思わず声が上擦る。は？　誰が、誰を女扱いしてるって!?

「そうやってすぐに俺の体を触ろうとしやがって！　昨日だって、キスするとか言ってたし……やっぱ、テメェも他の変態共と同じなんだっ！」

「や、待って待って。なんでそうなるんだよ？　昨日のは冗談でっ」

シモンからの突然の不名誉な「変態」扱いに、俺は何が一体どういう思考回路でそうなったのかワケが分からなかった。しかも、今回のコレは「ハイハイ、思春期お疲れ様でーす」と流すには、ちょっと聞き捨てならない。当のシモンも、驚くほど嫌悪感丸出しの顔でこちらを見てるし。シモンのクルンと長いまつ毛が太陽の光にキラリと光り輝いた。

「あ、まさか」

それを見て、俺はハッとした。もしかして、シモンって実は女の子だったのでは、と。あり得る。だってシモンって、言葉こそ汚いが綺麗な顔立ちをしてるし。

「ご、ごめん。今までのシリーズで勇者が女の子だった事なんてなかったから、勘違いしてて」

「は？　いや、なんの話だよ！」

「その、俺って幼女とかには欲情しないタイプだから！　その辺、至って正常というか、普通の性癖というか……と、年上が好みだから！」

いや、待て。俺はシモン相手に一体何を言ってるんだ。

怪訝《けげん》そうな表情を浮かべるシモンに、思わず胸の前でギュッと両手を握り締めた。そんなとっさの行動すら、痴漢の冤罪《えんざい》を防ぐ為に両手でつり革に掴まるサラリーマンのようで頭が痛い。

「だーかーらぁっ！　違うっての！」

シモンの叫び声が、朝の澄んだ空気の中に響き渡る。直後、シモンが勢いよく服を脱ぎ捨てた。

「ほらっ、見ろ！　ちゃんと男だろうが！」

「わっ、わっ！」

冷たい朝の屋外で、ガリガリのシモンの体が露《あら》わになる。それはもう男とか女関係なく、ともかく今にも折れそうなほど頼りなかった。しかも、それを見た表情から何かを察したのだろう。慌てる俺を他所《よそ》に、シモンはまさかのズボンにまで手をかけ始めたではないか。

「わ、分かった、分かったから！　シモンは男の子だって、ちゃんと分かったからっ！」

「おいっ、邪魔すんな！」

「いや、するでしょ。普通!?」

ズボンまで脱ぎ捨てようとしてくるシモンを、俺は慌てて止めさせた。

「も、マジで……分かったから」

自分でも笑えるくらい情けない声が漏れた。そんな俺の姿を見てシモンも満足したのか、あっさりとズボンから手を引いた。もしかしたら、下まで脱ぐつもりなんてなかったのかもしれない。

あれ、もしかして俺は揶揄《からか》われたのか。

「っは。分かればいいんだよ。分かれば」

「……頼むから。早く上も着てください」

なんかもう、朝からドッと疲れた。いくら冗談だったとしても、シモンときたら顔立ちが整いすぎているせいでシャレにならないのだ。

いそいそと服を着るシモンに、俺はと言えば完全に視線が迷子になっていた。

「まさか、お前。大人のクセに〝坊や〟なのか？」

「は？　……なんだよ、坊やって。俺の方が年上だろうが」

「あーぁ、こんな世間知らずに焦って損した」

「おい、師匠って呼べって言っただろ」

「はいはい、シショー？」

分かっていた事だが、俺は完全にシモンに舐《な》められている。ただ、悲しいかな。弟のお陰で年下に舐められるのは慣れっこだ。こんなのでいちいち腹を立ててたら「兄貴」も「師匠」もやっていられない。

「っていうか。何の話してたんだっけ」

「さぁね」

シモンは乱暴に口元の血を拭うと、残りのパンを口の中に放り込んだ。

そんなシモンの横顔に、俺は少しだけ気になってしまった。確かにシモンは整った綺麗な顔をしているが、男である事を証明する為にわざわざ服を脱ごうとまでするだろうか、普通。

「お前、昔何かあったのか？」

「別に。ただ……」

シモンの静かな咀嚼音と、竈の中から聞こえるパチパチという音が重なった。パンの香ばしい良い匂いが俺達の周囲を満たす。心なしかシモンの横顔に穏やかさが宿って見えた。

「母親が娼婦だったから、俺も同じように扱われそうになってきたってだけ」

「えっ」

まったく予想していなかった返事に、言葉が喉の奥で詰まった。シモンはと言えば、パンの匂いでも嗅ぐように深く息を吸い込んでいる。

「だ、大丈夫だった？」

「まぁ。俺、足速いし」

「……こ、怖かったな？」

声が震える。こういう時、なんと言っていいのか分からない。そういう風にって、つまりは……そういう事だろう。

この世界は、ゲームの中だ。平和すぎる日本で生きてきた俺には信じられないような事が起こるのも無理はない。そう、今までも何度も思い込もうとした。

でも、やっぱり無理だ。だって、俺にとってここはもう現実だ。

「っは、なんでアンタがビビッてんの。こんなのよくある事だろ。ダッサ！」

どこか慌てた様子でそう付け足してくるシモンに、俺は深く息を吐いた。

あぁ、クソ！　なんで俺がシモンにフォローされてるんだよ。シモンはしっかりしてるし、勇者だけど、今はまだ普通の子供だ。俺がしっかりしないと。

俺は静かに決意すると、鉄板の上に並んだ焼き立てのパンを一つだけ手に取り、シモンに差し出した。

「シモン。もう一個食っとけ！」

「……ソレ、他の皆の分だろ」

まったく、こういうところだよ！

まだ自分も腹が減ってる筈なのに、シモンはいつも他の子供達の事ばかり考えている。これぞまさしく「ホンモノの勇者」という証拠だ。そう思うと、俺への生意気な態度なんて本当に可愛《かわい》いものだ。

「他の皆のもちゃんとあるよ。お前は一番大きいんだから、たくさん食べていいんだよ！」

強くなる為にはまず、しっかり食べて体を作る事。これ以外にない。幸い……いや、先ほどの話を聞いて「幸い」なんて思うのは間違いだとは思うが、シモンは過酷な環境で生活してきただけあって、運動神経は良い。ただ、その真価を完全に発揮させる為には、軸となる丈夫な体を用意しなければ。

「ほら」

「……うん」

俺が温かいパンを改めて差し出すと、シモンはソロソロと遠慮がちにパンを受け取った。そりゃあそうだ。育ち盛りの朝食がパン一つで足りるワケがない。

「今日の修業は『昼も夜も死ぬほど食う事』だ。おい、よく噛《か》んで食えよ」

「うるせぇ」

いつもの憎まれ口を叩くシモンの頭に、恐る恐る手を伸ばした。すると、その手は払いのけられる事なく、掌には軋《きし》んだ髪の毛の感触が伝わってきた。

「シモン。俺は、お前を女の子扱いなんてしてないよ」

「もういいって、その話は」

「まぁ、シモン的に言うと〝坊や〟扱いしてる事になるのかな？」

「はぁっ。アンタ、ほんとに意味分かってねぇのな」

呆《あき》れたように口にされた言葉に、俺が「何がだよ」と返事をしようとした時だ。教会の方から「しょー」という、舌ったらずな子供達の声が、いくつも重なって聞こえてきた。匂いにつられて他の子供達が起きてきたようだ。

「おい。いい加減手離せよ」

「あ、あぁ。ごめん」

シモンはフイと俺から顔を逸《そ》らすと、勢いよく二個目のパンへと齧り付いた。髪の毛の隙間から見える耳が、微かに赤い。どうやら今回のは怒っているというより、小さい子らに自分が面倒を見てもらっているところを見られたくなかっただけらしい。

あぁ、思春期だなぁ。

「シモン、ほら。お前だけ特別にもう一個やる。皆には内緒な」

「……む」

俺はシモンに、もう一つパンを押し付けると、子供達に焼き立てのパンを配る為に立ち上がった。

するとその瞬間、視界の隅に映し出された数字に、俺は目を瞬《またた》かせた。

「え？」

「んだよ。やっぱり、パン返せってか」

「いや……」

シモンが二つ目のパンを食べ終わったと同時にシモンのステータス画面に変化が起こった。

名前：シモン	Lv：7
HP：415	MP：59
攻撃力：45	防御力：27
素早さ：32	幸運：6

「……シモン」

「なんだよ。足りねぇなら返すよ」

まさか、食事を一カ月きちんと食べさせただけでレベルが上がるとは。俺は、おずおずとパンを返そうとしてくる痩せこけた少年相手に、やっぱりこの子は【ホンモノの勇者】なのだと悟った。俺はレベルを1上げるのに、そりゃあもう相当の数の戦闘を重ねたのだから。

「ははっ、シモン。たくさん食え！」

「むぐっ」

俺は差し出されたパンをシモンの口に押し込むと、そのまま込み上げてくる笑いを隠さずに歩き出した。

「やっぱ、ホンモノは違《ちげ》えなーー！」

明日から、もっと多めに焼くか。

修業3：たくさん寝ろ

うん、分かる。分かるよー。

「ねーねー！　ぐるぐるしてー！」

「おはなししてー！」

「ししょー」

夜になるとテンションが上がるよな。俺も子供の時は、絶対に寝たくなかったもんね。朝は驚くほど惰眠《だみん》を貪《むさぼ》りたいんだけど、何故だか夜は寝たくない。ホントに、共感はする。

でもさぁ……。

「おーーら、もう寝るぞーーー！」

子供は早く寝ろっ！

俺は元気よく駆け回る子供達に向かって大声を上げると、軋む床に分厚い絨毯《じゅうたん》を隙間なく敷《し》いていった。

ここは、現在俺が子供達と暮らしている教会の二階部分だ。元は神父の居住スペースだったようで、一階よりは随分と生活しやすい造りとなっている。とは言っても、使える家具はほとんど残っておらず、壊れた椅子や板切れを集め、なんとか生活の場を確保しているような状況だ。

「っふぅ、こっちはコレでいいか」

唯一の光源である蠟燭《ろうそく》の火が欠けたステンドグラスに反射し、俺の手元を薄暗く照らす。その蠟燭も、じきに尽きてしまうだろう。

「また、蠟燭も買ってこねぇとなぁ」

ついこないだ買ったばかりだと思ったのに。

今は夜だから仕方ないが、この街はずれの教会は昼間でも薄暗く、場所によっては蠟燭が必要だ。窓の外を見ると、すぐ傍《そば》に広がる森の木々が、まるで教会を覆い尽くすように迫ってきていた。

ゲーム世界の「森」は、総じて「ダンジョン」だ。中に入れば容赦なくモンスターに襲われる。故に、スラム街の大人連中もあまりここには近寄ろうとしない。この教会は子供が生活するのに決して良い環境とは言えないのだ。

しかし、そんな俺の心配をあざ笑うように、子供達の駆け回る音は更に大きく、そして元気になっていった。

「ほーら、みんなが暴れるから寝床がグシャグシャじゃねぇか。綺麗にするから『せーの』で皆一斉に飛べー」

「えー？　せえの？」

「セーノってなあに？」

出たよ。子供の「〜ってなあに？」地獄。

「せーのの……意味、だと？」

いや、知るかよ。考えた事もねぇわ。そして、これからも考える事は絶対ねぇわ！

「せーのは……せーのだ！」

「えー！」

「ししょー、おしえてよー！」

「ほら、せーのっ！」

……結局、誰も飛んでくれなかった。

寂しさを覚えつつも俺は子供達が寝床の絨毯に乗った状態のまま、力技で整えていく。まったく、寝るだけなのに一苦労だ。

「えーっと、あと二枚か」

十二人居る子供達の人数分のベッドはさすがに用意する場所も金も足りなかったので、この絨毯が敷布団の代わりだ。でも一枚だと床が硬くて眠りにくいので三枚ずつ敷いていく。

「ししょー！　グルグルしてー」

「あー！　わたしも！　ぐるぐるー」

「あいあい、布団を敷き終わったらなー」

夜なのに太陽のような笑顔で絨毯の上をコロコロと転がりまわる小さな子供達は、皆シモンが面倒を見ていた孤児だ。その為、着ているモノは粗末だし、碌に食べ物にもありつけなかったせいで、四肢イコール骨みたいな状態である。

まぁ、これでも二カ月近く毎日食べ物を与えた結果なので、大分マシになってきた。

「しよー！」

「んー、どうした？　ヤコブ」

「しよー！」

「……はーい、師匠でーす」

「ふひゃははは！　もっかい！　もっかいー！」

俺が適当にした返事に、男の子の一人が絨毯の上で腹を抱えて爆笑し始めた。この子の名前はヤコブ。子供達の中では一番幼いせいか「ししょう」が上手に言えない。

「しよー！　もっかい！」

「はーい、師匠でーす」

「っっっっひぅ！」

どういう爆笑だ。

最初こそ俺も謎の大爆笑に戸惑っていたものの、もう慣れた。ヤコブは、俺が何を言ってもこの有様だ。笑いのツボが浅すぎて、しょっちゅう呼吸困難に陥っているのでたまに心配になるが、笑いすぎて死んだ奴の話は聞いた事がないので、まぁ放置している。

「よし、寝床出来上がり！　はい、皆寝ろー」

「ししょー、ぐるぐるするって、ゆったー！」

「うそつきー！」

「あいあい、じゃあ一回だけなー」

きゃー！　と嬉しそうに俺の前に列をなす十一人の子供達。その子供達を俺は一人一人抱え上げ、死ぬほど回転してやると、絨毯の隅にあるタオルケットの山へ投げた。

「きゃははは！」

これが、その名の通り「ぐるぐる」である。

最初は俺も遊園地の乗り物っぽく「ローリングフライヤー」と名付けていたのだが、いつの間にか子供達に「ぐるぐる」と改名されていた。ローリングフライヤーの方が格好良いのに……。

「つぎ、わたしー！　あっちに投げてー」

「あいあーい」

「ふわぁああ！」

子供達はともかく寝る前の「ぐるぐる」が大好きだ。これは下に絨毯が敷いてある寝る前しか出来ないので、子供達にとっては貴重な遊び時間なのだろう。

「ほらよっ！」

「ひゃははっ！」

「しよー！」

「はーい、師匠でーす」

「ふっひゃひゃひゃ！」

それにしても、たった二カ月でよくここまで懐いてくれたモノだ。俺が初めてこの教会に来た時なんかは、シクシクと咽《むせ》び泣くシモンを小脇に抱えて乗り込んでしまったせいで、恐怖のあまり漏らす奴まで居たというのに。今では、むしろ俺が皆のお漏らしの世話をしている立場だ。

「はい、これで全員終わったなー？」

「しもんはー？」

笑い終えたヤコブの声に、俺は「あぁ」と部屋の中を見渡した。

「はい、最後。シモーン」

「は？」

部屋の隅に座り、此方を見ていたシモンに声をかける。

「お前もやってやるよ、ぐるぐる」

「いらねぇ」

「遠慮すんなよ、ほら」

「いいっつってんだろ！」

しかし、シモンからは予想通りの反応が返ってきた。まぁ、そりゃあそうか。

「じゃあ、早く寝るぞ。シモン、お前も早くこっちに来い」

「俺は、後で寝る」

「シモン、俺との約束を忘れたのか」

「……ちょっと散歩してくる」

「は？　おい、何言って……」

言うや否《いな》や、シモンは教会から出て行ってしまった。夜の治安の悪さは昼間の比ではない。本当はすぐにでも連れ戻した方が良いのだろうが……。

「しもん、ねないってー」

「ししょーが、ぐるぐるするの忘れたからだよー」

「しよー、しもんにもぐるぐるして」

まだ寝ていない子供達を放置するワケにもいかない。

「あー、やっぱりかぁ。シモンもぐるぐるしてほしかったんだなぁ」

「そーだよー」

「ぐるぐるたのしいもん」

「しよー、もっかいしてー」

どさくさに紛れて、再び両手を上げてくる子供達を絨毯の上に転がすと、頭からタオルを容赦なくかけてやった。

ひとまず、コイツらを全員寝かしつけないと。

「はい、布団の中で俺が良いって言うまで目を瞑《つぶ》れー。誰が一番最後だー?」

まぁ、シモンはレベル7もあるし、素早さも飛び抜けているので、悪漢に襲われても逃げる事は出来るだろう。

俺は薄《う》っすらと教会の中を照らしていた蠟燭の火を指で消した。ともかく、子供達は明るいといつまで経っても寝やしない。

「まっくらになった!」

「こわいー!」

「よるになったー!」

いや、ずっと夜だったんだけどね。

「ふわぁあ~。ねむいなー! じゃ、師匠はお先に寝まーす。じゃあねー! みんな、ばいばーい」

「まってー!」

「一緒にねるー!」

「しよー、ぎゅってしてー」

「あいあい」

そんな下手な小芝居を挟みつつ、俺はやっとの事で子供達を寝かしつけた。レベル30で、体力も他の連中よりかなりあると自負していた俺だが、やっぱり子供達の本気の遊びについていこうとすると、いくら体力があっても足りない。

「やば、ねむ」

しかも、ピタリとくっついてくる子供達の体は、骨と皮ばかりにもかかわらず、物凄《ものすご》く温かいときたもんだ。

コレはヤバイ。なんか、俺まで眠くなってきた。

「……そうか、あったかいと眠くなるのか」

良い事を知った。擦《す》り寄ってくる子供の体温に、本気で寝落ちしそうになりながら、俺は必死に体を起こした。

「よし」

さて、シモンを探しに行かないと。俺は体に抱きついてくる子供達を起こさないよう、足音を抑えながら階段を下りていく。一階の礼拝堂に着くと、剣を掲げる勇者が祀《まつ》られた祭壇が目に入る。コレもレジェンドシリーズに出てくる教会の「お約束」だ。

なんでも、この銅像の若者はシリーズ一作目の初代勇者で、魔王を倒した後、この国の王様になったらしい。その後のレジェンドシリーズに出てくる「勇者」は、全て初代勇者の子孫という設定だ。

「だとすると、シモンもこの勇者の子孫って事になるのか。ん？　待てよ。じゃあ、シモンとあの王様は……兄弟？」

いや、さすがにその設定はベタすぎる。今時流行《はや》らねぇだろ、そんなの。

気になって石像を覗き込んで見るが、いかんせん古すぎて全然分からない。でも、王様とシモンは同じ金髪だし、似ていると言えば似て……いや、分からん。

それに、今は召喚して「勇者」を呼び出してるみたいだし。どこかで設定が変わったに違いない。

そもそも、シリーズ一作目なんて俺はプレイした経験がないから詳しい事は知らないのだ。一作目なんて、父親世代のゲームだったから。

「一応、鍵かけとくか」

この鍵は、外部からの侵入者を防ぐというより、子供達が外に出ないようにする為に俺が突貫工事でつけたモノだ。もし万が一、誰か起きて俺が居ないからと外に出て来られたら、それこそ危険極まりない。

「さーて、シモンはどこかなー」

俺は手の中にある鍵を一度空中に投げて受け取めると、なんとなーく十代の思春期少年が行きそうな場所に向かって歩き出した。

◇◆◇

思春期の少年が夜にうろつく場所。

俺の弟だったら、コンビニの前とかに居たんだろうけど、アレは一緒にたむろする友達が居て、しかも、金がある場合に限る。

その両方がないシモンが居るのは――。

「ほーら、シモン。帰るぞ」

「……何、付いてきてんだよ」

路地裏だ。

ただでさえ治安の悪いスラム街で、夜に子供が一人で路地裏に行くなんて以《もっ》ての外《ほか》だ。しかし、だからこそシモンはここに来る。思春期の悩める少年は、ともかく一人になりたいのだ。

シモンと出会って二カ月。子供達の世話をする事で少しずつ警戒される機会は減ってきたものの、他の子供達のように俺に対し心を開いてくれているとは言い難い。

「シモン、今日の修業サボる気か？」

「うるせぇな……寝る事が修業ってワケ分かんねぇだろ」

「いや、ワケ分かるだろ。寝る子は育つんだから」

そう、シモンに課している修業は、「たくさん食べる事」と「たくさん寝る事」だ。ともかく体力を作らなければ、本格的な戦闘訓練に体がついていかない。俺は、十四歳とは思えないほど小さな体で丸くなるシモンの隣に、勢いよく座り込んだ。

「約束守れよ。俺はちゃんと守ってるだろ？」

「……分かってるけど」

子供達にひもじい思いはさせていないし、立派とは言わないが寝床もきちんと準備している。教会も出来るだけ修理して、子供達が怪我《けが》しないようにしたし。まぁ、後半は俺が勝手にやっている事なのだが。

「なぁ、シモン。頼むよ」

「……そんな事言っても、眠くねぇし」

だよなぁ。十四歳だしなぁ。教会で眠る子供達とはワケが違う。

「もうちょっとしたら、ちゃんと寝る。だから……帰れよ。お前、ただでさえ俺達の面倒見てるせいで、変に目立ってんのに」

「だから？」

「だからって……お前なぁ」

俺の返しに、シモンは呆れたような顔で此方を見上げてくる。そして、チラリと周囲を見渡すと、裏路地の奥から聞こえてくる男達のやかましい笑い声に目を細めた。

「この辺は、夜はマジでヤバイんだ。アイツらに見つかったら、お前みたいな男……しかも、顔も大した事ねぇ奴は捕まったら終わりだぞ」

「ちょっ、流れるように顔の事ディスるじゃん」

「でぃす？」

「他人の顔を貶《けな》すなってこと」

「貶すって……別に本当の事しか言ってないけど」

「ぐっ」

金色の曇りなき目でそんな事を言われてしまえば、ぐうの音も出ない。

分かってるさ。俺の容姿がこの世界で言うところのモブ顔である事は、ちゃーんと自覚してる。なにしろ、召喚された直後に王宮で催された盛大なお披露目パーティで、貴族の女の子達が俺を見た瞬間、明らかにガッカリした顔をしてたからな……！

「男は顔じゃねぇよっ！」

「……いや、冗談抜きでさ。お前みたいなのは、捕まって身ぐるみ剝《は》がされて。下手すると殺されかねないからな」

「いや、俺は強いから大丈夫だよ」

「言ってろよ。この苦労知らずの金持ちのボンボンが」

何故か俺はシモンから『どこぞの金持ちの道楽息子』と思われているようだった。勇者としてこの世界に召喚された直後、パレードだったり、連日のパーティやら何やら数多くの顔見せのイベントを経《へ》たが、どうやら地方にまでは俺の事は伝わっていないらしい。

確かに、これまで色々な場所を旅してきたが、どこへ行っても俺が「勇者」だと祭り上げられる事はなかった。むしろ「勇者」だと名乗ると、どこか冷めたように見られる事しかなかったので、俺自身、あまり自分から「勇者」を名乗る事もなくなっていた。

「……アンタが思ってるほど、世の中甘くねぇんだよ」

シモンが膝を抱える腕に力を込めながらボソリと呟く。最近、少しだけ肉付きが良くなってきたとは言え、その体には未だに骨が浮いている。

都会と地方。貴族と平民。この世界は、ともかく貧富の差が激しい。そのせいだろう。出会った当初は、有り余った金で貧しい子供に施《ほどこ》しをする自己満足の変態偽善者……と、えらい言われようだった。

しかし、それもシモンの生い立ちを思えば無理もないのかもしれない。

「誰でも話せば分かってもらえると思ってたら痛い目みるぞ」

「まぁ、確かにその通りだな」

あまり想像したくはないが、シモンはこれまでも「話の通じないヤバイ大人」に酷《ひど》い目に遭わされかけてきたのだろう。俺は深く息を吐くと、シモンの頭にポンと手を乗せた。

「ほんっと、話が通じない奴って、どこの世界にも居るわ。怖いよなぁ」

「あ？」

俺のように何の苦労もなく育った人間じゃ、シモンに「師匠」と呼んでもらえるのはまだまだ先かもしれない。こればかりは、ゆっくりやっていくしかないだろう。

「シモン。話が通じない奴は、基本ヤバイ奴だから絶対に近寄るなよ。変な大人に会ったら、俺に真っ先に言いなさい」

「それ、アンタが言う……？」

「へ？」

完全に戸惑った表情で此方を見てくる。その横顔は、子供のクセにずっと大人っぽい。

「まぁいいや。ともかく、アンタは目ぇ付けられる前に早く帰れよ。俺は何があっても逃げられるから」

「ええ。もう帰ろうぜー。一緒に寝よ寝よ」

「だから、眠くないんだって……頼むから帰ってくれよ」

俺は、シモンにどう思われているのだろう。多分、前よりは嫌われていない気はするが、幼い教会の子供達を見るのと同じ目をしている時がある。以前も言われたが、これが〝坊や〟扱いというヤツだろうか。俺の方が十歳近くも年上なのに。さすがに釈然としない。

「もう少ししたらちゃんと帰る。修業もする。約束も守るから……」

言いたい事だけ言うと、シモンはそっと体を避けて俺から離れようとする。逸らされた拍子に髪の隙間から見えた耳は、ジワリと赤みがさしていた。まったく、これだから甘えるのに慣れていない思春期は。

しかし、これはどうやらテコでも帰る気はないらしい。

「あ、そうだ」

眠れないのは分かる。でも、この俺ですら、さっき子供達を寝かしつけようとして一緒に寝落ちしかけたのだ。だったら、十四歳のシモンが眠れないワケがない。

「よいしょっ」

「っはぁ!?　なんだよ急に」

俺はシモンの小さな体をグイと持ち上げると、そのまま俺の足の間にすっぽりと捻《ね》じ込んでやった。

「っは!?　なんだよ、やめろ！」

「ぐるぐるは外じゃ出来ないからなぁ」

「離せっ、はなせっ！」

「ほらほら、暴れるな」

腕の中で暴れる子獣を、俺は腕に力を込めギュッと抱き込む。これは先ほど「しよー、ぎゅってしてー」と、ヤコブに言われた時に学んだ技法だ。温かい、安心した状態の場所に居ると、人は眠くなる。それで周囲が暗かったらなおの事だ。

「ほら、シモン。修業なんだから少しくらい我慢しろ」

「っ」

どう抵抗しようと、シモンのレベルじゃ俺の体から抜け出す事は出来ない。ついでに、回した手でポンポンと背中を叩いてやる。すると、離れるのは無理だと諦めたのか、シモンは次第に大人しくなっていった。

「なぁ、お前さ」

「ん？」

腕の中から静かな声が聞こえてくる。

「なんでお前は俺達の面倒なんか見てんだよ。そんなに金持ちってのは暇なのか？　親に命令でもされてんのか？」

「言っただろ？　シモンが【ホンモノの勇者】だからだ。お前は強くなって、俺と魔王を倒しに行くの」

「頼むから分かる言葉で説明してくれよ。これだから、金持ちは話が通じなくて嫌なんだ」

いや、正真正銘マジなんだけど。

そして、俺自体は決して金持ちなんかではない。俺の懐の金は魔王討伐の必要経費という事で、王様から頂戴しているモノだ。

つまり、税金である。国民の皆様ありがとう！　これでしっかり魔王を倒します！　……シモンが。

「なぁ、何を企《たくら》んでんだよ。貴族の出世の為の点数稼ぎにしちゃ、効率悪すぎなんじゃないか」

「もー、俺は貴族じゃないって何回も説明しただろ」

俺は肩をすくめ、深くため息を吐いた。まったく、俺のどこが貴族だと言うんだ。生まれも育ちも平凡な中流の一般家庭だというのに。

「じゃあ、お前は一体なんなんだよ」

「何って……」

どうやら、眠れなさすぎて「お話しして」モードに入ったらしい。待って、むしろ俺が眠くなってきたんだけど。俺は腕の中でホカホカとした温《ぬく》もりを放つシモンの体に、瞼《まぶた》が重くなるのを感じた。

「俺は貴族じゃないし。てか、もう親とか居ないし」

「は？」

「ずっと一人だったし」

まぁ、コッチの世界では、だけど。でも、多分向こうの世界の俺は死んでるから、どうせ戻れない。知らない世界で、俺はずっと一人だった。そして、おそらくこれからもそう。

あまり考えないようにしてきたが、夜という事もあり、いつも以上に心細さを感じてしまった。ジワリと体を内側から蝕《むしば》んでくる不安感に、俺は腕の中の温もりに自然と力を込めた。

「俺、シモン達と同じだよ」

それまで奥から聞こえてきた笑い声が、気づけばピタリと止《や》んでいた。シンとした、微かに寒気すら感じる夜の空気感が体を包む。

「なぁ、お前」

「おら、さっきから間違ってるぞ。〝師匠〟だろうが」

「師匠……」

腕の中からジッと此方を見上げてくる視線を感じる。やっと素直に「師匠」と呼んでくれた。

ただ、そんなシモンに対し、俺は目を合わせなかった。月明りに仄《ほの》かに照らされていた視界を、大

量の影が阻む。次いで鼻孔をくすぐるアルコールの匂い。

どうやら、「話の通じない奴ら」に見つかってしまったようだ。

「おい、お前。最近、ガキ共を面倒見てるって噂《うわさ》の道楽貴族じゃねぇか？」

「お前とは話してみたかったんだ、コッチ来いよ。一緒に飲もうぜぇ。お前の奢《おご》りで」

「……俺、そんな良い奴じゃないんだけどなぁ」

俺が使ってるお金、全部税金だし。

ガラの悪い連中が、突然俺に話しかけてきた。それに続き、次々と俺に向かって下卑た声がかけられる。

「ウソつけ。テメェが大量の金をどっかから仕入れてきてんのはバレてんだよ」

「なんだよ、そんな金があるなら俺らにも恵んでくれよ」

「おらっ！　殺されたくなけりゃ、さっさと金出せや！」

ヤバイな。そうチラリと男達の脇にあるステータスに目を向けると、映し出された数字に、俺は思わず目を剝《む》いた。

名前：ガリラ　　　Ｌｖ：１
クラス：ゴロツキ

「え、ガリラ弱すぎでは？　チュートリアルの人？」

「あぁっ!?　んだとテメェっ！」

「あ、ごめん」

ヤバ、思わず名指しでディスってしまった。

そうそう！　こういうのをとっさにやっちゃうから、相手の名前は見えない仕様であってほしかったんだよ！　マジで揉《も》めるから！

取り囲む相手の弱さに愕然《がくぜん》としていると、それまで大人しかったシモンがモゾモゾと暴れて顔を出してきた。

「ほら、だから言ったんだ！　早く逃げろっ」

「いやぁ……うーん」

「何悩んでんだよっ！　早く立て！」

シモンがめちゃくちゃ心配してくれている。良い奴かよ。あぁ、さすがは『ホンモノの勇者』だ。

「どうすっかなぁ」

普通に倒しても良い。多分、秒で倒せるのだが、そういう「俺つえ――！」な感じで周囲を圧倒させる展開は、コッチに来てすぐにやりすぎて、むしろもう嫌になってしまった。

だって、嫌味とかじゃなくさ。本気で弱い者イジメしてるみたいで精神的にクるんだよ。俺、そういうのあんまり好きじゃない。

「お？　シモンも居たのか」

「チビすぎて気付かなかったわ」

「うるせぇっ！」

すると、いつの間にか俺に向けられていた視線がシモンへと移っていた。ずっとスラムで暮らしている者同士、顔見知りではあるようだ。

「いいよなぁ、ガキだからって金持ちに施してもらえて」

「お前らに関係ねぇだろ！」

「っは、どうせテメェの事だ。ガキ好きの変態貴族にケツでも差し出したんだろ。お前、顔だけは母親に似てキレイだもんなぁ？」

「っ！」

俺の腹の中で、シモンの息を呑《の》む声が聞こえた。同時に「女扱いするな！」と凄い剣幕でキレてきた時のシモンの気持ちが、本当の意味で分かった気がした。シモンはずっと周囲の大人達から〝こんな目〟で見られてきたのか。

「っは、違ぇねぇな！　どうだ、兄ちゃん。コイツの具合は良かったかよ」

「大人しそうな顔して、お前《め》ぇもとんだ変態野郎ってワケだ！」

「……はぁっ」

思わずため息が漏れる。なんだか、頭の血管が詰まったような感覚だ。

こういうネタで笑いを取ろうとしてくる奴、大学の飲み会でも居たわ。全然面白《おもしろ》くないし、マジで嫌いだったけど。

「ウザ」

腹の底から漏れ出た言葉の直後、俺は手元にあった小石を掴んだ。指先で小石を転がし、重量と形を確かめるように軽く握り締める。遠距離攻撃を成功させる為の最大のポイントは、命中させたい箇所をしっかりと捕捉する事だ。

今回の場合は、相手の「目」。

「っあぁあっ！」

直後、シモンに下卑た笑みを浮かべていたガリラが、右目を押さえながら絶叫して地面に倒れた。

その瞬間、男のＨＰパラメータが一気に減る。俺の掌には、もう何もない。

名前：ガリラ	Ｌｖ：１
クラス：ゴロツキ	
ＨＰ：２	ＭＰ：40
状態：気絶	

よし、ギリギリＨＰを「ゼロ」にせずに済んだ。

この世界は、ＨＰが「ゼロ」になると、そのまま死亡となる。いくらゴロツキでも、出会い頭に人殺しなんて、さすがの俺も御免だ。

「おいっ、テメェ何やってんだ!?　変態貴族が！」

「ぶっ殺すぞ、このド変態野郎！」

「誰がド変態だ!?　テメェらこそ、子供に気色わりぃ事言ってんじゃねぇよ！　つーか、俺。子供になんか手ぇ出さねぇし、年上が好みだし！」

マジで謝れ、俺に！

俺は、地面に落ちていた小石をいくつか拾い上げると、その場から立ち上がった。

「し、師匠……？」

すぐ傍からシモンの声が聞こえてくる。チラと視線を向けると、やはり心配そうな顔で此方を見ている。確かに、シモンは綺麗な顔立ちをしている。その上、髪の毛が伸びきっているせいで、女の子に見えない事もない。てか、結構ちゃんとした女の子に見える。

……いや、何考えてんだよ。俺。

「シモンは立派な男の子だ！　勇者になるんだから！」

「っ！」

半分自分に言い聞かせるように叫ぶと、シモンは驚いたように目を大きく見開いた。そんなシモンに、俺は野暮《やぼ》ったいほど伸びきったその髪の毛をグシャリと撫《な》でる。

「シモン。明日、髪切ってやるよ」

「え？」

髪が伸びっぱなしなのがいけないんだよ、まったく！

「シモン、ここで見てろ。師匠がちゃんと強いところを見せてやる」

「……で、でも。武器は？」

「そんなモン、拳と小石で充分だ！」

「はぁ!?　アイツら全員ナイフ持ってるんだぞ！」

剣は教会に置いてきた。片手剣とはいえ重いし、邪魔だし。それに――。

「剣なんか使ったら殺しちゃいそうだし」

「……は？」

久々に俺つえー系の主人公みたいな事言ってしまった。いや、待て。どっちかと言うと中二キャラみたいだったわ。うわ、ちょっと恥ずかしくなってきた。

俺はジッと此方に向けられるシモンからの真っ直《ま》ぐ《す》な視線を振り払うかのように、体勢を低くした。

相手は七人。全員レベル1。

完全にチュートリアル戦闘すぎて、自分に制約をかける方が良さそうだ。

「……移動は三歩以内、っし！」

片手に小石、片手に拳を握り込むと、次の瞬間、地面を勢いよく蹴り上げた。

◇◆◇

「あぁ、負けたわー」

いや、これは語弊がある。戦いには勝ったさ。

なにせ、俺は強い。魔王よりは弱いが、それ以外と比べれば全然強い。だからレベル1のゴロツキ相手に負けるワケがない。ただ――。

「あ――、四歩動いちゃった――――！」

全員倒すのに、四歩も動いてしまった。まぁ、別に良いけどさ。どうせ、何したってレベルはもう上がらないし。

周囲を見渡すと、先ほどまで威勢よく騒ぎ立てていたゴロツキ達が全員地面に倒れ伏している。

「えーっと、今回は……大丈夫みたいだな」

倒れている全員のステータス画面を見て、ＨＰがゼロになっていない事だけを確認する。よし、全員生きてるな。

「シモン、帰ろうか」

「……」

立ち尽くすシモンに声をかけるが、シモンは茫然《ぼうぜん》と此方を見つめたまま、何の返事もしない。ヤバ、怖がらせたかも。

「シ、シモン？」

「……」

やはり返事はない。いや、コレは本気で俺にビビっているっぽい。だって、さっき調子に乗って「剣なんか使ったら、殺しちゃいそうだし」なんて、中二みたいな事を言ってしまったせいだ。

マジで恥ずかしい。超直近で消したい過去すぎる。ツラすぎ。なかった事にしよ！

「シモーン？　帰ろうぜ……」

「……」

俺は必死に笑顔を浮かべ立ち尽くすシモンへと駆け寄るが、シモンは目を見開いたままウンともスンとも言わない。せっかく二カ月もかけて距離を詰めてきたのに、ここで心に壁を作られたら修業どころではなくなってしまう。

「あっ、シモン。良い事思いついた。ほら、抱っこしてやるよ。抱っこして教会まで帰ろうな？　な⁉」

「っ！」

保護者面を装ってはいるが、ここで逃げられたら困るので捕獲しておきたいだけだ。そうやって俺がシモンの軽い体をヒョイと持ち上げると、その瞬間、シモンの金色の目が零れ落ちんばかりの勢いで更に見開かれた。

「あ、ぁ……」

「大丈夫大丈夫。俺、普段は暴力とか振るわないタイプだから！　本来、虫も殺さないような性格なんで！　だから、ほら……な!?　あ、お菓子買ってやろっか」

もう、一人大混乱祭りだ。一体なんの「な!?」なのか自分でも分からない。しかし、お菓子による雑な御機嫌取りをした瞬間、シモンは予想外の反応を見せてきた。

「すっげ――！」

「へっ？」

「スゲェスゲェ！　お前、なに!?　なんで、そんなに強いんだ!?」

今まで抱き上げたり、抱き締めたりすると「離せっ！」と凄まじい剣幕で嫌がっていたシモンが、キラキラと輝いた目で俺を見ている。シモンの伸びきった長い髪が、サラリと俺の顔にかかる。くすぐったい。

「しゅ、修業したから？」

「修業したら、俺もあんな風になれんのか!?」

「なれる、と思う」

興奮と高揚で真っ赤になったシモンの顔が、楽しそうに俺に尋ねてくる。シモンのあまりの変化に、俺はただひたすら戸惑うしかなかった。

「本当に!?　俺も師匠みたいになれる!?」

「っ！」

う、うわ――！　ナニコレ、急に素直になった！　少年漫画の主人公みたいじゃん！

キラキラと光る瞳が、俺を捉えて離さない。そこには反抗的な色や不信感など欠片《かけら》もなく、あるのは……純粋な〝憧れ〟だけだ。

「なれる！　シモンなら、修業したら絶対に俺より強くなれるぞ！」

「やった――！」

やっぱりシモンは勇者だ。

それは、ステータスに基づいた純然たる事実でもあったが、それだけではない。シモンのその輝かんばかりの瞳は、誰が何と言おうと〝主人公〟だった。

「修業……師匠の言う事聞いてれば、それが修業になる!?　強くなる!?」

「おう、強くなる！」

「師匠みたいに、格好良くなれる!?」

「なれるっ！」

ピタリとくっついた互いの体がポカポカと熱を帯び始めた。さっきより熱い。すると、その瞬間。

懐かしい声が頭の奥で響いた。

――兄ちゃん、ゲームつえぇっ！　すげー！　かっけー！

グレる前の――小学生の頃の弟の声だ。

そうか、最初からこうしてれば良かったんだ。男の子は「強い」のが大好きなのだから。

俺は鼻先が触れ合うほどに顔を近付けてくるシモンに、苦笑しながら襟足の長い髪の毛に触れた。

「あぁ。明日から、いつもの修業の他に……強くなる為の修業もしようか」

「強くなる為の修業!?」

「おう、シモン用の木刀も買わなきゃな」

「っっ!」

そうだよ。十四歳の男の子相手に「たくさん食え」とか「たくさん寝ろ」はあまりにもつまらなすぎた。そりゃあ強い奴から「喧嘩《けんか》のやり方を教えてもらう」方が、テンションは上がるに違いない。

きっと、俺の弟もそうだったのだろう。

「兄ちゃん」より強くて格好良い奴を、外で見つけたに違いない。

「うん!」

俺は、嬉しそうに頷《うなず》くシモンの頭をそのままグイと首元へと押しやると、背中をゆっくりと叩いてやった。

「ひとまず今日はもう寝ようぜ。体はデカい方がいいからな」

「分かった、師匠」

「目ぇ瞑れー。そんで、羊を数えろ」

「分かった、師匠。ひつじ居ねぇ!」

「あ、そうだね」

驚くほど素直になりすぎて、少し戸惑う。戸惑うけど、まぁ……普通に可愛い。

「じゃあ俺の心臓の音だけ聞いてな」

「分かった、師匠」

トントントン。

シモンが顔を上げられないのを良い事に、俺はわざと遠回りをして教会まで戻った。すると、どのタイミングだったかは分からないけど、いつの間にか俺の腕の中から、小さな寝息が聞こえ始めていた。

「……あったけぇなぁ」

そう、シモンの体を支えながら、俺がポケットから教会の鍵を取り出そうとした時だ。ふと視界の端を掠《かす》めたシモンのステータス画面に、俺は目を剝いた。

名前：シモン	Lv：9
HP：497	MP：68
攻撃力：47	防御力：31
素早さ：34	幸運：7

「……マジか」

一気に2レベルも上がっている。

腕の中の温もりに視線を落とすと、そこにはまるで邪気のない安穏《あんのん》とした寝顔を浮かべるシモンの姿が見えた。しかも、ステータスの変化はそれだけではなかった。

クラス：熱心な見習い勇者

「ぶはっ！　クラスチェンジまでしてるっ！　単純かよ！」

寝る子は育つ。

俺は人類の真理に辿り着くと、小さく笑って教会の鍵を片手で開けた。

あーぁ。俺も眠い。

修業4：たくさん甘えろ

シモンと出会って、半年が経った。

「師匠！　昼飯食ったら手合わせしてくれ！」

シモンは教会の子供達にパンを配る俺の横にべったりとくっつきながら、勢いよく声をかけてきた。いつもの事だ。

「あいあい、分かったから。まずはパンを食え。何個食う？」

「じゃあ、四個！」

「四個か……なんか四って数字は苦手だから、五個にしろ！」

「分かった！　五個食う！」

シモンは、俺の心底テキトーな言葉に大きく頷くと、五個のパンを笑顔で受け取った。すぐに一個は口の中へ入っていく。その隣では、一番末っ子のヤコブがシモンの真似《まね》をして、小さな口に一個丸ごとパンを放り込もうとしていた。

いやいや、無理だろ！

「ふぐぇ」

「おら、ヤコブ。お前は一気に食うな！　また喉に詰まらせるぞ」

俺を見て爆笑しても窒息死する事はないだろうが、パンを喉に詰まらせたらそうなる可能性が大いにある。俺はヤコブの前に腰を下ろすと、口に詰まったパンを引き抜いた。ついでに口の周りについたパンくずを払ってやる。

「口の周りについてるぞ。落ち着け」

「……おれも、しもんみたいに、たべたい！」

「大きくなったらな」

いや、大きくなっても普通に一口一口確実に食べてほしいが。

ヤコブにとっては、ともかくシモンが憧れの存在なのだ。それに、この年頃の子供は何かにつけて上の真似ばかりをしたがる。

「ほら、口開けろ。あーん」

「あーん」

「ほい」

一度口に突っ込んだせいでパンはベタベタだ。正直、触りたくはないのだが、またパンを喉に詰まらせたヤコブを見て血の気が引くのは御免なので、ちぎったパンをその小さな口へと放り込んでいく。

「美味しいか？」

「おいしー！」

満面の笑みを浮かべながら美味しそうにパンを頬張るヤコブも、半年前と比べると大分肉付きが良くなってきた。いい傾向だ。

「師匠……」

「ん？　どうした、シモン」

顔を上げると、そこには既に全てのパンを平らげてしまったシモンが不機嫌そうな顔で此方を見ていた。

「なんだ、パンが足りなかったか？　もう一つ食う？」

「ねえ、修業はいつすんの？」

「あー、修業ね。皆のごはんが終わって、片付けとか……まぁ色々終わってからだな」

「色々って？」

シモンが口を尖《とが》らせながら尋ねてくる。どうやら、早く修業がしたくて堪《たま》らないらしい。よく寝るようになったお陰で、十五歳になったシモンは昼間の体力が有り余って仕方がないようだ。

「しよー、パンちょうだい！」

「あいあい、ちょっと待ってな」

シモンとの会話に、ヤコブが割って入ってくる。まるで雛鳥《ひなどり》のように大きく開かれた口に、俺はベタベタのパンを小さくちぎって放り込んでやった。つーか、そろそろ自分で食えよ。

「……師匠、やっぱ俺にももう一つパンちょうだい」

「お、いいぞ。どんどん食え」

シモンにはもっと大きくなってもらわないといけないからな。俺はヤコブに小さくなった残りのパンを手渡しつつ、テーブルの上の籠にもう一方の手を伸ばした。しかし、伸ばしたその手が温かいパンを摑む事はなかった。

「あー、シモン。焼き立てのヤツがもうないから、焼いてないヤツでもいい？」

「……うん」

シモンが浮かない顔で頷く。

確かに焼く前のパンって固いから、あんまり美味しくないんだよなぁ。パン屋で廃棄前のヤツを安く売ってもらってるので、凄くパサパサしてるし。でも、だからといって一つだけパンを焼くのに、竈に火を付けるのは、さすがに薪《まき》がもったいない。

「ごめんな、シモン。次からもう少し多めに焼くようにするから」

「あ、いや。別にそこまでは……」

「しもんが、たべるなら、おれもー！」

「ヤコブはまずその手にあるパンを全部食べてから言いなさい」

「ええ？」

グチャグチャになったパンを片手に、ヤコブはなんともまぁ気の抜けた顔で首を傾《かし》げた。おいおい。まさか、自分がパンを持っていた事を忘れていたんじゃないだろうな。

「あー。まだ、あったぁ」

そのまさかだよ。ヤコブときたら、本当にシモンの事しか見えてないらしい。

残りのパンをめいっぱい口に頬張るヤコブを前に、俺は思わず表情が緩むのを止められなかった。こういう一途《いちず》なところが可愛いんだよなぁ、とは口が裂けても言わない。だって、シモンによく言われる。「師匠はヤコブには甘すぎる」って。

「シモン、ちょっと待っててなー」

「……うん」

「しよー、おれも、ぜんぶたべた！」

「はいはい、分かった分かった」

俺は戸棚にしまってあるパンの入った紙袋を取り出すと、その袋の軽さに思わずため息を吐いた。

「……そろそろ、追加の金を貰わなきゃな」

紙袋の中に転がる僅かばかりのパンを見やり、食費についてザッと計算してみる。どんなに甘く見積もっても、あと一週間程度で貰った金は底を尽きるだろう。

だとすると、また鷹に来てもらわないといけない。

「はぁっ」

「ねぇ、しよーのタカは、次いつ来るのー?」

また嫌味言われんだろーなぁと、首から吊《つ》り下げられた鷹笛に触れつつため息を漏らしていると、絶妙なタイミングでヤコブから鷹について尋ねられた。

「おれ、またタカとあそびたい!」

手紙の相手が相手なだけに、最初は森の脇でコッソリ呼び出していた鷹だったが、最近ではその回数の多さから、子供達にもすっかり存在がバレてしまっていた。仕方ないので、俺の「ペット」という事で通している。

「あいあい。なら、ヤコブがいい子にしてたら呼んでやるよ」

「やった、やった！　おれ、タカといっしょに川で水浴びする！　ね、シモンもいっしょに水浴びしよ！」

「まぁ、修業の後ならな」

ヤコブの誘いにシモンもまんざらでもなさそうな表情で頷く。

鷹は特に見た目の格好良さもあり、男の子達から凄まじい人気を博していた。今では一緒に川で水浴びをして遊んだりしているほどだ。

「おいおい。鷹はヤコブがいい子にしてたら、だからな」

「するー！」

テキトーに宥《なだ》めはするが、金は要るので鷹には来てもらわねばならない。あぁ、世知辛い。

「……みんな、最近凄い食うもんなぁ」

そりゃあそうだ。シモンを含む十二人の子供達は、今が育ち盛りなのだから。それに金がかかっているのは、なにも食費ばかりではない。最近はシモンの修業に使う木刀や、他の子供達に読み書きを教える為の本なんかも買う必要がある。

「師匠、どうしたの？」

「いいや、なんでもないよ。ほら、シモン」

「あ、ありがと」

いつの間にか隣から此方を覗き込むように立っていたシモンに、なんでもない顔でパンを差し出す。

すると、今度は足元に小さな塊が勢いよくぶつかってきた。

「しよー、おれもおれもー！」

「ヤコブ、お前ちゃんと一個全部食べれんのか……って、おい！」

「んぁ？」

小首を傾げながら此方を見上げてきたヤコブの口の周りは、そりゃあもう見事なまでにパンくずで汚れていた。おいおい、なんで残りちょっとしかなかったパンでここまで汚れるんだよ！

「ヤコブ、もうちょっとキレイに食え！」

「んぅぅ！」

俺はその場に腰を下ろすと、ヤコブの口の周りを腰のベルトに引っ掛けていたタオルで拭ってやった。子供を相手にしていると、ともかくタオルの出番が多い。今は剣なんかよりタオルの方が振るう機会が多いなんて、ニセモノとは言え「勇者」が聞いて呆れる。

「……おなか、いっぱい。も、ねむい」

「ほら、もう一個なんて無理だろ。ちょっとお昼寝しろ」

「しよー、いっしょに、ねてぇ」

あーあ、やっぱりこうなると思った。

小さな腕でぎゅっと俺の体に巻き付いてくるヤコブの背中を、ポンポンと撫でてやった。

「はいはい、分かったから。先に二階に行ってろ」

「いやぁ、いっしょにいくの」

「仕方ねぇな」

ゴシゴシと目を擦《こす》るヤコブを抱えて立ち上がると、すぐ隣から腰のタオルが勢いよく引っ張られた。

「師匠、俺との修業は」

「ごめん、夕方までには出来るようにするから」

「……夕方って」

先ほどより不機嫌さの増したシモンの表情に「ごめんな、シモン」とその頭を撫でた。髪を切って傷んでいた部分がなくなったせいか、シモンの髪の毛は以前とは異なり、ツヤツヤと金色の光を帯びている。

「あ、シモン」

「何？」

ふと、シモンの口元にパンくずがついているのが目に入った。ヤコブからの流れで、思わず撫でていた手を口元へと向けそうになって――やめた。

「何、師匠」

「えっと……口の横、パンくずついてるぞ」

「どこ？」

ゴロツキ達に遭遇したあの夜以降、俺はシモンへの接し方を少しばかり改めた。

もちろん、やましい気持ちなど欠片もないし世話も焼きたいのだが、俺の無遠慮な接し方のせいでシモンに嫌な思いをさせるのは、あまりにも身勝手というモノだ。

「ここ。ほら、口のこっち側」

「……そう」

俺が自分の口の横を指さしながら言うと、シモンは不服そうに口を尖らせた。あれ、コレもダメだっただろうか。

「あの、シモン」

「じゃあ、俺は先に外で素振りしてるから」

「え、今から？　俺、すぐには行けそうにないけど」

「いい、一人でやってるから」

どこか寂しそうなシモンの横顔に、俺はなんだか妙に懐かしい気持ちになった。

――にいちゃん、おれもいっしょに、しょうがっこういきたい！

弟がまだ四歳の頃。

学校に行く俺を、いつも玄関まで追いかけては大泣きしていた。弟の世界に、まだ〝格好良い兄ちゃん〟しか居なかった頃の話だ。

もしかすると、今のシモンはあの頃の弟と同じ気持ちなのかもしれない。だとしたら、それは凄く嬉しい。

「分かった。俺もヤコブを寝かしつけたらすぐ行くようにする」

「……い、いいの？」

「もちろん。だって、俺はお前の師匠だからな」

俺が笑って頷いてやると、シモンは「絶対だからな！」と、その場から弾かれたように飛んで行った。あれだけ〝修業〟を嫌がっていたのに、今では〝修業〟大好き少年になってしまった。いつの時代も、どの世界でも男の子は「格好良い」とか「強い」事が大好きだ。

「しよー、おれも、しもんみたいに、しぎゅおしたい」

もう寝たかと思ったヤコブからぼんやりした声が放たれた。まったく、弟ってヤツは本当に兄貴の真似ばかりしたがる。

「ヤコブがもう少し大きくなったらな」

「えぇ～？」

シモンの走り去って行く背中を、ヤコブは羨《うらや》ましそうに見ている。それはまさに、弟が兄の背中を見る時の目だった。

◇◆◇

シモンは、やっぱりホンモノの勇者だった。

「今日こそ師匠に一太刀浴びせる！」

しかも、かなりド直球な熱血主人公タイプ。

「あぁぁぁっ！　畜生！　もう少しだったのに！」

激しく振り下ろされた一太刀をかわした瞬間、心底悔しそうなシモンの声があたりに響いた。

こういう真っ直ぐで明るい少年主人公は、最近のレジェンドシリーズでは、あんまり見なくなった。

そういえば、最新作は主人公が二十歳という事もあり、キャラの年齢感が大人向けになったと話題になっていた気がする。キャッチコピーも「世界に復讐する」みたいなダークな感じだったような。

「……最近の主人公の流行りは熱血系よりもクール系なのか？」

「ねぇ、師匠、もう一回！　もう一回！」

「ははっ、分かった分かった」

でも、俺はどちらかと言えば〝コッチ〟の方が好きだ。やっぱり勇者は、明るくて、元気で、優しくて、強くあってほしい。俺の憧れる勇者っていうのは、そういう奴だ。

「師匠、約束だからな！　一発でも俺の攻撃が入ったらっ」

「ほら、口はいいから手を動かす！」

名前：シモン　Ｌｖ：24

クラス：熱心な見習い勇者
HP：1980　MP：289
攻撃力：150　防御力：81
素早さ：61　幸運：15

シモンのレベルは日に日に上がり続けている。レベル30の俺が追い抜かれるのも、もう時間の問題だ。

「おらっ、っし！　うりゃ！」

シモンから繰り出される攻撃を、俺は木刀の先が肌に触れるか触れないかというところで全て避けていく。

「シモン、お前攻撃のスピードが速くなってきたなっ」

「っだろ⁉」

攻撃後の立ち直りも早い。こうして手合わせをし始めて半年ほど経つが、シモンの成長には目を見張るものがあった。特に体つきなんかは如実に変化が見られた。

ヘコんでいた腹部は程よく厚みが増し、足や腕にはしっかりとした筋肉がつき始め稽古にも安定感が出てきた。あと、一番分かりやすいのは身長だ。ちょうど成長期に入ったこともあり、俺の胸あたりまでしかなかった身長も今は顎くらいまで伸びた。

「でも、まだ一太刀浴びせるのは無理そうだなー？」

「クソッ、見てろよ！」

俺の動きを見越していたように、シモンが一気に距離を詰めてくる。俺は眼前に迫った瞬間を狙い木刀を振り下ろすが、直後、シモンは左足を軸にして右足で蹴りを放ってきた。

「っっうお、ヤバッ！」

予想外の蹴りに、俺はそれまで単調に避けていた体の動きを止め、シモンとの距離を取った。

「あっぶねぇ……」

あと少し避けるのが遅かったら、モロに受けるところだった。まさか、予備動作なしであんな蹴りを繰り出してくるなんて。

「あぁぁぁっ！　クソッ、あと少しだったのにっ！」

確かに、本当にあと少しだった。

しかし、そうやって心底悔しがりながらも、その視線が俺から外れる事はない。戦闘中は相手から目を離すなと言った教えも、きちんと守っている。

「今日こそは、絶対師匠に一太刀浴びせるっ！」

「っうお！」

シモンは俺に向かって勢いよく叫ぶと、再び俺との間合いを詰めてきた。

木刀同士の鈍い殴打音が耳を刺す。シモンの攻撃は、この半年で日に日に重みを増している。今では、攻撃を受けた際の衝撃で腕に強い痺れを覚えるようになったほどだ。

「そんでっ、夜のダンジョンで一緒にモンスター狩りをするんだっ！」

「っく」

そう、これがシモンと俺の交わした約束。シモンが演習で俺に一発でも攻撃を加える事が出来たら、夜のダンジョンで実地の訓練に入る、と。

それはシモンからの提案であり、この提案を受け入れてからシモンの成長スピードは格段に上がってきた。

「師匠、忘れてないよなっ!?」

「忘れてねぇよっ！」

こんだけ毎日、一振りごとに叫ばれたらな!?

シモンの攻撃を木刀で受けながら先ほどより少しばかり重くなった攻撃に、ふと脇のステータスへと目をやった。すると、そこに映し出された情報に、俺は思わず息を呑んだ。

名前：シモン	Lv：25
クラス：熱心な見習い勇者	
HP：2120	MP：298
攻撃力：160	防御力：85
素早さ：61	幸運：19

「……やっぱり！」

さっきまでレベル24だったのに。

この一瞬でレベルが上がっている。ただ、これもシモンには〝よくある事〟だ。しかも、レベルは俺よりまだ下のクセに「攻撃力」と「素早さ」は俺の数値を超えてしまった。道理で攻撃を受ける度に腕が痺れる筈だ。

「シモン、お前はやっぱり凄いな。また、強くなってるぞ！」

「そう⁉」

シモンは変わった。それはもう劇的に。

その変化がこの急激なレベルの上昇に繋《つな》がっている事は、火を見るよりも明らかだ。食事もしっかり摂るようになったし、休むのも修業のうちだと教えたことで、睡眠もしっかり取るようになった。

そして、やっぱり一番の変化は――。

「俺、師匠の弟子の中で何番目に強い⁉」

俺への態度だ。

シモンは、ともかく俺の言う事を何でも素直に聞くようになった。これが、今のシモンの成長を形作っているのは間違いない。

「俺にはお前しか弟子は居ないよ」

「そっか！」

俺が答えた瞬間、シモンはその顔にパッと満面の笑みを浮かべた。半年前と比べ、その顔つきも大分精悍《せいかん》になった。成長期なことも相まって、出会った頃の幼さは今やどこにもない。

「昔も今も？　破門にしたとかじゃなくて⁉」

「ああ、昔も今も。俺の弟子はお前だけだ」

しかし、この質問。ここ最近、毎日される。そして聞かれる度に同じ答えを返しているので、シモンも俺には弟子が自分しか居ない事を分かっている筈だ。

「じゃあ、俺が師匠の弟子の中で一番強いって事だよな⁉」

「そうだよっ」

一人しか居ない弟子の中で一番もクソもないだろ、と思わなくもない。

ただ、そんな当たり前の質問をしてくるシモンに、俺は遠い記憶の中で似たような質問を繰り返してきた相手を思い出していた。

――兄ちゃん、弟の中で俺は何番目に好き？

「お前しか弟は居ないっての」

まだ弟が幼い頃、毎日のように尋ねられていた。二人兄弟の俺に、他に弟など居ないというのに。

「弟？」

「弟子って言ったんだよっ！」

「っはは、そっか！」

また、シモンの攻撃のスピードが上がった。やっぱホンモノの勇者はスゲェな、と俺が思った時だった。

「しよー！」

遠くから、舌足らずに俺を呼ぶ声が聞こえた。それに俺は思わず、声のする方へと視線を向けてしまった。

するとその瞬間、先ほどまで数歩距離を取っていたシモンが、いつの間にか体勢を低くして俺の真下まで来ていた。速い。

「っ！」

鋭い金色の瞳がバチリと俺を捉えた。本能的に理解する。これは、もう避けられない。

下から払い上げられる木刀は左に動けば当たらないが、シモンはそのまま刀身を右から左に払ってくるだろう。そして、それを避けても足元からはシモンの足払いが繰り出され——。そうやって、攻撃が俺にヒットするまでの八つの工程を、瞬時に脳内で組み立てる。

そして、判断した。一発目の攻撃で受け身を取るのが、最もダメージを軽く済ませられる、と。

「っく！」

シモンの払い上げた木刀の刀身が俺の胸を打った。体中に鈍い痛みが走る。やっぱり、レベル差があっても攻撃が当たれば普通に痛い。

「……ふぅっ」

しかし、ここで痛い痛いと騒いでは師匠の面目が立たない。まさか一撃目の衝撃がこれほど重いとは考えていなかったせいで、受け身も上手《うま》く取れなかった。それだけ、あの一瞬の、シモンの集中力は凄まじかったという事だ。

少しだけ減ったＨＰの数量を横目に確認しながら、俺は胸を痺れさせる痕に触れた。きっと、すぐにシモンの大歓声が上がるだろう。早速シモン用の真剣を買いに行かねば。

「やるじゃん、シモン」

「……」

「シモン？」

しかし、俺が褒めてもシモンの表情は一切緩む事はない。喜ぶどころか、その表情はどんどん険しくなっていく。

「しもんー！　しよー！」

「……ヤコブ」

「おれも、しぎゅおするー！」

すると、それまで鋭い光をその目に湛《たた》えていたシモンの視線が、後ろから駆け寄ってくるヤコブへと向けられた。ヤコブの手には、その辺で拾ったであろう木の枝が握られている。

「ヤコ……」

「っヤコブ！」

俺がヤコブの名前を呼ぼうとした時、隣に居たシモンが先に凄まじい怒声を上げた。

いつもとは異なるシモンの姿に、それまで楽しそうに木の棒を持って走っていたヤコブもピタリとその場で立ち止まる。

「シ、モン？　おい、どうしたんだよ？」

動揺で言葉が喉に引っ掛かる。シモンは面倒見の良い兄貴分だ。そんなシモンが子供達、しかも一番年下のヤコブに対しここまで感情を露わにして怒る姿というのは、初めて見た。

「おい、ヤコブ！　言ったよな!?　修業中は絶対に近寄るなって!?　なんで言う事聞かないんだよ！」

「ぁ、あぅ……だってぇ、おれも、しもんみたいに」

「だってじゃないっ！　お前は小さいんだから修業なんて必要ないだろ!?　あっち行けよ！」

「っぅぅ」

あ、ヤバイ。

そう思った時には、凄まじい泣き声が周囲の空気を揺らした。

「うぁあぁあぁあんっ！　じ、じじょーっ」

シモンに怒鳴られ、その目から大粒の涙をボロボロと流し始めたヤコブが、持っていた木の棒を捨て俺の方へと駆け寄ってくる。

「あぁあぁっ、しもんがぁっ、じもんがぁっ」

「あー、はいはい。大丈夫大丈夫」

足元にピタリとくっついてくるヤコブを、俺はひとまず抱き上げてやった。こういう時は何を言っても泣き止まない。ひとまず落ち着くまで抱っこしてやった方が良いだろう。

「あああっ！　あああぁ――っ！」

「よしよし。大丈夫大丈夫」

「あぅぅうっ、うぇえぇえっ」

耳元で響き渡る大音量の泣き声と、ギュッと首に巻きついてくる細い腕に、俺は「大丈夫大丈夫」と呪文のように同じ言葉を繰り返し口にし続ける。

すると、泣き声の隙間を縫って、カランと何かが地面に転がる音がした。足元を見ると、そこにはシモンに買った木刀が転がっていた。

「シモン？」

「……いいよな、ヤコブは」

聞こえるか聞こえないかという狭間《はざま》の声でシモンが俯《うつむ》きながら呟く。

「泣けば甘えさせてもらえるんだから」

シモンは吐き捨てるように言うと、その場から駆け出していた。最初から最後まで、俺とは一度も目を合わせてくれないまま。

「シモン！」

「うぇええええっ、うぇぇぇぇえっ！」

シモンの背中に放った俺の声は、ヤコブの泣き声によって綺麗にかき消される。俺は足元に転がるボロボロの木刀を見つめながら、泣き喚《わめ》くヤコブに「大丈夫、大丈夫」と繰り返す事しか出来なかった。

◇◆◇

何度も何度も問われた。

『俺、師匠の弟子の中で何番目に強い⁉』

――兄ちゃん、弟の中で俺が何番目に好き？

その問いに対し俺は繰り返し、こう答えてきた。

「俺にはお前しか居ないよ」

相手がそう答えてほしいのを分かっているから、何度問われても俺は繰り返し同じ答えを口にしてきた。飽きもせず、毎日、毎日。

だって、嬉しいじゃないか。「お前しか居ないよ」という答えを望む相手にも、俺しか居ないんだから。

◇◆◇

「シモーン」

俺は一向に帰って来ないシモンを捜《さが》しに、スラム街を歩いていた。視界の端に沈む夕日が、街全体を濃い橙色《だいだい》に包み込む。

もうすぐ夕食の時間だ。

「シモン、帰ろう」

「……師匠」

まぁ、捜すと言ってもシモンの居る場所は最初から分かっている。

シモンはいつもの裏路地で体を丸めて蹲《うずくま》っていた。何かあると、いつも此処に来る。俺とシモンが初めて並んで話した、あの場所に。

ただ以前と違うのは、シモンの体が成長して、もう俺の膝の間に収まるのは難しくなってしまったという事くらいだろうか。

「お腹《なか》空いただろ？　今日の肉は……前より、ちゃんと味がついてると思う」

「俺、今日はいい」

「なんで？　お前の為に作ったのに」

俺は以前のようにシモンの隣に座り込む事はせず、目の前に立った。ゆっくり話し込む時間はない。

今日はこれからも忙しいのだから。

「シモン、お前用に新しい剣も買ったぞ。あ、木刀じゃないからな。ちゃんと真剣だ」

「は？　なんで？」

「だって、今晩から実践のモンスター狩りに行くんだろ？　木刀じゃあんまりだ」

俺の言葉に、シモンの目が大きく見開かれた。何をそんなに驚いているのか、俺には分からない。

「約束したよな？　俺に一太刀浴びせたらダンジョンに連れて行くって」

「で、でも」

そう言って、シモンは膝を抱える腕に再び力を込めた。つい最近までひょろひょろだったその腕は、今は筋肉がついて血管の筋が浮かぶほどガッシリとしている。

「でも？」

「あれは、ヤコブが来たから……たまたま、当てられただけだ」

視線を逸らしながらそう言ってくるシモンに、俺はそういう事か、と合点がいった。あれは邪魔が入ったからノーカウントだろ、と言いたいらしい。だから、あんなにヤコブに対して珍しくキレていたのか。

「シモン、戦闘においては〝運〟も実力のうちだ」

俺はシモンのすぐ脇に浮かび上がるステータス画面を見ながら言った。

ＲＰＧには「幸運（運）」という数値が存在する。この数値によって戦闘の勝敗が左右されるなんて事は、よくある話だ。そして、それはまさに人生と同じだと、俺は思っている。

「でもっ！」

「それに、あれは運だけじゃないよ。シモン、お前の実力だ」

「ウソだっ！　あんなに簡単に、師匠に一太刀浴びせられるワケないっ！」

うわ、簡単だったんだ……。

地味にシモンの台詞《せりふ》に肩が落ちてしまう。レベルに差はあれど、潜在能力の高さから今やシモンの実力は、俺より上をいっている。もう、俺はシモンに追いつかれてしまったのだ。

「これだからホンモノの勇者って奴は……」

「師匠？」

俺は周囲をキョロキョロ見渡すと、座り込むシモンの前に腰を下ろした。

「分かった。シモン、コレ見ろ」

「何を？」

裏路地とは言え、さすがに大っぴらに服を脱ぐのは憚《はばか》られる。俺はシモンにしか見えないように服の前のボタンを外すと、中に着ていた肌着をたくし上げた。

「へ？」

俺の突然の行動にシモンが目を瞬かせている。いや、その反応は正しい。確かに、急に目の前で師匠が自分に向かって肌を露出し始めたら、それは師匠チェンジの案件だ。変態のレッテルを貼られる可能性もある。

でもちょっと待って！　すぐ終わるから！

「よく見てろよ」

「あ、えと……」

それまでせわしなく視線を動かしていたシモンが、俺の声に従うようにソロソロと顔を上げた。その顔は、夕日に照らされているせいか少しだけ赤く見えた。

なんだ、自分が服を脱ぐ時は、あれだけ堂々としていたクセに。逆の立場だとシモンも俺と同じようになるんじゃないか。「坊やかよ」と俺の事を心底バカにしていた過去のシモンを思い出し、微かに笑った。

「お前がどんな攻撃をしてくるか、俺は全部分かってたよ」

俺がシモンに見せたかったモノ。それは今日の稽古でシモンが俺につけた傷だった。

「うわ」

思わずシモンの口から驚愕の声が漏れる。

その傷は既にうっ血して真っ赤に腫《は》れており、俺の体の真ん中を見事に一刀両断するようにつけられていた。

「な？　しっかり傷が入ってるだろ？　分かってても避けられなかったんだ」

俺もまさかここまでハッキリと傷が残るとは思わなかった。避けはしなかったものの、ダメージは最低限になるように対処した筈だったのに。それだけ、シモンの攻撃力が凄まじかったのだろう。

「よーし、じゃあ今から稽古の検討会に入る」

「検討会？」

「そう、シモンの攻撃のどこが良かったか。コレを避けていたら、どうなっていたか。師匠が解説してやる。ちゃんと聞いてろよ？」

「は、い」

「まずは、この傷」

俺はシモンの腕を摑むと、人差し指で俺の傷を下から上に、つけられたようになぞらせた。シモンの視線は、俺の傷に釘付けだ。

「この最初の攻撃。もし、コレを俺が避けても、お前の剣は右から左に……こんな風に、俺の体に傷を作ったと思う。そうだろ？」

俺はシモンの控えめに立てられた人差し指で、今度は右から左に肌の上を滑らせる。シモンが俺の問いに、小さく頷く。

「っ、っはぁ」

シモンの呼吸が荒くなった。俺の肌に触れる指先も微かに震えている。

「それを避けた場合、きっとお前は左足を軸にして右足で俺の足を払ってきたと思う。その動きに、俺はとっさに対応できず……」

あの時、シモンの驚異的な集中力の中で繰り出されたであろう技の流れを、俺は一つ一つシモンに説明した。俺がこう動いたら、お前の刀身は俺のこの部分に傷をつけただろう、それを避けても、お前はこう動いただろう、と。

まさに、検討会だ。シモンは黙って俺の説明に耳を傾け、指の動きを目で追っている。自分の解説を聞きながら、俺は静かに一つの事実を受け入れた。

もう、シモンは俺より強い。

「お前の攻撃を避けきったとしても、最終的には倒れた俺の心臓を、お前の剣は容赦なく貫ける」

「……」

シモンの指が最後、俺の心臓の上で止まった。

「だから、俺は敢《あ》えて一太刀目を避けなかった。この傷が、お前の与える傷の中で最もダメージが少ないと思ったからだ」

「……じゃあ、師匠。俺は」

「ああ。だから、お前の攻撃が俺に一太刀浴びせたのはマグレでも運でもない」

実力だよ。

俺がハッキリそう言うと、傾きかけた夕日に照らされたシモンの顔が真っ赤に染まった。少しだけ潤んでいる金色の目が、輝きを増して俺の体の傷を見ている。

「コレは、俺が師匠につけた傷」

シモンは嬉しそうに呟くと、俺の体に走る傷を、今度は自分の意思で上から下になぞった。その瞬間、痛みとは違った刺激がゾワリと背中に走る。

「っん」

「っあ、ごめ！　師匠、痛かった!?」

「……大丈夫」

シモンの焦ったような声に、視線を逸らしたままそれだけ答えた。ヤバ、思わず、変な声が漏れた。恥ずかしすぎる。

「そういうワケだから、今晩から一緒に実践に入ろうぜ」

「うん！」

俺は、先ほどの自分を誤魔化すように手早く服を整えると、その場から立ち上がった。

「ねぇ、師匠」

「ん？」

すると、それまで声を弾ませていたシモンが、再び言い辛《づら》そうに俺の腕を掴んできた。

「もし、ヤコブとか、他の奴らが……もう少し大きくなって、師匠の弟子になりたいって言ったら、みんな、弟子にするの？」

言いにくそうに口にするシモンの顔は、未だに真っ赤に染まっていた。それに加え、眉間には深い皺。そして口角は無理に表情を作ろうとしているせいか、ヒクヒクと妙に引き攣《つ》ってしまっている。

──いいよな、ヤコブは。泣けば甘えさせてもらえるんだから。

その表情に、俺は昼間のシモンの言葉を思い出した。同時に、遠い過去の記憶まで一気に蘇ってくる。そういえば、弟が自分より年下の従弟《いとこ》を叩いて泣かせた事があった。

『にいちゃんは、おれだけのっ、にいちゃんなのに』

その時そう言って握り締められていた手は、よく見れば殴られた従弟の頬と同じくらい赤かった。

あぁ、そうさ。暴力はダメだ。何があっても。

でも、幼い子を殴って泣かせた弟を、俺は叱《しか》る事が出来なかった。出来るワケがない。こんな可愛いヤキモチを焼いてくれた弟を、兄貴である俺が怒れるワケがないのだ。

「……そういう事か」

シモンはヤキモチを焼いていたのだ。他の自分よりも幼い子供達に。そして、自分が俺にとっての〝唯一の弟子〟ではなくなる事に焦りを覚えた。あの日の弟と同じだ。だとすれば、シモンが言ってほしい言葉を、俺はちゃんと分かっている。

「俺にはお前だけだよ、シモン」

「っ！」

俺の言葉に、シモンはガバリと勢いよくその顔を上げた。その目はキラキラと輝いており、期待と高揚で頬は更に赤く染まったままだ。夕焼けのせいではない。もう夕日は沈んでしまっているから。

「俺の弟子は後にも先にもシモンだけだ」

「ほっ、本当に？」

「うん。俺、お前以外に弟子は取らないって決めてるから」

それだけ言うと、俺はシモンの肩を抱いてピタリと自らの脇に寄せた。シモンの頭は今、俺の顎の位置だ。きっとそのうち、身長もすぐに追い抜かれてしまうのだろう。

「シモン、俺には甘えていいからな」

「……え？」

名前：シモン　Ｌｖ：25
クラス：熱心な見習い勇者

たった半年足らずで、シモンは俺が三年かけて上げた実力を超えようとしていた。きっとレベル100の魔王に追いつくのも、そう遠い未来の話ではないだろう。

「で、も。師匠は皆の、師匠、だし」

「話聞いてた？　俺の弟子はお前しか居ないんだって」

「でも、皆……師匠の弟子に、なりたがるかも」

「その時は、シモン。お前が弟子にしてやれよ。俺はお前だけだから」

俺がシモンを見つけるまで、シモンは十一人の子供達を一人で必死に守ってきた。甘える相手なんか、居なかった筈だ。

「……師匠」

シモンが俺の体に抱きついてくる。シモンもまだ子供だ。弟と同じ、シモンにも俺しか居ない。そうだ、俺は遠慮せず、思う存分シモンを甘やかしてもいいんだ。

「たくさん甘えろ。シモン」

黙り込むシモンの頭に、俺はソッと手を乗せる。

「これからの訓練も、傍には必ず俺が居る。無理だと思ったら、頼る術《すべ》も覚えていかないと。シモンは全部一人でやろうとするからな」

まぁ、すぐに俺の手助けなど必要なくなるだろうが。少しの間でもいい。シモンが甘えてくれる限りは、俺はそれに全力で応えたかった。

「……」

返事はない。だが、シモンの頭が微かに頷くのが見えた。その僅かな肯定の仕草に応じるよう、俺は勢いよくシモンを抱き上げた。

「シモン、俺は運が良かったよ！」

「ししょう」

シモンのゴツゴツとした体が、体の傷に当たってジワリと痛む。しかし、その時の俺はそんなの一切気にならなかった。

「こうして、お前に会えたんだからな」

「っ」

金色の瞳を大きく見開くシモンは、今にも泣きそうな顔をしていた。でも泣きはしない。泣けばいいのに、必死に耐えるあたりがシモンらしい。

俺はシモンを抱えたまま、教会の近くまでゆっくりと歩いた。

半年前、真夜中に家出をしたシモンを抱えた時とは異なり、その体重はそりゃあもう重かった。もう、抱っこは無理そうだな。

「シモン、一緒に魔王を倒そうなー」

「……ん」

その日から、シモンは「魔王を倒そう」という俺の言葉に対し、一切否定しなくなった。

「師匠が言うなら。じゃあ、倒す」

名前：シモン　Lv：25 クラス：師の意思を継ぐ勇者

その日、シモンのクラスから「見習い」の文字が消えた。

え？　何かコレ、俺が死んだみたいじゃね？

修業5：たくさん遊べ

うん、分かる。分かるよー。

「ねーねー、その髪どうやってるの？　私もやってー」

「ちょっとヤコブ。本読んでるんだから明かりの前に立たないでよ」

「ねぇ、明日街の子達と遊ぶんだけどさぁ」

夜になるとテンションが上がるよな。俺も子供の時は、夜絶対に寝たくなかったもんね。ホントに、共感はする。でもさぁ……。

「おーーら、もう寝るぞーー！」

子供は早く寝ろっ！

教会の子供達の面倒を見るようになって二年。

子犬のようにコロコロと転がっていた子供達も、今じゃ随分と成長した。そのお陰で、寝る前の準備はかなり楽になった。が、一つだけ大きな問題があった。

「えー、まだ眠くないしー」

「あー、もう。師匠うるさーい」

「今、いいところなのにぃ」

それぞれ、強い自我を持つようになってきたせいか、あの頃のように言う事を聞いてくれなくなった。反抗期、にはまだ早いのだろうが、口が達者になったのか、ともかく口答えをしてくる。

「へーー。お前らそんな事言っていいのかなぁ？」

俺は絨毯を敷き終えると、面倒そうにこちらを見てくる子供達に向かって「最後の手段」を発動した。

「そんなに師匠の言う事聞けないなら、ぐるぐるしてやらないからな！」

みんな大好き〝ぐるぐる〟。これを言えば、みんなすぐに「えー！」と俺の前に列をなして――。

「別にしなくていいけど」

「ってかさ、明日どうする？」

「なー、シモーン！」

……誰も、俺の前に列をなしてはくれなかった。

いや、並べよ！　一人くらいはまだ「師匠、ぐるぐるして」って言って!?

俺が込み上げてくる羞恥心に奥歯を噛んでいると、こちらに向かってヤコブが満面の笑みで駆け寄ってきた。

あぁ、ヤコブ。まだお前は師匠の「ぐるぐる」がないとダメなんだもんな？　師匠が居ないと眠れない可愛い末っ子だもんな!?

「ヤコ……」

「シモーン、なぁなぁ！」

俺の脇を、ヤコブが勢いよく駆け抜けていく。どうやら、現実はどこまでも俺に厳しいようだ。

「ヤコブ、うるさい」

「なー！　シモンって〝ぼーや〟なのー？」

「……おい、それ誰に言われた」

「武器屋のにーちゃんにシモンがぼーやかどうか聞いてこいって！」

「それで？　聞いてきたら何をくれるって？」

「あー、えっとぉ」

明らかに痛いところを突かれた、と慌て始めたヤコブに、シモンは容赦ないデコピンをパチンと放った。

「いってぇぇっ！」

「アイツらに言っとけ。『誰が言うかよ、坊や』って」

デコピン一つでヤコブを黙らせたシモンは椅子に腰かけ、気だるそうに机に肘をついた。椅子と机の間に足が収まりきらないのか、窮屈そうに片足を自身の太腿《ふともも》へと乗せる姿は、決して行儀が良いワケではないのに妙にサマになっている。

「……もう、シモンも十六歳かぁ」

出会った頃は俺の胸くらいまでしかなかった身長も、今やピッタリと並んだ。

名前：シモン　　Ｌｖ：29
クラス：熱心な見習い勇者

レベルも、もうすぐで追いつかれる。いや。

「追い越される……」

呟いたと同時に、腹の底に濃霧がかかったような感覚に襲われた。最近ではよく起こる苦しさだ。

「ったく、お前らそろそろ寝ろよ。師匠が困ってんだろ」

シモンの声掛けと同時に、これまで俺の言う事なんか欠片も聞こうとしていなかった子供達が「えー、もう？」と文句を言いつつも、各々自分の寝床へと向かい始めた。

ちょっ、なんだよ。この差は!? さっき俺が言った時は文句ばっかで全然動こうとしなかったのに！

「ほら、ヤコブも。そんなに痛くもないクセに、いつまでも痛がってんじゃねぇよ。甘えんな」

「ちぇっ、シモンのケチ！」

「言ってろ、ヤコブ坊やが」

ヤコブの尻を勢いよく叩いて寝床まで向かわせていたシモンが、ふと期待するような瞳でこちらを見ていた。しかも、ニコリと音が聞こえてきそうなほどの無邪気な笑顔つきで。

「シモン、ありがと。お前のお陰で助かったよ」

「ねぇ、師匠。今日はダンジョンに潜る日だよね？」

シモンが子供達には聞こえないように、俺の耳元でソッと囁《ささや》く。なんだか、心なしか声も変わって落ち着いてきた気がする。

「あ、あぁ。そうだな。昨日と一昨日《おととい》は基礎練の日だったから、今日は……そう、ダンジョンに潜る日だ」

変に声が上擦る。囁かれた耳にジワリとした熱っぽさを感じつつ、俺は控えめに頷いた。

「……っし、今日こそは絶対に最深部まで到達してやる」

「さすがに最深部まではキツイんじゃないか？」

「いーや、イケるね。今回はイケる」

木刀で俺に一撃を加えたあの日から、俺とシモンは三日に一度ダンジョンに潜る、という実地訓練を行っていた。シモンはこの訓練を、いつも楽しみにしている。きっと、レベルの近い俺との対戦形式の訓練では物足りなくなってきたんだろう。

「……まぁ、相手が俺じゃそうなるだろうな」

「ん、師匠。どうしたの？」

「いや、なんでもないよ」

いちいち卑屈っぽい感情に襲われてしまう自分に嫌気が差す。俺はシモンの肩を叩くと「ほら、お前も一旦横になれ」と布団に入るよう促した。子供達の手前、俺達も皆が寝静まるまでは仮眠を取るようにしている。

「シモン、また後でな」

「うん」

俺がコッソリと声をかけながら横になると、シモンはニコリと無邪気な笑みを浮かべ――俺に背を向けて仮眠に入った。

「……はぁっ」

思わずため息が漏れる。

少し前までは「師匠の隣」合戦が起こっていたというのに。今やそんな事を言って隣に来てくれる奴は一人も居ない。シモンだってそうだ。眠るギリギリまで俺に寄り添い修業の成果を報告してくれていたのに、いつからか俺に背を向けて眠るようになった。

「……これじゃ、俺が一番坊やだな」

思わず漏れた言葉に、シモンの肩が微かに震えたように見えたのは気のせいなのか、どうだったのか。大きくなったシモンの背中に、俺は現実から目を背けるようにソッと目を閉じた。

◇◆◇

「シモンッ、そっちに行ったぞ！　一人でやれるか!?」

「うん、大丈夫！」

迫り来る狼《おおかみ》モンスターの群れを、シモンは身を翻《ひるがえ》し次々と斬り伏せていく。その動きは軽やかで無駄がなく、瞬く間に狼の群れを全滅させてしまった。速い。息つく暇など、まるでなかった。俺にも、そして倒された狼にも。

「っふ――」

「シモン、お疲れ。ほら、タオル」

倒し終えたシモンに駆け寄り、タオルを差し出した。最近の俺の役割と言えば、もっぱら運動部のマネージャーのようなものだ。なにせ、シモンが一人で倒してしまうのだから。

「まさか、本当にダンジョンの最深部まで辿り着くとはなぁ」

「ね、イケるって言ったでしょ？」

汗を拭いながら得意げに言ってのけるシモンに、俺は「そうだな」と苦笑する。

まったく、これだから「ホンモノの勇者」って奴は。腹の底に滞留するモヤついた感情に蓋をするように、俺は微かに目を伏せた。

「……じゃ、帰るぞ。ほら、タオル寄越せ」

「いや、いいよ。汗臭いかもだし」

「何を今更。そんなの気にすんなよ」

「い、今更？」

何故かシモンはショックを受けたように目を見開くと、自分の体に鼻を寄せスンスンと匂いを嗅ぎ始めた。

「し、師匠！　あの、俺って臭い!?」

「いや、別に臭いってほどじゃ。体を動かしたんだから汗かくのは当たり前だし」

「……やっぱ臭いんだ」

ズンと頭を抱える勢いで落ち込み始めたシモンに、俺は思わず目を瞬かせた。

シモンもそういうのを気にする年頃か。十六歳だし、それもそうか。

「あー、じゃあさ。一緒に川で水浴びして帰るか？」

「は？　ちょっ、一緒にって……師匠も!?」

「うん、せっかくだし」

俺は大して動いてないから汗だくってワケでもないが。それでも多少は汗をかいた。寝るならさっぱりしてから横になりたい。

「ほら、行くぞ」

「つえ、えぇ」

俺は慌てふためくシモンの背中をポンと叩くと、元来た道を戻った。ふと夜空を見上げれば、星の輝きが一層増している。

「あー、さっさと水浴びを済ませて俺達も早く休まないと」

「……師匠と水浴び」

「ほら、シモン。置いてくぞー」

未だにドモるシモンの脇で、俺は「ねっむ」と大きな欠伸《あくび》を漏らすと、月明かりが差し込むダンジョンを後にした。

◇◆◇

最近、俺はちょっとばかし寝不足だ。

何故、わざわざ寝不足になってまで「夜」に修業をやるのか。それには、もちろん理由がある。

「おばさーん、頼まれてた酒。届けてきたよー」

そう言って俺が戸を開けたのは、こぢんまりとした一軒の酒場だった。ここは、俺の常連の店だ。

ただ、常連と言っても客は「俺」ではなく、この「酒場」の方だ。

「助かったよ！　はい、今回のお給金」

「あっ、ありがとうございます！」

これこそ俺が、寝不足になりながらも昼間にシモンと修業できない理由だ。

昼間はクエストの消化に忙しいから……というとゲームっぽくて聞こえは良いが、普通に労働に勤《いそ》しんでいるだけである。どうやら旅に出た当時より税金が上がっているらしく、王都に近く栄えているこの街も物価が上昇傾向だ。加えて最近、王様から支給される金貨だけでは生活費が賄《まかな》えなくなってきた為、昼間はこうして働きに出始めたというワケである。あぁ、世知辛《せちがら》い。

「キトリス、アンタもたまにはウチに飲みに来なさいな。安くしといてあげるから」

「ありがとうございます。でも、夜はちょっとダメなんです」

「なんだい。アンタ夜まで働いてんのかい？　少しは体を休めな。随分疲れた顔してるよ」

酒場のおばさんの、どことなーく母親を彷彿《ほうふつ》とさせる物言いにくすぐったい気分になる。なにせこの世界に来て、世話を焼く事はあっても焼かれる事はあまりなかった。

「えっと、夜はシモンと……」

「まぁ、最近、税金も急に上がってきたから苦しいのは分かるけどね。うちも大変だし。それに、ここだけの話、聖王家は相当な財政難を抱え込んでいるらしいから、まだまだ税金は上がるだろうって冒険者達が言ってたよ。あーぁ、まったく。たまったもんじゃないよ」

「あはは、そうですね」

あぁ、しまった。気を抜いてたせいで、母親にもありがちな愚痴《ぐち》を含んだ世間話が始まってしまった。どうしたものか。そろそろ昼も近いし教会に戻って昼飯の準備をしたいのだが。

そう、どうやっておばさんの話から抜け出そうかと思案し始めた時だった。

「あっ、キトリスだ！」

店の奥から、栗《くり》色の髪を靡かせながら此方に駆け寄って来る一人の女の子が見えた。その瞬間、フワリと花のような甘い香りが漂ってくる。

「あ、マリア」

「ねぇ、シモンは？　一緒じゃないの？」

マリアはシモンと同い年の、この酒場の一人娘だ。しかも、とびきり可愛いと評判である。マリアは周囲をキョロキョロと見渡しながら期待するように問いかけてきた。どうやら、その大きな目には眼前に立つ俺の事など欠片も見えていないようだ。

「シモン？　えーっと、多分この時間は教会で子供達を見てるんじゃないか。それか、武器屋とか——」

「ねぇ、誰かと遊びに行くとか言ってなかった？　……オンナとか」

「いや、それは絶対にナイと思うけど」

「ほんとにぃ？」

疑わしげな目つきでこちらを見てくるマリアに、俺はコクリと深く頷いた。

だって、シモンって修業バカだし。少し前なんて、俺が冗談で「滝に打たれんのも良い修業になるかもなぁ」なんて言ったら、マジで一日中滝に打たれていた事があった。シモンときたら、体はデカくなってもその思考は脳筋……というか、無邪気な子供のままだ。

「というか、なんで急にそんな事聞くんだ？」

「なんでって……最近、シモンの事狙ってる子が多くなってきたから心配なの！」

「シモンを、狙う？」

「そうよ！　こないだなんて道具屋のニケまでシモンにちょっかい出し始めたし。子供の頃は、汚いとかサイテーとか言ってたクセに。まったく調子良いんだから」

子供の頃にシモンを汚いとか臭いと邪険にしていたのはマリアもじゃなかっただろうか。とは、言わなかった。わざわざそんな事を言って女の子の怒りを買うのは御免である。でも、そうなのか。

「へぇ、シモンってモテるんだ」

「はぁ？」

格好良くなってきたもんなぁ、なんて俺が呑気《のんき》に考えていると、マリアは信じられないとばかりに俺に迫ってきた。マリアの纏う甘い香りが、更に強くなる。ちょっと、コレは匂いがキツすぎやしないだろうか。

「モテるなんてモンじゃないわよ！　シモンが街に出てきたら、そりゃあもう凄い争奪戦なんだから。それに、男共もシモンの言う事なら絶対に聞くし。この街のリーダーなんだよ！」

「……マジで？」

教会の子供達のリーダーじゃなくて？　この街の？

零れ落ちるように口を吐いて出た疑問に、マリアは「そうよ」と呆れたように答える。

「ねぇ、キトリスさぁ。あんまりシモンに修業ばっかさせないでよ。いっつも夕方になると師匠と修業があるからって帰っちゃうし。アレってどうなの？　遊び盛りの男の子なのにカワイソーじゃん」

「ぐっ」

その言葉に痛いところをクリティカルで突かれ、思わず答えに窮《きゅう》してしまった。いや、シモンが強くなるのは俺の為ではなく、この世界の為で——なんて言えるワケもない言い訳が頭の中をグルグルと駆け巡る。

すると、それまでカウンターの奥でせっせと店の準備に明け暮れていたおばさんが、マリアに向かってピシャリと言ってのけた。

「何言ってんだい、アンタがシモンを見習いなさいよ。店の手伝いもせずに髪に変な匂いばっかつけて！」

「変な匂いじゃないし。香油だし！　……あぁ、もう。私、ちょっと出かけてくるから」

「ちょっと待ちな！」

駆け出す思春期の娘が、親の言う通りに止まる筈もない。俺の体を押しのけ店から飛び出すマリアに、おばさんの「まったくあの子ったら」という呆れた声が漏れる。よくある娘と母親の光景だ。子供が言う事を聞かないのは、どこも同じらしい。そう、俺が苦笑した時だった。

「シモン！　コッチに来てたんだ！」

外に出たマリアからそれまでの不満げな声とはまるで違う、ワントーンもツートーンも高い声が響いてきた。どうやら噂をすれば、という事らしい。

「シモンが街に下りてくるなんて珍しいな」

マリアの声に誘われるように、俺も店を出てみる。すると、そこには、大勢の若者たちの真ん中で買い物袋を体いっぱいに抱えたシモンの姿があった。

「あっ、師匠だ！」

「ちょっと、シモンったら！」

するとそれまで街の若者達と楽しそうに盛り上がっていたシモンが、話しかけるマリアを無視しパタパタと俺の方へ駆け寄って来た。その背後からは、シモンに無視されたマリアの剣呑な視線がジトリと俺に向けられている。マリアときたら、普通の女の子（レベル1）にもかかわらず、レベルを超越した怖さがあるのだから堪らない。

「師匠、頼まれてたヤツ買ってきたよ！」

「あ、そうだった」

そう言えば、俺がシモンにお使いを頼んでいたんだ。その瞬間、マリアの「遊び盛りの男の子なのにカワイソーじゃん」という声が耳の奥で響き渡る。

「あ、えっと……ありがとな、シモン」

「どうしたの、師匠？」

俺の様子をおかしく思ったのか、シモンが顔を覗き込んでくる。その間も、後ろから「なぁ、シモン。この後さぁ」と次々に周囲に居る若者達からシモンへと声がかけられ続けた。そんな彼らにシモンは振り返りながらサラリと言ってのける。

「俺、修業あるから帰るわ」

それは、十六歳のまだまだ遊び盛りな男の子の口から出る言葉としては、なんだか妙に味気なかった。

「帰ろう、師匠」

「……ああ」

シモンと共に歩く帰り道。俺はぼんやりと考えた。十六歳の時、俺は何をしていただろうか、と。

そう思った直後、過《よぎ》った答えは皮肉なもんで「ゲーム」だった。

俺は、シモンから「自由な子供」の時間を奪っているのかもしれない。そう思った瞬間、腹に堆積《たいせき》したのが罪悪感なのか何なのか、その時の俺にはよく分からなかった。

◇◆◇

「え？　修業の日を減らす？」

夕食後、俺はさっそくシモンに休息日を設ける事を提案した。

「な、なんでっ、俺なんか悪い事した？　もしかして、破門？」

皆それぞれ好き勝手に過ごす中、シモンはオロオロと俺の顔を窺ってくる。

「いやいや、破門ってなんだよ。毎日やると体に負担がかかるから、休む日も決めようって言ってるだけだろ」

「でっ、でも！　まだ全然強くなってないし」

「そんな事ねぇよ。お前はちゃんと強くなってる」

名前：シモン	Lv：29
クラス：熱心な見習い勇者	
HP：3015	MP：324
攻撃力：281	防御力：151
素早さ：121	幸運：27

チラリと視界に移り込むシモンのステータス画面。

レベルこそ俺よりは低いが、全体的なパラメータの数値はシモンの方が上だ。きっと、今シモンと本気の勝負をしたら負ける確率の方が高いだろう。

「でも、俺、もっと……師匠と修業したいし」

「シモン、遊ぶのも修業のうちだ」

俺はいつも通り皆の寝床の準備を終えると、目を瞬かせるシモンの肩をポンと叩いた。

「お前はまだ十六歳なんだ。もっと友達と遊んでいいんだよ」

「でも、俺は師匠と」

「そう言えば、マリアに聞いたぞ？　シモンは街の皆のリーダーなんだってな？」

「別に、それは皆が勝手に」

「……へぇ。皆が勝手に、か」

「師匠？」

この教会でもそうだったように、シモンにはカリスマ的な魅力がある。そういう奴のところには、人が自然と集まるんだろう。もしかしたら、そのうち俺より強い仲間も見つかるかもしれない。

「シモン、たくさん遊べ」

「で、でも」

さすがは〝ホンモノの勇者様〟だ。

ニコリと笑顔を浮かべ、さも年長者からの含蓄《がんちく》あるものとして言葉を放つ。

けれど、この時の俺の本心は、そんなお綺麗なモンじゃなかった。ただ、シモンに追いつかれるのが怖くて、少しでもソレを先延ばしにしようとしていただけ。

「な？　コレも大事な〝修業〟のうちだから」

あぁ、さすがはニセモノ。考える事が、いちいちズルい。こんな事をしても、何も意味ないのに。

「……師匠が、そう言うなら」

「ん、そうしろ」

未だに不満そうな表情を浮かべたまま頷いたシモンに、俺は何故か、自分が提案したにもかかわらず、胸の内にスルリと冷たい風が吹いたような気がした。

「じゃ、おやすみ。シモン」

その日、俺は初めてシモンに背を向けて眠った。

◇◆◇

シモンの休息日は、三日間の修業が終わった後に一日設ける事になった。ダンジョンに潜った次の日は修業禁止。

すると、どうだ。「遊ぶのも修業」という言葉が効いたのか、それとも元々シモンも遊びたいという気持ちがあったのか。俺が街でクエストを消化している合間にチラホラ、友達と遊ぶシモンを目にするようになった。もちろん、その中にはマリアだけじゃなく、俺の知らない女の子も居た。

「うん、シモンはまだ十六歳なんだから……それでいい」

楽しそうなシモンを見かける度に、そう自分に言い聞かせた。でも、腹の底にあるモヤモヤと燻《くすぶ》った感情は一向に消えない。むしろ、友達や女の子と一緒に居るシモンを見ると腹さえ立ってくるほどだった。

「なんだよ……。あんだけ修業修業言ってたクセに」

こんな事なら、さっさと俺のレベルを超えてくれりゃいいのに、なんて。自分の脇にあるレベル30で止まったステータス画面に、そんな身勝手な思いさえ湧き上がる。

そんな、ある日の事だった。


「まだ、帰って来ない」

その日、夕飯の時間になっても、寝る時間になってもシモンが教会に帰って来なかった。一応、夕食の後にシモンがよく隠れていた裏路地にも行ってみた。しかし、十六歳になったシモンがそんな場所で膝を抱えて居るワケもなく。

そうこうしているうちに、夜は更けていく。まだ寝たくないと騒ぐ子供達を寝床へと追いやり、やっとの思いで寝かしつけた。

「街に探しに行くか。でも」

十六歳の男の子の帰りが遅いからと、保護者に探し回られたらそれこそ恥ずかしいのではないだろうか。それに、今日は「休息日」だ。

「俺が、遊べって言ったのに……」

何度も何度も、寝返りをうっては起き上がってを繰り返す。

捜しに行くべきか。どうするべきか。一体、俺は何をこんなにソワソワしているのか、自分でも全然分からなかった。ただ、一つだけ明らかなのは、一緒に修業をしている時より「休息日」にシモンと離れている時の方が、ずっとシモンの事を考えてしまっているという事実だ。

「さ、散歩にでも行こっかなぁ」

誰に言うでもなく呟く。そう、これはシモンを捜しに行くワケじゃない。ただ、ちょっと眠れないから散歩に行くだけなんだ。と、そんな言い訳と共に、俺は気配を消しながら外に出た。すると――。

「「あ」」

教会の入口でバッタリとシモンに出くわしてしまった。

少し、いや、これは結構気まずい。しかし、どうやらそれはシモンの方も同じらしく、ジワリと俺から視線を逸らしている。

「あー、シモン。その……遅かったな？」

月明かりの下、しとやかに輝くシモンの金色の髪は毛先が少し濡れていた。髪の隙間から覗く耳も赤い。

「師匠……もしかして、俺の事を捜しに行こうとしてくれたの？」

「あー、えっと。捜しに行くっていうか」

さて、どう答えたモノか。と、俺が軽く思考を巡らせている時だ。フワリと、夜風と共に甘い花の香りが鼻孔を突いた。

あれ？　この匂い、どこかで。

――変な匂いじゃないし、香油だし。

記憶を辿り思い出した少女の姿に思わず顔を上げた時、信じられない光景が視界に映り込んできた。

「あ」

名前：シモン　Ｌｖ：30
クラス：熱心な見習い勇者

シモンのレベルが上がっていた。

「師匠、あの……もしかして怒ってる？　俺が、その……約束、破ったこと」

約束？　なんのことだ？

シモンが気遣わしげな様子で此方を見ている。昔は下から見上げられていた目線も、今や同じ高さだ。シモンが一歩此方に近付いた事で、更に強くなる甘い香り。その香りに、俺は思わずシモンから目を逸らした。

「……怒ってないよ」

「あ、えっと。ごめんなさい。本当はもっと早く帰るつもりだったんだけど」

「怒ってないって言ってるだろ！」

思わず語気が強くなる。

いや、これで怒ってないはさすがにナイだろ。と自覚しつつ、俺はどうにか笑顔を作ろうと必死に口角を上げた。今、俺は一体どんな顔をしているのだろう。

「遊ぶのも修業のうちって言ったのは俺だからな。そりゃ、まぁ帰りが遅くなる時は事前に言ってほしかったけどさ」

「あっ、あの。師匠、やっぱりこれからは前みたいに一緒に」

あぁ、イライラする。いや、落ち着け。これまでにもこういう事は何度もあった筈だ。パンを食べさせたり、よく寝るようになったり。そういう「当たり前の事をするだけでレベルが上がる」なんて事は、本物の勇者であるシモンにとっては〝よくある事〟だ。

「……でも、こんなのってアリかよ」

「師匠？」

夜遊びして、髪を濡らして。おまけに、いい匂いまでさせて。

そんな事で、レベルが上がるなんて。俺に追いつくなんて。俺が、ここまでレベルを上げるのに、一体どれだけ剣を振ってきたと思ってるんだ。

あぁ、もう。これだから〝ホンモノ〟の勇者って奴は！

「まぁ、付き合いがあるだろうしそうも言ってられないだろ。どうしようか。あぁ、これから休息日は外で食べるようにするか？　それでもいいぞ。小遣いならやるよ」

止まらない、止まらない。言葉も感情も。俺が俺の言う事をまったく聞いてくれない。反抗期かな。

あぁ、そうかもしれない。

「っていうか、そろそろ俺と二人の対戦形式の修業なんかいらないだろ。シモン、これからは、修業は三日に一回にしよう。つーわけで、明日も休みで大丈夫だから」

「えっ、え。ちょっ、師匠。待って！」

「ごめん、シモン。俺、ちょっと飲みに誘われてるから。子供達のこと、よろしく頼むな」

「は、誘われてるって……誰に？」

「シモンの知らない奴」

ヤバイ、さすがに大人げなさすぎただろうか。でも、今更後に引けない。

「ねえ、師匠。俺は、〝誰に〟誘われてるのかって聞いてるんだけど」

何かがシモンの琴線に触れたのか、怒気を孕《はら》んだ言葉と共に一歩、シモンが俺に詰め寄る。すると、甘い匂いがいっそう強く俺の鼻を突いた。

あぁ、なんだこの匂い。気持ち悪ぃな。

「……俺に近寄るな」

「え？」

「シモン、お前。くさいよ」

ソレだけ言い残すと、俺はともかく振り返る事なく走った。もう、走るしかなかった。

こうなる事は、分かっていた。偽者のクセに本物に対して嫉妬するなんて、それこそおこがましい。でも、何故だろう。腹が立って仕方がない。

「あぁぁっ、クソっ！　何やってんだよ、俺はっ！」

俺は吐き捨てるように言うと、鼻の奥に残ったシモンの甘い残り香を消すように、手の甲で乱暴に鼻を拭った。

◇
◆
◇

――俺、ちょっと飲みに誘われてるから。

もちろん、あんなのは口から出まかせだ。でも、さすがにあんな事を言った直後にのこのこと教会に戻るワケにもいかず――。

「あら、キトリス。来たのかい！」

「あはは、おじゃまします」

俺は、マリアの母親の営む酒場へとやって来ていた。

正直、シモンの匂いの件もあってあまり来たくはなかったのだが。でも、夜に気軽に立ち寄れるような場所を、俺は他に知らない。

「ほら、コッチに来な！」

「あ、はい」

俺は初めての酒場の雰囲気に気圧《けお》されながら、そそくさと店内を横断して奥のカウンターへと向かう。昼間とは違い店内は客で溢《あふ》れかえっている。うん、これぞまさしくＲＰＧの「冒険者の酒場」といった感じだ。

「アンタもたまには羽目を外さなきゃね。さ、何を飲む？」

「あ、えっと」

一番端のカウンターに腰かけながら、俺は壁にかけてある酒のメニューに目をやった。そういえば、今までまともに酒を飲んだ事がない。だから、俺は酒についてイマイチ理解できていなかった。

「うわ、た……」

高い、と口をついて出そうになるのを、俺はすんでのところでなんとか飲み込んだ。

待ってくれ。今まで気にしてなかったが、酒ってこんなにするのか。酒一杯で、子供達の一食分はある。物価は上がってるって知ってたけど、まさかここまでとは。どうしよう。

しかし、ここまで来て「やっぱり帰ります」とはなかなか言い辛い。

「えーっと、その」

「ははっ、キトリス！　今日は初めて店に来てくれたんだ。サービスしとくから気にせず飲みな」

「っ！」

カウンター越しにおばさんがウインクつきで耳打ちしてくれた。どうやら、俺の懐事情を察してくれたらしい。本当は遠慮すべきなのだろうが、今月の生活費の事を思うとその厚意に乗っからざるを得ない。

「あ、ありがとうございます」

「いいんだよ。アンタにはいつも世話になってるからね」

トンと、小気味良い音を立てて目の前に置かれたグラスには、黄色い――まるでビールのような飲み物が注がれていた。

「う、わ」

正真正銘、生まれて初めての酒。こっちに来たばかりの頃、城で酒を振る舞われたりする事も多かったが、当時はまだ自分の事を〝未成年〟だと自負していたせいもあって、律儀に断っていた。でも、こちらに来てもう五年。俺だって、酒を飲んでも差し支えない年齢の筈だ。

「おばさん、ありがとうございます」

「ああ、遠慮せず飲みな！」

グラスを持つと、ツンとアルコールの匂いが鼻孔に充満した。ありがたい、これで嫌な臭いが消えそうだ。

「で、今日は何かあったのかい」

「あ、いや。別にそんな大した事は何もなくて……ただ、酒が飲みたいなぁって」

誤魔化すように視線を逸らしながら、勢いよく酒を喉の奥に流し込んでみる。あぁ、苦い。でも、なんだろう。今は少しだけ、その苦さが心地良かった。

「どうだい、キトリス。酒ってのは良いモンだろ？」

そう、ニコリと笑いながら言ってのける彼女に、俺は思った。

今なら思っている事、全部吐き出して良いのかも、と。

◇◆◇

夜が更けると共に酒場の喧騒《けんそう》は増していく。俺がこの酒場に来て、一体どれほどの時間が経っただろうか。

「おばさーん、もー―、きーてよー」

「はいはい、さっきからずっと聞いてるよ」

俺の周りでは、へべれけに酔っ払った大人達が、まるで子供のように騒ぎ散らかしている。まったく、酒如《ごと》きで大人げないったらありゃしない。

で、今一番騒がしく喋ってるのはどこの誰だ？

「こないだまでさぁ、みーんなで『ししょー、ししょー』って言ってくれてたのにさぁ。いまは、だーれも言ってくれなくなってさぁ。なんだよ、あれー!?」

「そりゃ、親離れってヤツだよ。仕方ないさ」

「仕方なくない！　ぜんっぜん、仕方なくない‼」

俺はおばさんからの不本意な返事に、グイとジョッキを傾けた。うげ、苦い。

「あーもう！　なんで酒はこんなにニガいんだー！」

「ちょっとキトリス、あんたそろそろ酒は止めときな……って、ほとんど減ってないじゃないか」

おばさんは俺の手元にある酒を見て驚いたように目を見開くと、手早く透明な液体の入ったグラスを寄越してきた。なんだ、コレ。

「ほら、水だよ。酒は返しな。うちは飲めない奴に酒は出さない主義だからね」

「ヤダヤだ！　この酒はオレんだ！」

「まったく子供みたいになっちまって」

「オレは、子供じゃねー！　もう、にじゅうごさいだ！」

感情のままに叫ぶと、視界がクラリと揺らいだ気がした。なんだか空に浮いているような不思議な感覚だ。それに、体も凄く熱い。

「はいはい。いいから酒は返しなさい」

「ヤだ！」

酒を奪おうとするおばさんに、俺は両手でグラスを握り締めた。そこにはシモンの髪と同じくらい黄金《きん》色に輝く酒が、グラスの水滴に反射してキラキラと輝いていた。

ああ、シモンは今頃どうしてるだろうか。怒って寝てしまっただろうか。

「ねぇ、おばさぁん。まりあにいってよー」

「何をだい？」

「きとりすから……しもんを取るなって」

　意識はフワフワしているのに、妙に頭が重い。俺は、そのままカウンターに上半身を預けると、シモン色の酒をジッと見つめた。

「まりあが、しもんに変な匂いをつけて、オレから取ろうとするんだ」

「あぁ、そういえばこの前、夜にシモンがうちを訪ねて来て、マリアが大喜びしてたね。なんか、お揃いの香油がどうとか言ってたけど……」

　ほら、やっぱりシモンはマリアと一緒に居たんだ。二人っきりで、匂いが移るような距離で、髪の毛が濡れるような事をして。

　そして、レベルが上がった。きっと、シモンは大人の階段を上ったんだ。きっとそう。

「ねー、おばさーん」

「おや？」

　俺が抱えていた不満を吐き出すように漏らしていると、おばさんが「いらっしゃい、よく来たね」と笑顔を浮かべた。どうやら、また客が来たようだ。でも、そんなの俺は知らない。

「しもんは、オレの弟子なのにさぁ。なんで、オレ以外と一緒に居て、レベルが上がるんだよぉ」

「あらあら」

「ねぇ、おばさん。しもんは、きとりすのだから返してきなさいって、まりあに怒ってよー。おねがいだよー」

「アンタのとこのお師匠さんはこんな事言ってるよ？」

なんだかおばさんが、まともに返事をしてくれなくなった。しかも、楽しそうにケラケラ笑ってる。きっと俺がガキすぎてバカにしてるんだろう。

あーぁ。そうですよ、そうですよ！

「おれは、イイ年してボーヤだよ！　しってるよ！　もーーー！」

俺の言葉に、それまで笑っていたおばさんが「え？」と引き攣った表情を浮かべた。雑然と騒がしかった周囲からも「マジかよ」と面白がるような声が聞こえてくる。

「なんだぁ？」

そう、俺が重い頭をテーブルから上げた時だ。声が、聞こえた。

「師匠、あんまり大声で変な事言わないで」

グイと腕を引っ張られたかと思うと、次の瞬間、俺の体は懐かしい匂いに包み込まれていた。

「あー、しもんだぁ」

「そうだよ。もう、ほんと……何やってんの」

そこには酒場のオレンジ色の明かりに照らされてなお、キラキラと混じりけのない金色の輝きを放つシモンの姿があった。明かりのせいだろうか、顔が少し赤く見える。でも、触れた体は凄く冷たくてひんやりしており、まるで川で水浴びでもした直後のようだ。

「……きもちぃ。かわの、なかみたい」

「し、師匠？」

「あらあら、これじゃどっちが保護者だか分かったモンじゃないね」

シモンの硬くて冷たい体に火照った体を擦り寄せる。スンと鼻を鳴らしてみたが、シモンからは甘い匂いはしなかった。その事に、俺は心底ホッとした。

「おばさん。コレ、マリアに返しといて。良い匂いだからってオススメされたけど……やっぱクサいからいらないって」

「あーぁ、そりゃまた家で癇癪《かんしゃく》を起されるよ」

「……ごめんなさい」

コトンと何かを置くような軽い音の後に、ぼんやりとおばさんとシモンの声が聞こえてくる。なんの話だか分からないが、ちょっとだけ嫌な甘い匂いがしてきたので、押し付けていたシモンの腹から顔を上げた。

「しもん、かえろう」

「……師匠」

シモンは金色の目を大きく見開くと静かに「うん」と頷いた。直後、背中に回されていたシモンの腕にギュッと力が籠《こも》ったのが、俺にはどうしようもなく嬉しくて仕方がなかった。

◇◆◇

酒場の外に出ると、ヒンヤリとした風が俺の火照った体を優しく包み込む。ずっと耳の中で反響していた酒場の喧騒も、今はどこか遠い。

「師匠、ほら。もっと俺の方に寄って」

「あーい」

「あのさ、師匠」

耳元でシモンの声が聞こえる。どうやら、今の俺はシモンに横から支えられながら歩いているらしい。でも、俺の肩と腰に回されたシモンの腕はひどくガッシリとしていて、足元はユラユラなのに不安定さはまるでない。

「えっと、師匠が〝坊や〟って……その、本当？」

「んー？」

耳を真っ赤に染め上げながら控えめに問いかけられる言葉に、なんと答えるべきか思案した。でも、頭が熱くて重くて、全然良い答えが浮かんでこない。だから、俺はシモンの真似をする事にした。

──『誰が言うかよ、坊や』って。

「っふふ。だれが、いうかよ。ぼーや？」

ついでに、ズシリと重い左腕を持ち上げ、シモンの額にパチンとデコピンもお見舞いしてやった
──つもりだったが、上手く力が入らず人差し指で額を突っつくに留《とど》まった。

あぁ、本当はあの時のシモンみたいに余裕で格好良くキめたかったのに。俺ときたら、いつもとことん格好がつかない。

「あ、えっと……それは、つまり？　その、どういう……」

「っふ、ふふ」

分かりやすく混乱するシモンに、俺は込み上げてくる笑いを抑えられなかった。自分でも何がこんなにおかしいのか、よく分からない。でも、こうしてシモンがすぐ傍に居てくれる事が、俺には嬉しくて堪らなかった。

「っふふ。しもんが、いる……いいなぁ」

「師匠？」

一人でケラケラと笑う俺に、シモンは足を止めジッと此方を見つめてくる。

あぁ、懐かしい。そうだ。シモンの目がこんな風に俺だけを見てくれていた時期が確かにあった。

師匠、師匠って言って。俺だけを追いかけてくれていた。ちょっと前まで、俺よりうんと小さかったのに。

名前：シモン　Ｌｖ：30
クラス：熱心な見習い勇者

今では、もう俺と同じ身長。同じレベル。

そして、きっとコレもすぐに終わる。シモンはこれから、どんどん俺の先を行く。師匠よりもっと強くて格好良いモノを見つけて、知らないソイツに夢中になる。俺なんて見向きもされなくなる。

――そりゃ、親離れってヤツだよ。仕方ないさ。

おばさんは「仕方ない」って言った。そんなの、俺が一番分かってる。だから弟に対しても、教会の皆に対しても俺はちゃんと「仕方ない」って納得してきた。でも、どうしてだろう。

「しもん。たくさんあそべよー」

「あの、師匠。その事なんだけどさ、やっぱり修業は前みたいに毎日一緒に――」

「……おれとも」

ボソリと最後に付け足した言葉に、俺は深く俯いた。頭の上から「え？」という戸惑いに満ちた声が聞こえてくる。

「なぁ、しもん」

どうしてもシモンにだけは「仕方ない」って思えなかった。イライラして、モヤモヤして。結果、大人げなくシモンに八つ当たりをした。

あぁ、そうさ。本当は分かっていた。俺は、シモンにレベルが追い越されそうになってイライラしてるんじゃないんだって。

「しもん、おれとも……たくさんあそんでくれよ」

「師匠」

「おまえが、しらない奴らと楽しそうなの見るの、いやだぁ。ねるときも、おれのほうむいて、ねてよ」

あぁ、遂に言ってしまった。クラクラする頭の片隅で、それでも湧き上がってくる羞恥心に、俺は体中汗でびっしょりだった。ピタリとくっつくシモンの体に、汗臭いと思われてないだろうか。なんて、まるで十代の思春期のような感情が湧き上がってくる。

「師匠。顔、上げて」

「っ！」

頭の上からシモンの低い声が降ってくる。でも、顔が上げられない。上げられるワケがない。今の俺の耳も顔も、どこもかしこも誤魔化しようがないほど真っ赤に違いないのだから。酔っ払ってるにしたって、これはちょっとあんまりだろう。

「ねぇ、無視しないで」

「……っぁぅ」

いつの間にか、隣で俺を支えるように立っていたシモンの体が、俺の真正面に居た。頰に、シモンのヒンヤリとした手が添えられている。なんだ、この体勢。シモンの手は冷たいのに、それに反比例するように俺の顔はどんどん熱を増していく。頭がクラクラする。でも――。

「俺のこと、見て」

俺は、シモンの言葉に逆らえない。

「っは、ぁ……はぁ。ぅ」

「ん。やっと、目が合った」

シモンの瞳が、嬉しそうに俺の姿を映し出す。

「ごめんね。もう他の奴とは遊ばないから」

「べ、別に。遊んでいいし」

嘘《うそ》だ。遊ばないでほしい。

「それに、変な匂いもつけないし。夜もちゃんと帰ってくる」

「だから、別に気にしてないってば」

嘘だ。めちゃくちゃ気にしてた。気にしすぎて、最近頭が変になりそうだった。

「だから、汗臭くても許して」

「……それは、元々気にしてねーよ」

「それ〝は〟？」

じゃあ、やっぱり他のは気にしてたんだ？　とシモンが形の良い唇に笑みを浮かべて尋ねてくる。

あぁ、もう。何やってんだよ、俺は。

「……ぐぅ」

「っはは。師匠、かわいい」

「かわいくない！」

「可愛いよ、凄く」

月明かりを背にクスクスと笑うシモンの姿は、妙にサマになっていていつもと違って見えた。あぁ、これは完全に手玉に取られている。俺の方がシモンよりうんと年上なのに。

「そ、そんな生意気な事を言うんだったら、俺がキスしてやるからな！」

すぐ目の前にシモンの少しカサついた唇が見える。

意趣返しのつもりだった。まだ出会ったばかりの頃、シモンにそう言ったら酷く嫌がられた。だから、あそこまではないにしても「もう何言ってるの、師匠」って笑ってくれると思ったのに。

「……いいね、それ」

「は？」

まさか、こんな風に真剣な顔で返されるなんて。

「キスしてよ、師匠」

シモンの熱い息が俺の唇にかかる。もう、あと少し俺が近付くだけでキスしてしまう。いいのだろうか、本当に。シモンは俺とキスなんかして嫌じゃないのか。

「ねぇ、早く」

「……ぁ」

その瞬間、俺は愕然とした。

「シモンは嫌じゃないのか」なんて。そこには俺の意思の是非はまったく問われてなかった。俺は
――シモンとキスする事になんの躊躇《ためら》いもなかった。

「っは……ぅ。ン」

俺はその日、酔いに任せてシモンとキスをした。シモンにとってはどうか分からないけど、俺にとっては初めてのキスだった。

◇◆◇

「ねぇ、師匠！　今日はマリアの酒場に仕事を貰いに行くの？」

「あぁ、そのつもりだけど」

「じゃあ、俺も行く！」

「え？」

シモンと仲直りしたあの日から、俺とシモンは再び毎晩一緒に修業をするようになった。どうやら、シモンの帰りが遅くなったあの日は、俺との約束を無視して一人でダンジョンに潜っていたらしい。

――汗臭いと、約束破ったのがバレそうだったから。

だから、川で水浴びをして、ついでにマリアに貰った香油を塗ってみた、と。やっぱりシモンはシモンだった。俺に叱られたらどうしようとソワソワしながら言ってのける子供みたいなシモンの姿に、

俺はもうドッと体の力が抜けてしまった。

名前：シモン
クラス：熱心な見習い勇者

そう、シモンはずっとステータスに書いてある通り「熱心な」見習い勇者だったというワケだ。一人で騒いで嫉妬して、もうバカみたいだ。

「いや、いいよ。今日のは多分大した仕事じゃないだろうし。お前は好きにしてな」

「ふーん、じゃあ好きにする」

「そうしろ、そうしろ。せっかくなんだ、友達と遊んでていいから」

ただ、一つだけ気になっている事がある。そう、まさにシモンと仲直りしたあの日の夜の事だ。

マリアのおばさんの酒場に行って、しこたま酒を飲んだ事は覚えているのだが、どうもそのせいか記憶が酷く曖昧だ。シモンと仲直りしたはいいが、何がどうやって仲直りしたか記憶にない。

ただ、教会で目を覚ましたら、俺の方を向いて眠るシモンの顔があった。

「酒場のクエストはすぐ終わるだろうから……あと、二つくらいは追加で受けられるか？」

金が足りないので、出来るだけクエストはこなしておきたい。

ボソボソと今日の予定を頭の中で組み立てつつ、装備を整える。その間も、シモンは何故かジッと俺の事を見ていた。え、なになに？

「……じゃ、行ってくるよ」

マリアの酒場にクエストの受注に向かおうと教会を出た。すると、そんな俺の隣にシモンがぴったりとくっついて歩いてくる。最近のシモンは俺との距離がやたらと近い。絶対に体の一部が触れ合う距離に居る。ただ、シモンに触れられただけなのに俺の呼吸は微かに乱れた。

しかも、何故だろう。こないだから、やたらとシモンの唇に目が行ってしまう。

「な、なんで付いて来てるんだよ」

「だから、好きにしてる」

「いや、だから」

「俺は師匠と昼間も一緒に居たいだけだし」

「つぐぅっ！」

俺はもう、いい大人だ。だから十六歳やそこらのシモンの一挙手一投足に惑わされたりしな――。

――キスしてよ、師匠。

「っ!!」

乱れた呼吸が、完全に止まった。そう、コレ。たまに脳裏を過るこの台詞と、唇に残るリアルな感触。これは、夢なのか。それとも現実なのか。

「行こう、師匠」

もう、これ以上考えるのはやめよう。でなければ、朝から俺の心臓が持たない。

「……うん」

スルリと腰に腕を回され、有無を言わさず歩き出したシモンに、俺は完全にされるがままだった。

このあいだまで同じ目線だった筈の身長も、あっという間に追い越された。シモンは少し遅れて怒涛《どとう》の成長期に入ったのだ。

名前：シモン　Ｌｖ：31

チラリと見えたステータス画面。なんの感慨もないほどあっさりと俺のレベルを超えられた。でも、まぁ……それもういい。

シモンと連れだって街を歩く。恥ずかしいけど、悪い気はしない。むしろ気分が良い。でも、酔っ払った〝あの日〟の俺に、一つだけ文句を言いたい。

「お、ありゃ坊やのキトリスじゃねぇか！」

「ねぇねぇ、キトリスってまだ坊やらしいよ」

「キトリス坊や、今日は肉が安いよ！」

この世界で「坊や」が現代で言うところの「童貞」という意味である事を、俺はようやく理解した。

へぇ、そうなんだ。そうなんだ。そうなんだ〜〜。

――キトリス、あんた店で「自分は坊やだ」って騒いでたけど、あれは本当なのかい？

「くうっ！」

クソがっ、酔っ払って何を叫んでんだよ⁉　俺は！

そうだよ、そうですよ。俺は良い年して坊やですよ。「坊や」の意味は知らなかったけど、大正解だよ……使い方は間違ってねぇよ畜生！

「……坊やで、何が悪いんだよ」

そう、俯きながらボソリと口にした言葉に、シモンの腕が俺の腰をゆったりと撫でた。そして、ソッと俺の耳元で囁いた。

「悪くないよ。師匠は最高だよ」

俺はいい大人だ。それなのに――。

「……うぅ」

十六歳のシモンの一挙手一投足に惑わされっぱなしである。

修業6：たくさん発散しろ

テレビから、懐かしいゲームのタイトルが聞こえてきた。

《十年前、悲惨な通り魔事件の被害で話題になった【レジェンド・オブ・ソードクエスト】。そのシリーズ最新作が今日、十年ぶりに発売となります。店の前にはファンの列が～》

日本のRPGの中で最も歴史が古く、そして、最も売れているレジェンドシリーズ。

〝その日〟は、最新作の発売日だった。

『レジェンドシリーズの新作、今日が発売日なのか』

俺はテレビ画面に映る長蛇の列を眺めながら、目の前を通り過ぎる人影に声をかけた。

『なぁ、レジェンドシリーズの最新作、今日が発売日なんだってよ』

『……だからなんだよ』

制服を着崩し、髪の毛を金色に染め上げた弟が、思春期特有のすげない返事を寄越してくる。どうやら今日は機嫌が悪いワケではないらしい。無視されなかったからだ。

『今回のはいつものレジェンドシリーズとは違うみたいだぜ？　キャッチコピーは〝世界に復讐する〟だって。なんかスゲェ反抗期を拗《こじ》らせた主人公なんかな？　面白そうじゃね？』

『黙れよ。なんだよ、さっきからうっせぇな』

『な、兄ちゃんが買って来てやろっか？』

『はぁ!?』

中学二年。早生まれのせいで、まだ十三歳。俺の六個下の弟は、思春期の幕開けと共に盛大にグレてしまっていた。

『昔は俺のプレイを隣で見たりして、一緒に遊んだよな。久々に一緒にやろうぜ！』

『誰がテメェなんかとゲームやるかよ！』

罪もないリビングの壁が弟によって激しく蹴られる。可哀想《かわいそう》に。

『おいおい、やめろよ。カベ君が可哀想だろー。謝りなさい』

『うるせぇっ！』

六歳も年が離れていたお陰で、小学生の頃までは「兄ちゃん兄ちゃん」と完全に俺の後ろを付いて来てくれたのに、今やこの有様だ。最近はまともな会話をした記憶が一切ない。今日は珍しく返事をしてくれたからイケるかと思ったのに。

やっぱ今日もダメか、と俺がスマホに再び目を落とした時だ。

『……予約もしてねぇのに、買えるワケねぇだろ』

『っ！』

久しぶりに弟から罵声以外の言葉を聞いた。その返事に、俺は思った。

コイツ、やりてぇんだなって。

『そっかー、無理かー』

俺は座っていたソファから立ち上がると、スマホをポケットにしまった。大学の授業は午後からだ。

今から店を覗いてみるのも悪くない。

『なぁ、もし兄ちゃんがゲーム買ってこれたら、一緒にやろうぜ』

『はぁ？』

『今日、学校終わったら家に帰って来いよ。絶対夜遊びすんなよ』

『おいっ、勝手な事言ってんじゃねぇっ！』

叫ぶ弟を無視し、俺は財布と鞄《かばん》を持ってリビングを飛び出した。最後に弟とゲームをしたのはいつだろうか。

『買って来てやるから、絶対に家に居ろよ！　あ、あとさ、お前金髪マジで似合ってないから染め直した方がいいぞー』

『うっせぇ、死ね！』

『憧れの先輩の真似もほどほどになぁ』

『違えっつってんだろ⁉　殺すぞ！』

玄関に走って来た弟が俺に向かって凄まじい怒声を放ってくる。

だって本当の事なのだから仕方がない。なんでそんな後から黒歴史になりそうな派手な金髪にしたんだよ。大人になって卒業写真を見て泣く羽目になるぞ。

『二度と帰ってくんな！　バァアカ！』

『おいっ！　兄ちゃんに死亡フラグ立てんな！　お前が主人公なら兄ちゃん確実に死ぬだろうが！』

『死んでこい！』

『俺は死にませーん！　今日はお前と一緒にゲームすんの！』

俺はそれだけ言うと勢いよく玄関を飛び出した。

中学に入って、何故かグレてしまった弟。でも、昔は可愛かった弟。久々にゲームが出来るかもしれない。そう思うと、少しだけワクワクした——のだが！

『……ぅっ』

周囲には悲鳴が響き渡り、遠くから救急車のサイレンが微かに聞こえる。どうやら、俺は車に轢《ひ》かれてしまったようだ。

意識が遠のく中、俺は僅かに残った力で、抱えていたゲームをしっかりと握り締めた。

新作は、もちろん買えなかった。でも、どうしても弟とゲームがしたくて、最後に一緒に遊んだあのゲームを中古で買ったところだった。

あーぁ、死にたくねぇな。

また弟とゲームがしたかった。また兄ちゃん風吹かせて格好つけたかった。

いつの間にか身長も力も、更に言えば顔面偏差値も、何もかも弟に追い越された。もう俺なんか格好良くないかもしれないけどさ。

たまには、憧れの先輩とじゃなくて「兄ちゃん」とも遊んでくれよ。

そこまで考えて、俺の思考は徐々に闇に沈んでいった。そして気付いたら、俺は【レジェンド・オブ・ソードクエスト】の世界に居たのだ。

『おお、伝説の勇者キトリスが召喚された！　これで世界は救われるぞ！』

名前：キトリス　　Lv：8
クラス：剣士

どこにでも居る、ただの「剣士」として。

◇◆◇

この世界には「レベル30の俺」と、「レベル5以下のその他」。そして「レベル100の魔王」しか居ないというのは今や昔の話だ。

この世界には「レベル30の俺」と「レベル5以下のその他」。更に「レベル100の魔王」が居て――。

そして、日々レベルを上げ成長し続ける「ホンモノの勇者」が居る。

「師匠！　今の俺、どうだった!?」

「どうって言うか……」

そう、満面の笑みを浮かべてくる弟子を前に、俺はヒクリと表情を引き攣らせた。

名前：シモン	Lv：60
クラス：師の意思を継ぐ勇者	
HP：5302	MP：492
攻撃力：482	防御力：302
素早さ：129	幸運：30

我が弟子、シモン。そのレベル、今や60。

先ほどまで俺達の周囲を取り囲んでいたモンスターの群れを一撃で薙《な》ぎ倒した相手に、俺が何か言うとしたら……。

「あぁ、うん。最高最高。言う事ないわ」

うん、本当にない。一つもないわ。

シモンと出会って三年。

最初はレベル6だったシモンも、今やこの世界で魔王の幹部に次ぐ実力の持ち主となっていた。しかも、成長期に俺が死ぬほど「食事（主にパン）」と「睡眠（昼寝も含む）」をとらせた事が功を奏したのか、十七歳にして今やシモンの身長は俺の頭一つ分高い位置にある。

「何もない……？」

「うん、言う事ない。文句なしの満点です」

更に言えば、その顔はイケメンもイケメン。

出会った当初は、ゴロツキ達から「変態貴族の相手にはちょうど良いかもな」なんてバカにされていたのが嘘のように、今や目を見張るほどの美丈夫に成長していた。最早、シモンを下ネタでバカに出来る奴など、この世界にはどこにも居ないだろう。

「そんな筈ないだろ？　指摘する事がたくさんあって、言うのが面倒だからってテキトーに流すなよ、師匠。検討会やろうよ！」

「えぇぇ」

どうやら俺の答えが気に食わなかったのか、シモンは不満げな様子を一切隠さずに言ってのけた。少し口を突き出す仕草なんかは、その精悍な顔つきの中に幼さが垣間見《かいまみ》えて可愛くもある。母性本能がくすぐられるタイプの可愛さだ。

うん、確かに可愛い。可愛いのだが!!

「俺なんて、師匠に比べたらまだまだなんだからさ！」

「ぐふっ」

あ――、つれぇっ！　居たたまれねぇっ！　穴があったら入りてぇっ！

「師匠、どうしたの？」

「あ、いや……なんでも」

十七歳になったシモンは、今やそのレベルも、その体つきも、顔面偏差値すらも俺の遥《はる》か高みを行っているにもかかわらず、未だに俺の事を心から「師」と仰いでいた。レベル30の、シモンからすれば「雑魚」同然の俺を。

一番多感な時期に、少しばかり強いところを見せつけて「師匠」なんて呼ばせてしまったせいで、シモンの「俺」への見え方が、思い出補正によりかなり偏ってしまった。

少し前にやった、シモンへのインタビュー結果が此方。

『この世で一番強い奴？　そんなの師匠に決まってんじゃん、最強じゃん！』

や・め・ろ！

くそっ、これは完全に思い出補正という名の乱視が入っちゃってるよ。もう完全にその名の通り乱れ切ってるよ、俺への見え方。よく見て、お前の師匠ってば超弱いよ!?

「うーん、そうだな……強《し》いて挙げるとすれば」

本当に指摘する事など皆無なのだが、何か言わなければシモンも納得しない。シモンが納得しなければ、夜のモンスター討伐の修業も終わる事が出来ない。

初めて一太刀を浴びせられて以降、修業の後は「師匠の検討会タイム」がなければ、シモンは納得してくれなくなった。

俺は顎に手を添えると、先ほどのシモンの戦闘を必死に脳内でリプレイした。

「……さっきのは、奥のヤツから倒した方が、お前も攻撃を受けずに済んで良かったんじゃないか？」

「そう？」

そう、小首を傾げてくるシモンに、俺は「そうだよ」と無理やり頷いた。

最早、シモンほどの実力になれば、どんな相手でも物理的に薙ぎ倒す事が可能なので、倒す順番などはあまり気にする必要はない。

なので、この検討会で俺の言う内容は「もし、俺がこの戦闘をやった場合どうしたか」を口にするしかないのだ。つまり、弱者の戦い方だ。こんなアドバイス、今のシモンにはまったく必要のないモノだろうに。

そう、俺が無理やり言葉を絞り出していると、シモンの腕から赤い血が滴《したた》るのが見えた。

「シモン、ちょっと腕見せてみろ」

「腕？」

「なんか、血ぃ出てるぞ」

差し出された腕を見てみれば、そこにはハッキリとした切り傷が浮かんでいる。攻撃の合間に、いつの間にかモンスターの牙でも触れていたのだろうか。そんな場面はなかったように思うが。

「……ん、ほんとだ。やっぱり師匠の言う通りにしてないから怪我したんだ」

「おいおい。何、怪我したクセに嬉しそうな顔してんだよ。ほら、腕貸せ」

傷の周囲には青紫色に変色しかかった皮膚が見える。

「毒か」

このダンジョンに毒を持つモンスターは居なかったと思うのだが。

「あぁ、クソ。解毒剤持ってきてねぇわ」

最近はシモンが怪我もなくモンスターを掃討《そうとう》してしまうので、荷物は最低限にしていた。

「まぁ、そこまでヤバイのじゃないでしょ。ほっといていいよ」

「おい、そういう油断がダメなんだよ。皮膚が壊死したらどうすんだ」

俺は腰につけた道具袋から水を取り出すと、傷口へとゆっくりかけた。本当はこういう野生っぽい事はしたくないのだが、まぁ、今回は仕方がない。

「シモン。俺が毒を吸うから、ちょっと嫌かもしれないけど……我慢しろよ」

「別に、師匠なら全然嫌じゃないよ」

「……ナラヨカッタ」

本当は自分でやってほしいんだけど。

なんて、やってもらう気満々で腕を差し出してくるシモンに言えるワケもなく……。俺は静かに膝を折ると、患部に唇を押し当て血液を一気に吸い上げた。

「っ」

頭の上でシモンの息を呑む声が聞こえる。同時に、舌の上にはシモンの血の味が広がった。

あぁ、これが勇者の血の味か。なんて、ちょっと気色悪い事を考えてしまったのを消すべく、俺は毒を吸い上げる行為に没頭した。

吸っては吐き、吸っては吐き。それを数度繰り返したところで、最後に自分の口を水でゆすいだ。

「こんなモンでいいだろ。痛かったか？」

「ちょっと」

「あいあい、よく我慢しました」

俺がわざとらしくシモンの頭を撫でてやると、どうやら揶揄われているとは露《つゆ》ほども思っていないシモンが、更に自分から頭を差し出してきた。

他人の目がある時は決して見る事の出来ないシモンの子犬のような姿が、修業の時ばかりはナイトパレードの如く目白押しとなる。

「今度は包帯巻くから、もう一回腕を出せ」

「うん！」

俺はシモンに差し出されたガシリとした太い腕に、ぼんやりと思った。

「大きくなったなぁ、シモン」

「そうかな？」

「そうだよ。腕もこんな太くなって。もう少し刀身の太い剣の方が、今のお前には向いてるかもな」

「うん、師匠が言うならそうだと思う」

「……お前はどうなんだ？」

「師匠が言うのがいい」

「あいあい」

シモンのレベルも60になった。この調子なら、いつか魔王にも追いつけるだろう。でも、まだだ。

「シモン、勝てば良いんじゃなくて、ダメージは最低限に抑えて勝てるようにしろよ。魔王は力押しだけで勝てるような相手じゃないからな」

「うん、師匠が言うならそうする」

向こうに居るのは「魔王」だけじゃない。その手下も相当な強さだった。本当はシモンにもパーティを作ってやれれば良いのだが、如何《いかん》せんこの世界の人間は皆レベル5以下。唯一その壁を超えた俺も、たったのレベル30ときたもんだ。

俺はシモンに包帯を巻いてやりながら、チラと自らのステータス画面へと目をやった。

名前：キトリス　Lv：30
クラス：剣士
次のレベルまで、あと……0

シモンは三年でこんなに成長したのに、俺ときたらあの頃と何も変わっちゃいない。「一緒に魔王を倒そう」とは言ったものの、多分、俺が一緒だと足手まといになるのは目に見えてる。

「シモン、お前さ……」

「ん？」

もう、一人でも大丈夫じゃないか。

包帯を巻いてやりながら、喉まで出かかった言葉を俺はゴクリと飲み込んだ。いや、コレは言わない方が良い。

「何、新しい技でも教えてくれんの？」

「前も言っただろ？　技を自分で考えんのも修業だって。サボんな」

「はーい」

レベル30の俺が、レベル60のお前に教えられる技なんて、もう何もない。

素直に頷くシモンの腕を、俺は巻き終わった包帯の上からポンと手ではたいた。

「よし、そろそろ帰るか」

「えー、もう少し奥まで行こうよ」

「あんまり行くと、帰る頃には朝になっちまうだろうが」

「いいじゃん。皆もそこまでガキじゃないし、朝飯くらい自分で食べるよ」

「……俺は眠いんだよ」

「じゃあ、ちょっと此処で休んでから行こう！　ね、お願い！」

パン！　と俺の目の前で両手を合わせるシモンに、深く息を吐いた。

「分かったよ。あと少しだけだからな」

「やった！　俺、新しい技覚えたんだ、見てよ！」

「あいあい」

あぁ、シモンは素直で真っ直ぐだ。

何を言っても「うるせぇ！」と叫び散らかしていたあの頃は、今や幻だったのではとさえ思える。

「ねぇ、師匠。俺、師匠の弟子の中で何番目に強い？」

「……俺には、お前しか弟子は居ないよ」

俺の言葉に、シモンはその整った顔にゆっくりと深い笑みを浮かべた。その手は、先ほど俺が巻いてやった包帯をゆったりとした手つきで撫でている。

「じゃあ、師匠の弟子の中で俺が〝一番〟強いって事だよな？」

「うん、お前が一番だよ」

「そっか！」

もう、何度目になるか分からないこのやり取り。

シモンは俺に対して凄まじい憧憬《しょうけい》の念を抱いている。シモンが見ているのは「俺」であって「俺」ではない。思い出フィルター越しに見ている「俺」は、歪曲《わいきょく》と屈折を繰り返し、本来は存在しない「最高の師匠」像となっている。

「師匠、二人で一緒に魔王を倒そうね！」

「お、おう」

「師匠が居れば、俺、なんでも出来そうな気がする！」

「ソダネ」

ただただ勘違いで勇者扱いを受けてきた凡庸な俺が、こうしてホンモノの勇者の前で「師匠」を演じなければならないのは、自業自得に他ならないが最高に重い。重くて重くて仕方がないのだが……これも魔王を倒す為だ。

でも、いつからだろうか。

「ねぇ、師匠……」

いつの間にか、俺の体はシモンの大きな体にすっぽりと背中から抱き締められていた。

「シ、シモン？」

「……ちょっとだけ、休憩して行こ？」

耳元で響く、熱を帯びた深い吐息。ピタリと密着する体。ハッキリと熱を主張するシモンの下半身。

「ししょう。コレ、どうしたらいい？」

「シモン……ソレは、自分で」

「出来ない」

そうやって、甘えきった大型犬のように擦り寄ってくるシモンは、その大きな手でスルリと俺の手を取った。ゴツゴツとした指が、ねっとりとした動きで俺の指に絡められる。

「ねぇ、ししょう。ここ苦しいんだけど」

「う、ぁ」

シモンの手に導かれたその先には、俺がシモンの傷口に口をつけた時からずっと主張し続けていた強靭《きょうじん》な猛《たけ》りの源があった。

「シて」

◇◆◇

今から半年ほど前の話だ。ちょうど、俺が街の人間達から「坊や」呼ばわりされて揶揄われる事もなくなってきた頃。

俺は、シモンに言ってはならない事を言ってしまった。

――なぁ、シモン。一人でも魔王を倒してくれるか？

確かあの日はダンジョン修業から戻った後で、シモンは凄まじい成長期の真っ最中だった。その為か、シモンは毎日のように体に走る成長痛で、眠れない日を送っていた。

『師匠、足が痛い……』

『よしよし。大丈夫大丈夫』

そんなシモンを無視して自分だけ眠れるワケもなく。俺は毎晩シモンの体を撫でながら話し相手になるのが日課になっていた。

俺達の居る場所は子供達が眠る二階ではない。一階の礼拝堂の脇に設置された個室。元は懺悔《ざんげ》室として使われていた場所だ。天井が低く、壁には剣を掲《かか》げる初代勇者の姿が描かれているその部屋は、ともかく壁が迫ってくるような手狭感はあるのだが、程よい個室にはなっている為、子供達が風邪を引いた時などには、必ずここで隔離するようにしていた。

『俺、こんなに体中痛くて……死ぬのかな』

『大丈夫だよ、成長痛で死んだ奴なんて聞いた事ない』

『ほんとに？』

『ほんと、ほんと』

不安そうな顔で此方を見上げるシモンは、まるで親に甘えきる幼子のような表情を浮かべている。しかし、そんなあどけなさとは裏腹に、その体軀《たいく》は最早完全に俺を超えていた。肩幅は広く、引き締まった筋肉がその上に力強く張り巡らされている立派な体。成長痛で眠れなくなるのも無理はない。

『……師匠、ここも痛い』

『あいあい』

シモンは昼間と夜で、まったく異なる顔を見せる。

昼間は「頼れる皆の兄貴」であり、肉体的な成長を見せるようになってからは、街の人間達からも一目置かれるようになっていた。しかも、最近の異性からのモテ方といったら――！

街に出た時の、あの女の子からの取り囲まれ方はヤバかった。まるで、ドラマのワンシーンでも見せられているのかと思ったほどだ。そんなワケで、マリアの機嫌は日に日に悪くなるばかりだ。ついでに、俺への八つ当たりも酷くなっている。勘弁してくれよ。

『シモン、こないだ街の女の子と話してたよな？　え、彼女？　付き合ってんのー？』

『は、女？　もう居すぎて誰の事言ってんのか分かんないんだけど』

『そーですか……』

揶揄ってやるつもりが、完全にマウントを取られてしまったのも記憶に新しい。いや、多分シモンにはマウントを取っているつもりなどまったくないのだろうが。

俺なんて、自分が〝勇者〟だと勘違いして吹聴《ふいちょう》している時こそ多少モテていたが、旅に出てその身分を隠すようになってからは一切相手にされなくなった。

でも、それは仕方ない。俺の顔って、めちゃくちゃ普通だし。育ち盛りの子供達の食費に全部つぎ込んでいるせいで、常に金欠だし。顔も普通だし。あ、顔の事二回言っちゃった。

まぁ。結局、この世界でモテたのは、〝俺〟ではなく〝勇者という肩書き〟の方だったというワケだ。ツラ。

『師匠、こっちも痛い……』

『あ、ここ？』

『違う、ここ』

しかし、そんなモテモテで頼れる兄貴のシモンも夜になると一変する。

『ししょう……いたい』

『よしよし』

きっと、他の子供達や、街の人間からは想像もつかない姿だろう。〝あの〟シモンが子犬のように体を擦り寄せて甘えているなど。

『最近、お前凄い身長伸びてるもんな。成長痛も酷い筈だよ』

昔は俺の足の間に収まるサイズだったのに、今では体全身を使っても抱えきれないサイズになってしまった。

『……はぁ、っぅう』

『少しはマシになったか？』

『いたい』

『眠くなったらいつでも寝ていいからな』

『……全然眠れないし。師匠、先に寝ないでよ』

『分かってるっつーの』

眠いのを堪え、俺はシモンの背中をトントンと叩いてやりながら、ふと目に入ったシモンのステータスをぼんやりと眺めた。

名前：シモン　Lv：50
クラス：師の意思を継ぐ勇者

そこには、既に完全に俺のレベルを超えたシモンのステータスが表示されている。今やダンジョン攻略でも、俺の手を借りずとも一人で敵を掃討できるようになった。むしろ、今挑んでいるダンジョンの敵は、俺一人だと厳しいかもしれない。

もう、俺との手合わせでシモンが学べる事は何もない。むしろ、一緒に戦闘の隊列に加わったら足手まといになるレベルだ。もし、これで俺がシモンと一緒に魔王の元まで行ったりしたら――。

――兄ちゃん。

『っ！』

『……師匠？』

久しぶりに、弟の声を聞いた。しかも、コレは〝あの時〟の声だ。

――かっこわる。

高三の夏。

俺は不良に絡まれてボコボコにされた事があった。ほんと、偶然。コンビニで買い物をしてる時に、肩がぶつかったとかぶつからなかったとか。そんな下らない理由で。

まぁ、アイツらには理由なんてどうでも良かった筈だ。ただの憂《う》さ晴《ば》らしに使われただけなんだから。サシでも勝てる筈ない相手に、俺は複数人から一方的な暴力を受けた。

だから、俺はあんまり好きじゃない。不均衡なまでの力の差も、それにモノを言わせて好き勝手やる奴も。

——兄ちゃん?

その場面を、たまたま弟に見られた。殴られた時の痛みよりも、今でも俺が忘れられないのは弟の目だ。

あの目は、完全に俺に失望していた。直後、弟の目にジワリと浮かび上がってきたのは羞恥心。隣には、見慣れた弟の友達が居たせいだろう。まるで、身内の恥を晒《さら》してしまったような顔をしていた。

六歳差という事もあり、それまで俺は随分兄貴風を吹かせてきた。「俺の兄ちゃんは格好良いんだぜ!」と自慢してもらえるのが嬉しくて〝出来るところ〟しか見せてこなかった。

——クソが、話しかけんな!

あの日を境に『兄ちゃん』と呼んでくれなくなった。しかも、中学に上がった途端、一気にグレた。どうやら、学校に居る不良の先輩で憧れの人が出来たらしい。

『……なぁ、シモン』

『何、師匠』

俺はシモンの大きな背中を撫でてやりながら「レベル50」という数字を見つめて吐き出すように言った。

『シモン。お前は、もう俺より強いよ』

『え?』

『俺がお前に教えられる事は、もう何もない』

そして、何も考えずに口にしてしまったが『お前に教える事はもうない』って、めちゃくちゃ格好良い台詞を吐いてしまった。コレは、師匠が強くなった弟子に言いたい台詞ナンバーワンすぎる。

『な、何言ってんだよ。師匠』

突然の俺の言葉に、シモンは戸惑っているようだった。暗がりでも分かるほど、シモンの金色の瞳が大きく揺れる。心なしか、呼吸も荒い。

でも、そろそろ本当の事を伝えておかなければ。いつまでも嘘っぱちの師匠風を吹かせて、〝あの日〟の二の舞になるのは御免だ。

『俺の事も、師匠って呼ばなくていいから』

『な、なんで』

まずは呼び方を戻さないと。この呼び方がシモンの目を曇らせている節がある。

俺はシモンの背中を撫でる手は止めないまま、ただシモンと目を合わせる事なく話し続けた。

『言ったろ？　もう、お前は俺が居なくても一人で強くなれる。だから、これからは俺の事も〝キトリス〟って名前で呼べよ』

『名前で？』

『そう、普通の友達みたいに呼んでくれていいから』

『ふつうの、ともだち……』

まぁ、最初は呼び方に慣れなくて戸惑うだろうが、そういうのも呼んでいれば当たり前になる。そもそもレベル30でしかない勘違い勇者の俺が、ホンモノの勇者の師匠をしてる事自体がおかしかったんだ。まったく、昔の俺ときたら。「師匠」って呼ばれてみたいからって、ガキにも程があるだろ。

『お前はホンモノの勇者だ。自信持て』

シモンのレベルも、あと少しで俺の倍になる。このあたりが師匠ごっこの潮時というモノだろう。

『なぁ、シモン。一人でも魔王を倒してくれるか？』

そう、俺がシモンの顔を覗き込もうとした時だった。俺はいつの間にか凄まじい力で、床の上に押し倒されていた。

『あ、れ？』

『師匠』

突然反転した世界と、俺を見下ろしてくる無感情な金色の目。視界の端に映る、壁に掘られた初代勇者の姿が、妙にシモンと重なって見えた。

『シ、シモン。どうしたんだよ？』

押し倒す力は強く、俺がどう体を動かそうともビクともしない。その時、俺は物理的にシモンからマウントを取られていた。

『……それって、破門って事？』

『は？　いや、そういうワケじゃ』

出た。シモンは何かあるとすぐに「破門って事？」と怯《おび》えたような表情を浮かべる。コレは、そんな大ごとでもなんでもない。そう、俺は言葉を続けようとしたが、それは五月雨《さみだれ》の如く降り注ぐシモンの言葉によって遮られた。

『何、なんで？　ていうか、友達って何？　そんなの、師匠は俺以外もいっぱい居るじゃん。ヤだよ、そんなの』

『ちょっと待て、シモン。話を聞け』

『何、もしかして俺じゃない奴を弟子にすんの？』

『違う違う。そうは言ってないだろ？　俺から教えられる事はもうないから……』

『そんなワケないだろっ!!』

シモンの怒声が狭い懺悔室に響く。

『シモン、落ち着け。皆が起きる』

『……皆なんか知るかよ。夜は俺と師匠だけの時間じゃん』

俺の体の上に馬乗りになるシモンは、どんなに俺が身を捩《よじ》ろうとしてもビクともしない。

そりゃあそうだ。今の俺には、シモンに敵うモノなど何一つない。攻撃力も、防御力も、体の大きさも、何もかも随分前に追い越されてしまったのだから。

『っぅ』

肩に食い込むシモンの大きな掌に、思わず声が漏れる。すると、弾かれたようにシモンの手が肩から離れていった。

『ししょう……ごめん』

震える声のシモンを見上げてみれば、薄っすらとした涙の膜が金色の瞳を覆っていた。薄暗い懺悔室でもそれは一際輝いて見える。

『俺、何も分かってない。知らない事ばっかりだ。まだまだ弱いし。師匠、俺だけって言ったのに、別の奴を弟子にするんだ。友達なんか、いやだ』

『シモン……』

シモンは確かに強くなった。でも、まだたったの十六歳。そんな子供相手に、俺はまったくなんて事を言ってしまったのだろう。急に手を離されたりしたら、不安になるのも当然じゃないか。

『ごめん、シモン。冗談だよ』

『……ほんと？』

遥か高みから俺を見下ろしてくるシモンに向かって手を伸ばすと、そのまま悲しそうに歪《ゆが》む顔を両手で挟んだ。泣いてはいない。シモンはいつもそうだ。泣きそうな顔はするけれど、決して泣かない。俺の前でくらい、泣いても構わないのに。

『うん。お前なんてまだまだなんだから、俺が色々教えてやらないと』

俺は自分のちっぽけなプライドの為に、面倒事を全てシモンに押し付けようとしたのだ。まったく最低だな、俺は。

『ほら、おいで。足が痛いんだろ？　撫でてやるよ』

『……うん』

シモンの手が俺の首の後ろに交差するように回された。ピタリと密着し合った体の向こうで、シモンの心臓が強く鼓動を刻むのが聞こえる。

耳元で聞こえるシモンの呼吸は、未だに荒い。

『はぁっ、っは』

『シモン……ごめんな』

もう師匠は要らないだろうと言っただけで、まさかシモンがこんな風になるなんて。鼻先がくっつきそうなほど間近にあるシモンのキレイな顔を見つめながら、俺は自分の軽率な発言を恥じた――。

その時だった。

『ねぇ、師匠』

『ん？』

ピタリとくっつく体の向こうに、一際熱いナニかを下半身に感じた。故に、今の『ん？』はシモンの問いかけに対する返事の『ん？』ではない。ゴリゴリと下半身に擦り付けられる、男なら誰もが覚えのある自己主張に対する戸惑いの『ん？』だ。

『これ、なに……くるしい』

『ん――？』

顔を赤らめ、本能のままに主張を擦り付けてくるシモンに、俺は頭を抱えたい気分だった。シモンのソレは、完全に勃起《ぼっき》していた。

え、コレは一体どういうタイミング？　なんで、ここで俺なんかに興奮してるんだ、シモンは。

『っはぁ……師匠、これ。どうしたら、いい？』

『あ、えと……』

瞳に張った薄い涙の膜と、上気する頬。そして、擦り付けられる猛りに猛った下半身。そんな思春期真っただ中の弟子を前に俺は思った。

『教えて』

え？　師匠って、ソコまで教えなきゃダメ？

◇◆◇

俺は、一体何をやっているんだろう。

視界の端に映る、乱暴に脱ぎ捨てられたズボンにぼんやりとそんな事を思う。体が熱い。熱くて熱くて、堪らない。

「シ、モン。だ、大丈夫か？」

「だいじょう、だから……手っ、止めないでッ」

まるで、獣のような低い唸《うな》り声が俺の耳をうつ。

シモンからの「シて」という言葉と共に始まった、とんでもない〝いつもの〟行為。

現在、俺は外で――いや、いつモンスターが襲って来るとも知れぬダンジョンの中で、シモンの太腿の上に腰を下ろし、互いの腹の間で猛る二つのペニスを一心不乱に擦り合わせていた。

「ひも、ちぃっ……っし、しょ。もっと、強くっ」

「わ、分かった」

いつから、二人でこんな事をするようになったのか。その答えはもちろん簡単で、あの懺悔室での夜から、だ。

しかし、自慰の仕方が分からない弟子相手に、その行為について教えてやるだけでいいのであれば、あの日、シモンの処理を手伝った事で目的は果たしている。

それなのに、半年経過した今もこの有様だ。

「師匠、それイイっ。先っぽが、擦れるの……ほんと、きもちぃ」

「っひ、ぅ」

シモンの色っぽい声に、不意に腰が跳ねる。

最初はシモンのだけ擦ってやっていたのだが、そのうち俺のも反応し始め、それを目ざとく見つけたシモンに「師匠も脱いで」と甘えた声で言われ、今に至る。

ああ、そうだよ。これがいつもの流れで、いつもの事だよ⁉

「あぁ、師匠も……気持ち良さそ」

「つみ、耳元で喋るな！」

「耳、凄い真っ赤だ」

金色の瞳を快楽で潤ませながら、シモンがじゃれ合うように俺の耳たぶを食《は》んだ。生温かいねっとりとした舌の感触に、ドクリと心臓が高鳴る。

「んッ」

「っはぁ。ね、師匠……もっと、こっち来て」

腰に回されていたシモンの太い腕に引き寄せられ、上半身がピタリとくっつく。そのせいで、それまで互いの腹の間で擦り合わされていたペニスが、より強く密着した。あまりの熱さに、頭がクラクラする。どちらとも言えぬ汗の匂いが、ツンと鼻の奥を突いた。

「っぁ、イイよ。ししょうの、凄く熱いし、ビクビクしてる」

「っそ、そういうのは、言わなくていいからっ！」

「なんで？」

「っなんで、って……」

まるで揶揄うように繰り返された言葉に呼吸が乱れる。しかし、その間も俺の手は止まらない。気持ち良くて堪らない。そろそろ、イキそうだ。

「ねぇ、おしえてよ。師匠」

「だ、だって」

無言で言及してくるシモンの甘い視線に、俺は堪らず目を閉じた。そんな中、返事を急《せ》かすように俺の太腿をシモンの手がスルスルと撫でる。

「……恥ずかしいから」

やっとの事で零れた言葉は、情けないほどに震えていた。すると、それまで面白がるような声色だったシモンから、微かに息を呑む声が漏れた。

「ねぇ、ししょう……キスして」

「っ！」

気が付くと、ペニスを握り込む俺の手の上から、シモンの手が重ねられていた。いつの間にこんなに大きくなったのか。その手は俺の手より一回り以上大きく、修業のせいで出来たマメの為に今や岩のように硬い。

「ぁ、えっと……でも」

「ね、おねがい」

シモンの苦しげな吐息が俺の唇に触れる。

眼前に迫り来る本物の勇者を前に、偽者の俺が敵うワケがない――なんて言い訳すらも頭の中で霧散して消えるくらいには、俺の中にはシモンに負けず劣らず「欲望」だけが占領していた。

俺も、シモンとキスしたい。

「～んぅっ」

俺は片方の手でシモンの肩を掴むと、微かに頭を傾げてシモンの唇に吸い付いた。その瞬間、待ってましたと言わんばかりにシモンの長い舌が俺の口の中に入り込んでくる。更に、俺達の体の中心では、俺の手の上からシモンの手が激しく互いのペニスを扱《しご》き始めていた。

「んっぅ、ンンッ。っはぅっ、しも、待っ……んぅ！」

それまでとは段違いの快楽に身を捩ろうとするが、いつの間にかシモンの腕が、俺の後頭部に回され、逃げようにもビクともしない。

シモンはいつもこうだ。「分からないフリ」をして、全力で俺に甘えてくる。そのクセに、一度でもそれに応えると、そんなヌルいやり方じゃ物足りないとでも言うように、文字通り「レベルの違い」を見せつけてくる。

「ししょうの声っ、イイっ。すごい、き、もちいっ」

「っひ、っぁん！」

本当は我慢したいのに、あまりの気持ち良さに声が抑えられない。

シモンに動かされているのか、それとも自分の意思で動かしているのか。そんな事すら分からなくなる中、先走りで濡れたペニスを扱く手が速くなる。

「つぁう、シモ……ン。シモンっ、俺も……きもちぃ」

高まる熱に、ソレしか考えられないとばかりにシモンの名前を呼ぶ。思わず、舌を伸ばして口づけを強請《ねだ》るような行為すらも、その時の俺には無意識だった。

「師匠……も、なんでっ」

切なげな声と共に、背中に回されていた腕にグッと力が込められた。同時に、凄まじい色気を含んだ声が、俺の耳元で吐き出される。

「……なんでっ、こんなに可愛いの」

「っ！」

シモンの苦しげな声を聞いた瞬間、俺はイった。しかし、絶頂に達したのは俺だけではなかったようで、二人分の精液が俺達の掌をべったりと濡らす。

「ししょう……なに、ほんと。かわい」

感じ入るように繰り返される言葉に腹の底が疼く。

いや、待て。勘違いしてはいけない。俺は決してシモンに「可愛い」と言われたからイったワケじゃない。たまたまタイミングが被《かぶ》っただけだ。なにより、俺は可愛くなどない。昔、シモン本人にもハッキリと言われたじゃないか。「大した事ない顔」だって。

「し、もん……ほら体を、拭いて。修業に、戻るぞ」

「……」

「シモン？」

あまりの気まずさから、情緒のない言葉が口をついて出る。しかし、俺の肩に頭を預けるシモンから返事はなく、体勢が体勢なせいで表情も窺い知る事が出来ない。

「なぁ、シモ……っうわ！」

再びシモンの名前を呼んだ時、俺の視界は反転していた。背中には固い地面の感覚。頭上には口元に笑みを浮かべながら、互いの精液を纏い汚れた己の手をこれみよがしに舐めるシモンの姿。

「分かった、師匠。俺が拭いてあげる」

「は？　え、ちょっ……なに、を」

嫌な予感がする。だって、シモンの俺を見下ろす目は、まだちっとも「満足」していない。なんなら押し倒された時に触れたシモンのペニスは、イった直後にもかかわらず、ジワリと硬さを取り戻しつつある。

「シ、シモン？　そ、そろそろ、修業に戻らないと」

「うん、だから。師匠の体を拭いて服を着る準備しないと」

「いや、俺は自分で——っぁ、っひぅっ！」

拭くから、と言いかけた直後。視界からシモンが消えた。と、思ったら俺の下半身が凄まじい快感に襲われた。

「っちょ、シモン！　離せっ、汚いから！」

とっさに上半身を起こすと、そこには俺の足の間で萎《な》えた俺のモノにしゃぶりつくシモンの姿があった。生温かく柔らかい感触が、力を失《な》くしたペニスを覆う。

「あっ、あっ！　っひ、シモン！」

「つぅ、ん？」

汚れた場所をキレイにしてるだけですけど？　と、視線だけ此方に寄越すシモンには、一切悪びれた様子はない。ぴちゃぴちゃと、耳を塞ぎたくなるような水音と共に亀頭を舐められ、容赦なく尿道に舌を捻じ込まれる。

「っひ、っぁん、っン〜〜！」

俺は両手を地面につきながら、成す術なくシモンから与えられる快楽に溺れた。とんでもなくいやらしい行為にもかかわらず、シモンのソレは、まるで大型犬がじゃれついてくるような無邪気さが垣間見えて堪らなくなる。

「っふ、っはぁ……あ、ここも汚れてる」

「も、もういいからっ！」

「っは、んぅ」

絶対わざとだろ!?　と怒鳴りつけたいほどシモンはいけしゃあしゃあとした調子で、その後も俺の裏筋を下から上に舐め上げ、太腿の付け根まで容赦なくしゃぶる。

「しもん、しも……ん……っぁん！　も、はなせっ」

出会ったばかりの頃はよく見ていたシモンのつむじが、久々に俺の眼下に揺れた。

すると、それまで絶対に言う事なんて聞かないとばかりに俺の両足を無理やり広げていた腕から、フッと力が抜けた。そして、あっさり俺のペニスから口を離すと、笑顔で俺の目の前に現れる。

「ん、師匠」

「あ、えっと」

「綺麗になったよ」

「あ、え……？」

離して、と自分で言っておきながら本当に離されるとは思っておらず、バレバレなほど戸惑ってしまった。先ほどまで咥えられていた下半身を見下ろしてみれば、確かに精液まみれだったソレは綺麗にはなっていた。――が、それと引き換えに再び容赦なく勃起している。

コレ、どうしてくれるんだよ。そう、俺がもう一度シモンの方を見た時だ。

「ねぇ、ししょう?」

「……う、わ」

その下半身もガッチガチに勃起していた。まるでコレが初めての勃起ですと言わんばかりの勢いで。

シモンは「はぁ」と熱い息を漏らすと、再び俺の目の前に自身の顔を寄せた。美しい金色の瞳には、際限ない欲望と共にべったりと張り付いた〝甘え〟が彩られている。

「また、勃《た》った」

それは、どちらのモノの事を言っているのだろう。なんて、無駄な現実逃避をしてみる。でも、分かっている。逃げ切れるワケがない。

シモンが甘えたように俺の体に擦り寄ってくる。

「だからさ、ししょう」

「っぁ」

「もっかい、キスして」

シモンのトロリと甘えたような声に、俺は微かに唇を噛んだ。もう、こんな声を出されたら勃起なんかしてなくても従ってしまう。

俺が再び口づけたシモンの唇は、生臭い、性の味がした。

◇◆◇

「はぁあっ! スッキリしたー!」

シモンは、まるでひとっ風呂浴びた後のようなスッキリとした顔でグッと背伸びをした。微かに額に滲む汗に前髪が張り付く様子は、十七歳とは思えないほどの色気を漂わせている。

「……そりゃ、良かったわ」

そんなシモンを前に、俺はすぐ脇にある鞄から水筒を取り出しながらそう答える事しか出来ない。あぁ、早く水が飲みたい。

そう、俺が水筒を口につけようとした時だ。

「師匠はどう？　スッキリした？」

つい先ほどまで背伸びして立っていたシモンが俺の目の前まで来ていた。薄っすらと桃色《もも》に色付く唇に笑みを浮かべ、金色の瞳は戸惑う俺の姿をハッキリと映し出している。

「あ、えと」

「師匠、ボタン掛け違えてるよ？　やってあげる」

「……いや、自分で」

「ううん、俺がやる」

戸惑いつつも頷く俺に、シモンは俺のボタンを一つ一つ留め直してくれる。

喉が、渇いた。頭の片隅に張り付くその渇きに、俺が思わずゴクリと唾液を飲み下した時だ。

「だって、俺が全部脱がせたんだから」

「っ！」

その言葉に、ハッキリと顔に熱が集まるのを感じた。自分の顔は見えないが、分かる。俺の顔は今、きっと酷い有様だろう。

「……照れてる師匠、本当に可愛い」

「ぐぅっ！」

その時、シモンの口から紡ぎだされた「師匠」は、「うるせぇ、師匠！」と口先だけで呼ばれていた時の「師匠」呼びとほとんど同じニュアンスを帯びていた。

クソッ、コイツ！　もう絶対、俺の事師匠だって思ってないだろ!?

「ね？　師匠、キモチ良かった？」

「気持ち良かったです!!」

そう、俺が叫んだ瞬間、シモンはクラスチェンジした。

名前：シモン　　Ｌｖ：60
クラス：夜の勇者

ド王道のロールプレイングゲームで下ネタやめろ!?

修業7：たくさん甘えろ？

子供というのは、ともかく体調を崩す生き物だ。

「あー、こりゃ相当熱が高いな」

「っひぐ、っうぇぇぇぇっ！　じじょう〜〜」

「よしよし。師匠はここに居るよ」

「あ〜〜」

顔を真っ赤にして服にしがみついてくるヤコブの背中を、ポンポンと叩きながらあやす。触れた背中は服越しにも分かるほど汗がびっしょりで、その体は火傷《やけど》しそうなほど熱い。この冬で何度目になるだろうか、こうして熱を出す子供達を抱きかかえたのは。

「っはぁ」

俺は泣き喚くヤコブの脇に表記されるステータスに、深いため息を吐く。

ヤコブ　レベル1
クラス：子供　　状態：風邪
HP：41　　　　MP：12

現在、ヤコブはステータス異常「風邪」を引き起こしていた。

「……ったく、そんなの改めて書かれなくても分かってるっつーの」

当たり前の情報をわざわざ示してくるステータス画面に、俺は思わずウンザリと呟いた。よく見ればＨＰもいつもより減っている。ＨＰは「０」になるともれなく「死亡」してしまうので、この数値だけはいつも気にしているが、今のところはまだ大丈夫そうだ。医者に診せる必要もないだろう。

「あーぁ、またヤコブが風邪引いたー」

「ほんとだ、またヤコブが泣いてるー！」

「ヤコブったら、まだまだ赤ちゃんなんだからー」

泣き喚くヤコブの周囲に、他の子供達が揶揄いながら近寄ってくる。そのせいで、俺の腕の中で泣いていたヤコブの泣き声が絶叫へと変化した。

「あぁぁぁっ！　じじょぉぉっ」

「あー、はいはい。ヤコブは赤ちゃんじゃないよなー？　ちゃーんと、兄ちゃんだもんなぁ」

汗と涙と鼻水でぐしゃぐしゃの顔が、俺の服にゴシゴシと擦り付けられ、ジワリと湿った感覚が布越しに地肌を濡らしてくる。

あぁ、俺の服をタオル代わりにするのはよしてほしい。ただでさえ冬は洗濯物の乾きが遅くて替えの服が少ないのに。

「おい、お前らだって、ついこないだまで風邪で俺に抱きついて泣いてただろうが！　忘れたとは言わせないぞ！」

「ふーんだ、私はこんなに泣いてないもーん」

「俺だって！　ちょっとしか泣いてねーもん！」

「いや、同じだっつーの！　どんぐりの背比べしてんじゃねぇよ！」

「どんぐり？」

「ねぇ、どんぐりって何？」

「今、そういうのヤメてぇ……」

なにせ、腕の中ではヤコブが絶賛大号泣中なのだから。

この教会に居る子供は全部で十二人。皆リレーのバトンの受け渡しをするが如く順番に風邪を引いていくもんだから、俺は連日連夜誰かしらの看病に追われていた。

「ったく、自分が良くなった途端これだ」

俺はつい最近まで、熱を出して目を泣きはらしていた子供達にため息を吐くと、腕の中でグッタリとし始めたヤコブに視線を落とした。

「……ししょ。おえ、タカと、あしょぶ」

「あいあい、良くなったらな。ほら、今日は懺悔室で師匠と一緒に寝るぞ」

風邪を引いたら師匠と一緒に懺悔室行き。これは、この教会で暮らすための決まり事の一つだ。

同じ屋根の下に居ては、どうしたって空気感染は防ぎようがないのだが、せっかく風邪が治った子供達にみすみすその近道を用意してやる必要もない。

俺はヒクヒクと肩を揺らすヤコブの背中を叩きながら、チラリと奥で不満げな表情を浮かべる人物にコッソリと声をかけた。

「シモン、ごめんな。今夜の修業もナシで」

「……ん、分かってる。分かってるけど」

そう、素直に頷きはするものの、シモンの顔には「不満」という二文字がハッキリと浮かび上がっていた。そんなシモンの反応に、なんとも言えない甘い感覚が胸の奥に染み渡るのを感じる。

冬になってから、俺が連日子供達の看病に追われているせいで、もう一カ月以上もダンジョンに行けていない。

「ったく、ヤコブは熱出すの二回目だし。風邪引きすぎだろ」

「まぁ、そう言うな。好きで熱出してるワケでもないし」

「いーや、ヤコブが寝てる間に布団蹴とばしてるせいだ。治ったら絶対に毛布を体に縛り付けて寝かせてやる」

「あはは、そりゃいいかも」

ただ、不満げなシモンの言葉とは裏腹に、ヤコブの頭を撫でるその手は優しい。

「ヤコブ、辛いか?」

「あぁ〜、じもん」

「ほら、元気になったら俺がお前の修業見てやるから。今は大人しく寝て、さっさと治せ」

「うん」

俺の前でこそ子供のような顔を見せるシモンだが、本来の彼はこうだ。頼れる皆の優しい兄貴。体も精神も成長した事で、更にその性質に磨きがかかった。伊達《だて》に幼い頃から教会の子供達の面倒を見てきたワケではない。

「シモン、誰も懺悔室に近寄らないように見ていてくれ。あと、悪いんだけど夕飯の準備も頼んでいいか?」

「それはいいけど、師匠」

シモンが微かに眉間に皺を寄せ、顔を近付けてくる。その瞬間、俺は思わず息を止めた。ジワリと顔に熱が集まる。

「師匠は大丈夫？　夜あんまり眠れてないし、疲れてるんじゃない？　ヤコブの看病なら俺が替わるけど」

「っぁ、えっと。俺は……そのっ、全然大丈夫だから！」

まさか、お前にキスされるかと思ったからだよ、なんて口が裂けても言えない。

そもそも、皆が居る前で一体何を考えているんだ。いや、むしろ――

「……何を期待してんだよ」

俺は、誤魔化しようがないほどに募る「性欲」に頭を抱えたくなった。

まったく、俺ときたら何やってんだ。シモンは俺の事を心配してくれているのに。

「でも、師匠顔赤いよ」

「そ、れは……その。ヤコブの体が熱いから、体温が移ったんだよ」

しかし、微かに湧いた罪悪感も、シモンから向けられた熱の籠った視線によってかき消された。俺の心の中を甘ったるい感情が再び満たす。それは「性欲」よりなお質《たち》が悪い、なんともいやらしい感情だった。

「シモン、俺は大丈夫だ。その、お前も風邪引かないようにあったかくして寝ろよ」

「師匠。ちょっ、待って」

いや、待てない。なにせ、これ以上シモンの前に居たら何を口走るか分かったモノではない。俺は腕の中のヤコブを抱え、引き留めるシモンの言葉から逃げるように懺悔室へと向かった。

懺悔室。うん、今の俺にちょうどよい場所だ。

「ふうっ」

懺悔室の中に入り、ガチャリと内側から鍵をかけた。これで誰も部屋には入ってこられない。ゆっくり懺悔……いや、看病できる。

俺は床に敷かれた布団の上にヤコブを寝かせると、懺悔台の上からタオルと氷囊《ひょうのう》を取り出した。昨日まで別の子が寝込んでいた為、看病セットは万全に揃えられている。

「ヤコブ、頭に冷たいの置くからなー。ヒヤっとするぞ」

「うー」

準備していた氷囊をヤコブの額に置く。ヒヤリとした感触が掌から俺の熱を奪ったが、変に熱を持て余した体には、なんだかちょうどいい冷たさな気がした。

「落ち着け、俺はシモンの師匠だ」

今や何も教えられる事などないが、俺はシモンの師匠だ。それ以上でも、それ以下でもない。

「でも、じゃあアレは何だ」

氷囊に触れた事で僅かばかり下がった体温が、再びジワリと上昇した気がした。

アレ。街の連中にも、ましてや教会の子供達になど決して知られるワケにはいかない、俺とシモンの行為の数々。

師匠と弟子は互いに名前を呼び合いながらキスをするのか。ましてや、ダンジョンの中で互いの体に触れ合い、慰め合う事などあっていいのだろうか。

――俺、師匠の弟子の中で何番目に強い？

ただの弟子が〝あんな目〟で師匠を見るのか。この世には俺しか居ないみたいな。あんな熱の籠った目で。

「シモンにとって、俺は……特別なん、だよな」

シモンに「何番目に強い？」と、決まりきった答えを求められる度、これまでの人生で満たされる事のなかった心の穴が埋まっていくのを感じる。

「シモンみたいな、世界に選ばれた特別な奴が……俺なんかを」

世界にとって特別な存在が、なんの変哲もない俺のような人間に執着している。それを感じる度に胸に広がる甘美な温もり。それが酷く気持ち良くて離れがたい。

「俺、汚ねぇな」

シモンから与えられる「特別」な優越感を刺激される度に、自己嫌悪に陥ってしまう。自分の中の穴を埋める為に、シモンの好意を利用しているようで居たたまれない。

「でも、別に……せっ、セックスしたワケじゃねぇし。そ、そもそも男同士じゃ、セックスできないし」

ヤコブの汗を拭ってやりながら言い訳じみた言葉が口をついて出る。

「で、できないのかな。本当に？」

その瞬間、ヤコブの汗を拭いていた手がピタリと止まった。そして、最後にシモンとダンジョンに出かけた時の事を思い出した。

――師匠。ここ、挿《い》れていい？

シモンの甘えた声が耳の奥に蘇る。

その声と共に、俺は思わず「ここ」と言われた場所に自らの手を移動させた。腰よりもずっと下。そこは、これまでもシモンが俺の体に触れる際に、執拗《しつよう》に手を這《は》わせてきた場所だった。

「ここ、にシモンのを……」

あの日、シモンに挿れていいかと尋ねられた。

何を、なんて言わなくても分かる。俺の腹の上で、熱く滾《たぎ》ったシモンの熱源が期待するように震えていたのだから。

「あ、あの時……俺が、首を振ってなかったら、どうなってた？」

いや、待て。結果として首を横に振ったではないか。

そうだ、そうだ。俺は「無理だ」ときちんとシモンに拒否の意を示したのだ。だから俺はシモンとセックスをしたいワケじゃない。コレでいい。と、自分を納得させかけたところで、無情にも俺の記憶は、あの日の俺の言動を正確に再生してみせた。

——こ、怖いから。まだ、待って。

「ぐぅうっ」

いや、拒否してねぇっ！　むしろ「まだ」って、完全に次を期待してるし！　つーか——。

「なんで勃ってんだよぉ」

情けない声と共に俯いた視線の先には、完全に勃起するソレがズボンの中で窮屈そうに布を押し上げているのが見えた。いや、実は結構前から勃起しかけていたのだが、シモンが「挿れていい？」と耳元で尋ねてきた声を脳内で再生した瞬間、誤魔化しようがないところまで来てしまった。

「どうすんだよ、これ」

懺悔室が聞いて呆れる。言い訳まみれ。煩悩まみれ。

「俺は……シモンが好き、なのか」

それを認めたらダメだと本能が告げる。なにせ、シモンは本物の勇者だ。この世界にとって最重要人物。だから、俺のような偽者に構っている暇などない。シモンは魔王から世界を救わなければならないのだから。

「……ぁー」

「ん？」

俺が煩悩まみれの悶々《もんもん》とした思考に埋め尽くされていると、それまでグッタリと横になっていたヤコブが体を起こしていた。しかも、起こすだけではない。俺の方へと這って近寄って来ようとしているではないか。

「っや、ヤコブ！　どうした？」

「じじょう」

うおおお！　ヤバイヤバイヤバイ！

今、俺の下半身は誤魔化しがきかないほど勃ってしまっている。もし、コレがヤコブにバレでもしたら。好奇心旺盛なヤコブの事だ、「これ何!?」と根掘り葉掘り尋ねられた挙句、体調が回復した暁には、いの一番にシモンに報告に行かれかねない。

もしそんな事になったら——！

——次からは俺が子供達の看病は替わるから。あと、二度と子供達には近寄らないでくれる？

無理無理無理無理！　そんなの完全に終わってる！　何がって、シモンと俺の長年積み上げてきた信頼関係がだよ！

「お、おい、ヤコブ！　具合が悪いんだから起きたらダメだぞ？　ね、寝てなさいっ」

「ぁーぅー」

「ほーら、元気になったら鷹を呼んでやるから！　な⁉」

そう、俺がぼんやりするヤコブの肩に触れた時だった。

「うえっ」

「は？」

気が付くと、俺の腹の上は生温かい吐しゃ物により盛大に汚されていた。しかも、俺が固まっている間も、ヤコブは「うえ、うえっ」と嘔吐《おうと》を繰り返している。

「っふ――――」

数拍の後、俺は静かにため息を吐くと、台の上に置いていた水に手を伸ばした。

大丈夫。こんなのはいつもの事だ。別に慌てる事じゃない。それに、俺が慌てるとヤコブが不安がる。

「よしよし、ヤコブ。少しはスッキリしたか」

「ぅー」

ひとまずヤコブに水を飲ませ、汚れた服を着替えなければ。昨日洗濯した俺の冬服は乾いているだろうか。淡々とそんな事を考えていると、ふと懺悔室の壁に描かれた、剣を掲げる初代勇者の姿が目に入った。

「……やっぱ、似てる」

その、精悍な姿は妙に成長したシモンと被って見えて、なんだか居たたまれなくなる。すると、再び俺の腹の上に生温かい感触が走った。

「うぇぇっ」

「……はー、天罰かぁ」

不幸中の幸いなのか、お陰様で俺の下半身は驚くほどに元気を失っていた。

◇◆◇

初代勇者からの天罰に見舞われた五日後。

ヤコブの熱はようやく平熱まで下がり、やっとの事で脱・懺悔室を迎える事が出来た。

「ししょー！　オレ、遊びに行ってくるー！」

「おい、今日はあんまり外には……って、もう居ねぇし」

熱が下がった途端、矢のような速さで懺悔室を飛び出すヤコブの後ろ姿に、俺は「まぁ、いいか」と小さく肩をすくめた。

ヤコブ　レベル1
クラス：子供

ヤコブのステータス異常表記が消えた。どうやら、以前より風邪からの回復も早くなっているようだ。子供は体調を崩しながら少しずつ強くなっていくものだよ、というマリアのおばさんの言葉が頭を過る。うん、確かにその通りだ。

「うん、良かった良かった」

でも、一つだけ問題がある。

> キトリス　レベル30
> クラス：剣士　　状態：風邪

ここにきて、今度は俺が風邪を引いてしまっていた。

まぁ、寝不足で体調不良の子供達の世話をしていたのだから、さもありなんという感じである。

でも、だからと言って、ゆっくりしている暇など俺にはない。懺悔室の掃除に、子供達の飯の準備、滞《とどこお》っているクエストの消化などなど。挙げればキリがないほど、仕事が積み上がっている。

「あ、そういや今日は仕送りの日だったな」

仕送り。もちろん、王様からのお金の支給の事だ。

子供達の看病もあって、最近はあまりクエストを消化できていなかったので、良いタイミングで支給日が来てくれて助かった。

「そろそろアイツが来る頃か……ヤコブの奴、会いたがってたのにな」

懺悔室に居る間中、やたらと「タカ、タカ」とうわ言のように呟いていたヤコブだったが、鉄砲玉のように飛び出したから、今やどこにも見当たらない。

「まぁ、どうせまたすぐに金が足りなくなって呼ぶ事になるし。いいか」

いや、全然良くはないのだが。しかし、そんな事を気にしている余裕もない。

教会の外に出ると、冬特有のどんよりした曇天が視界を埋め尽くしていた。最近はなかなか晴れ間を見る機会がない。視界の端に映った洗濯物の山は、まだまだ乾かないだろう。

「さっむ！」

真冬の刺すような空気の中、現在の俺はと言えば夏用の薄手の服を着ているせいで、防御力ゼロ状態だ。冬服は、看病により見舞われた悲劇の数々で未だに乾く事なく北風に揺れている。

「あー、やば！　もう一枚羽織ってくりゃ良かった！」

そんなワケで夏服の上にタオルを巻いて、どうにか寒さをしのいでいるのだが、そんなの焼け石に水だ。寒いモノは寒い。むしろ、焼け石を抱き締めたい気分だ。

盛大に鼻水をすすりながら、森の入口にある止まり木に向かってみる。しかし、そこに鷹は居なかった。

「あれ？　そろそろ来てると思ったのに」

首を傾げていると、ふと森の奥から水の跳ねる音が聞こえた。

「あぁ、水浴びしてるのか」

想像するだけで震えが止まらないが、どうやらあの鷹は相当水浴びが好きなようで、夏だろうが冬だろうがお構いなく水浴びをしている。

「夏は子供達と楽しそうに水浴びしてたもんなぁ」

しかし、子供達には冬の川に入るのを禁止している為、この時期は俺が軽く水をかけてやっていた。

川の水をかけてやった時の鷹の気持ち良さそうな顔を思い出すと、自然と頬が緩んでしまう。あの鋭い青い瞳も、水浴びの時ばかりは瞼の下に隠れる。それが笑っているように見えて、普段とのギャップもあり可愛くて堪らない。

「でも、さすがに今日は無理だわ」

今は、川の水になど欠片も触れたくない。悪いが、今日ばかりはあの鷹にも一人で水浴びを楽しんでもらうより他ないだろう。そう、身を縮めながら森の奥の川べりまで向かうと、そこには予想外の人物が居た。

「……シモン？」

「あ、師匠」

そこには、上半身は一切何も身につけず、ズボンを膝の上までたくし上げた格好で川に入るシモンの姿があった。しかも、その腕には見慣れた鷹の姿。

そうか、この水の音はシモンが水浴びする音だったのか——じゃない！

「ちょっ！　シモン、なんて格好してんだよ!?」

見るからに寒すぎる格好のシモンに、俺は思わず大声を上げてしまった。よく見れば、シモンの金色の髪からもポタポタと雫《しずく》が滴っている。

「ほら、早くコッチに来い！」

「……あ、うん」

「あーぁ、髪までこんなに濡らして」

どこか気まずげな様子でバシャバシャと川べりまで上がって来たシモンに、俺は肩にかけていたタオルを頭に被せて問答無用でゴシゴシと髪を拭ってやった。この為に持っていたワケではなかったが、ちょうど良かった。

「なんでこんな時期に川に入ってんだよ」

「あー、えっと……コイツが水浴させろってウルサイから」

その言葉にチラとシモンの肩に視線を向けてみると、そこには何やら呆れたような目つきでシモンの事を見上げる鷹の姿があった。

「ぐぅ」

「なんだよ、何か文句でもあんのか」

「ぐぅ」

「……いいだろ、ちゃんと水浴びさせてやったんだから」

鷹にまで口を尖らせるシモンを後目《しりめ》に、俺はといえばともかく急いでシモンの体を拭いてやった。見ているだけで寒いこちらを他所に、シモンときたら寒さなど微塵《みじん》も感じないとばかり震えの一つもない。

「コイツに水浴びさせてやるにしても、ここまで脱ぐ必要ないだろうが。あ、まさか……修業とか言って、また俺に隠れて滝に打たれたりしてるんじゃないだろうな⁉」

「し、してない！」

慌てて首を横に振るシモンだが、俺はその疑いを晴らす事が出来なかった。

なにせ、「冬の滝修業とかも、ベタだけどソレっぽいよな～」という冗談を真に受けて、シモンはこれまで幾度となく冬の滝に打たれてきたのだから。

「なぁ、シモン。頼むから冬に川に入るのは止めてくれ。今年の風邪は、なんか胃にキてるのか皆して吐いて苦しそうだったんだから。お前にもあんな思いしてほしくないんだよ」

「……ごめんなさい」

俯くシモンの髪を拭いながら、ついでに頭を撫でてやる。教会の中で、唯一シモンだけが体調を崩していない。出来れば、このまま今年の冬も乗り切ってほしい。

「ぐぅ」

「ん、どうした？」

それまで静かにシモンの肩に止まっていた鷹が、小さく唸る。そして、手紙と金の入った袋を俺に差し出してきた。

「あ、そうだった。今回もありがとな」

「ぐぅ」

俺はシモンの首にタオルをかけると、鷹の腹を指の甲で撫でてやった。その羽はシモンとの水浴びのせいか、しっとりと濡れている。

「お前は、冬でも水浴びして風邪引かないなんて凄いなぁ」

「ぐぅ」

「じゃあ、これ頂きます」

水浴びをした後にもかかわらず、王様からの手紙も金の入った袋もまったく濡れていない。この鷹が凄いのか、それとも手紙や袋の方に魔法がかかっているのか。

「はぁ」

袋を手にした瞬間、その袋の軽さにため息が漏れた。

鷹の運んで来る麻袋が、年を追うごとに軽くなっている。最初こそ金貨が大量に入れられていたソレには、今や銀貨が幾枚か入っているだけだ。

「ねぇ、師匠。その手紙、開けなくていいの」

クシャリと手紙を掌で潰す俺に、シモンから声がかかる。

「あぁ、後で読むから」

いや、ウソだ。読まずに燃やすつもりである。なにせ、手紙の方は、それこそもう読まなくとも問題ない。どうせ、「早く魔王を倒せ」という言葉のみが簡素に綴《つづ》られているだけなのだから。

「ねぇ、師匠がいつも手紙のやり取りをしてる相手って誰なの」

「前にも言っただろ。大した奴じゃない。ただの……と、友達だよ」

いや、何が大した奴じゃない、だ。相手はご立派でご大層な「王様」だ。でも、それをシモンに言うつもりはなかった。何故だろう。シモンには、王様や金といったモノからは無縁で居てほしかった。強くなる事だけ考える、真っ直ぐな本物の勇者で居てほしい。

「じゃあ、読ませて」

「ダメ」

「なんでいつも隠すんだよ。その鷹も、俺には絶対渡そうとしないし」

こちらを疑わしげな目で見てくるシモンにチラと視線を向けると、水の滴る金髪の向こうに、何故か久しく見ていない王様の姿を見た気がして、息が詰まった。

「お、大人の話だから！　ほら、シモン。いつまでそんな格好してんだ！　早く教会に戻るぞ」

俺はシモンの視線から逃れるように、最後に一度だけ鷹の腹を撫でてやると「またな」と声をかけ、川に背を向けた。

「師匠。ちょっ、待って！」

「おい、だからこれは別になんでも……って、つめた！」

「あっ、ごめん」

シモンの手が俺の腕を掴んだ瞬間、あまりの冷たさにその場に飛び上がった。さすが冬の川に入っていただけあって、その手は氷のようだ。

「シモン、早く教会に戻って体をあっためろ！　すぐに暖炉に火を付けてやるから。マジで風邪引くぞ」

「いや……っていうか、ずっと思ってたんだけど師匠の方こそ、その格好は何？　ソッチこそ風邪引くよ」

「あー、これは……洗濯物が乾かなくて」

確かに、俺もシモンの事を指摘できた格好ではなかった。今の俺はと言えば、シモンの髪を拭うのにタオルを使ったせいで、半袖の服から覗く腕が露わになっているのだから。

「なら、早く教会に戻って俺の服でも着なよ」

「え、いいの？」

「いいに決まってんじゃん。何、俺が嫌がるとでも思ってるの？」

シモンからの問いかけに「いやぁ」と、言葉を濁した。

日本に居たときの弟と違い、勝手に俺が服を着たからといってシモンが怒るとは思わない。しかし、今やシモンの服はデカすぎて、燃えカスのような師匠としてのプライドが邪魔をして借りられずにいたのだ。

「ほら、早く戻るよ。師匠」

「あ、あぁ」

そう言って俺の隣に立ったシモンは、先ほどまでの不機嫌そうな表情とは異なり、何故か機嫌が良くなっていた。まるでエスコートでもされるかのように腰に添えられるシモンのガシリとした腕に、妙な気恥かしさを覚える。

「シモン、お前本当に大きくなったなぁ」

「ん、そう？」

「そうだよ。それに――」

名前：シモン　　Ｌｖ：70 クラス：夜の勇者

シモンのすぐ脇には、俺のレベルの倍以上になったシモンのステータスが見えた。

「強くなったなぁ」

思わず口をついて出た。

未だにシモンのクラスは「夜の勇者」だ。しかし、これはきっと下ネタ的なアレじゃなくて、シモンが夜にダンジョン攻略をする事に由来しているのだ、と最近ようやく気が付いた。子供に大人気の

ＲＰＧで、さすがに下ネタはないだろう。

そして、プライド云々《うんぬん》は本当に俺の中では燃えカスなのだと思い知らされた。

「どうしたの、急に」

「いいや、別に。本当にそう思っただけだよ」

もう、シモンに対してレベル30の俺が嫉妬まがいの感情を拗らせる事はない。ここまで来たら、いっそシモンがどこまで行くか見届けたかった。「シモンの足手まといになるだろう」なんて、そんな当たり前の事で悩んだりしない。

俺は無意識のうちにシモンの方へと体重をかけると、深く息を吐いた。

「師匠。なんか凄く体が熱いけど……大丈夫？」

「そりゃ、お前が川なんかに入って体が冷たくなってるせいだよ。教会に戻ったら、ちゃんと髪も乾かせよ」

戦闘で俺がドジッてもきっとシモンが助けてくれるだろう。今は心の底からそう思える。

「ほら、行こうか。シモン」

「う、うん」

俺はヒヤリと冷たいシモンの体に寄り掛かりながら、覚束《おぼつか》ない足元を見て見ぬフリをするように静かに目を閉じた。

◇◆◇

子供というのは、ともかく体調を崩すモノだ。

しかし、だからといって大人も例外ではない事を、俺は久々に思い知った。

「はぁっ。きっつ」

ステータスに異常が出た時点で、もう少し気を遣うべきだった。毒や麻痺《まひ》ならすぐに対処するのに、どうして俺は「風邪」を侮ったりしたのだろう。

「きもち、わる」

時間が経つごとに重くなっていく体を、ゆっくりと教会の壁に押し付けた。

体は焼けそうなほど熱く、割れそうに痛む頭のせいで、目を開けているのすら辛い。絶え間なく襲ってくる疲労感に、その場に倒れ込みたくなるが、それでも足は止められない。

「早くっ……外に出ないと」

諸々の症状を押しのけて、今一番ヤバいのは「吐き気」だった。

「はぁっ。これは、ヤコブが泣き喚くハズだな」

これは、大人でも相当辛い。よくあんな小さな体で耐えたモノだ。今度「お前凄いな」と褒めてやらねば。

「師匠?」

そう、俺が必死に教会の戸に手をかけようとすると、それよりも先に外から教会の扉が開かれた。

「……あ、あぁ。し、もん。かえってたのか」

「ちょっと、どうしたの!?」

扉の向こうには、腕に荷物を抱えたシモンが立っていた――と思われる。声からの判断なので、正確なところはよく分からない。焼けるような熱さのせいで視界が霞《かす》んであまり見えない。

「師匠！　やっぱり具合が悪いんでしょ!?」

「あ、いや……ちょっと」

疲れただけ、と口にしようとした時だ。

湧き上がってきた強烈な吐き気に、俺はシモンの体を押しのけて教会の外に駆け出した。駆け出したと言っても、その時の俺の足取りに力などなく、数歩歩いたところでその場に崩れ落ちるように倒れ込んだ。

「うえっっ……っはぁ。ぅっ」

気付くと地面は俺の吐いたモノで盛大に汚れていた。ヤバイ。これじゃ、子供達にまた感染《うつ》るかもしれない。早く掃除しないと。と、頭の片隅では冷静な段取りが思い浮かぶのだが、どうにも体が言う事を聞いてくれない。その間も、絶え間なく襲ってくる吐き気に、俺は視界が更に歪むのを感じた。

「っは、っはぁ……っぅえっ」

「師匠、大丈夫!?」

慌てた声と共に、フラつく体に温かい腕が添えられるのを感じた。あぁ、シモンだ。とっさに寄りかかりたくなるが、師匠の威厳を保つために必死に堪え、地面についた片腕で自らを支えた。

「だい、じょ……しも。お前は、離れてろ……汚い、から」

「はぁ!?　こんな時に何言ってんだよ！」

「それに、うつ、るかも……」

「あぁ、もう。黙ってよ。師匠」

酷くもどかしげな様子で口にされたシモンの言葉に、俺は「どうした？」と声をかけてやりたかったが、引いては返す波のような吐き気に、何も言う事が出来なかった。そして、ひとしきり胃の中のモノを吐き出した後――。

「師匠、今日はもう絶対に懺悔室から出さないから」

シモンの強い意思を帯びた声を最後に、俺の意識は途切れた。

◇◆◇

「……ここは」

目覚めた時、一瞬自分が居る場所がどこか分からなかった。最初に視界に映し出されたのは、圧迫感のある低い薄汚れた天井だった。ただ、ふと小脇に目をやれば、壁に描かれた、剣を掲げる初代勇者の姿が目に入った。

あぁ、そうか。ここは――。

「ざんげ、しつ？」

「そうだよ」

突然、足元の扉から聞き慣れた声が聞こえてきた。

「し、もん」

「師匠、気分はマシになった？」

「……えっと、あれ？」

とっさに身を起こそうとしたが、盛大にグラついた視界のせいで思うように体を動かすことは出来なかった。胸の奥に何かが詰まったようなムカつきが残っている。

「ほら、すぐに起きようとしない。ジッとして」

「シモン……あの、俺は」

「師匠、見事に皆から風邪を貰ったね」

シモンが手にしていた桶を俺の足元に置き、隣に腰を下ろす。そこは、子供達を看病していた時にいつも俺が座っていた場所だ。気休めにしかならないだろうけど、それでも少しでも不安がなくなるように、と俺は常に子供達の視界に映るようにしていた。

「……ごめん、シモン。服とか汚しちゃったな」

あぁ、そうだ。俺は風邪を引いたんだ。そして、しこたま吐いてシモンに世話をしてもらった。うすらぼんやりとした記憶しかないが、しかしハッキリと残っている。外に居る時も、シモンに抱えられてここに来る時も、俺は盛大に吐いてしまった筈だ。きっと、シモンは目も当てられないような惨状を目《ま》の当たりにした事だろう。

「ご、めん……ほんと、ごめん」

熱が高いせいだろう。恥ずかしいやら情けないやら、そういった負の感情がいつも以上に盛大に膨れ上がる。

なんて事だ。シモンに風邪引くなよ、なんて偉そうに言っておきながら、このザマだ。

「ごめぇん」

声が震える。あまりの情けなさにシモンと目を合わせられない。視線のやり場に困り果てた結果、俺はシモンの背後の壁に描かれた初代勇者の姿を見つめながら繰り返し謝罪した。やっぱり、あの勇者はどことなくシモンに似ている気がする。

「あのさぁ、師匠。悪いと思うなら……そんな王様だか勇者だかを見てないで、俺の事を見てよ。師匠は誰に話しかけてんの？」

「うっ」

とんでもなく痛いところを突かれてしまった。本当にシモンの言う通りだ。目を逸らしながらの謝罪に、一体なんの意味があるだろう。

「シモン、あの、ご、ごめ……」

「はい、やっとコッチを見た」

やっとの事で壁の勇者から目を逸らすと、目の前には微笑《ほほえ》むシモンの顔があった。しかも、いつの間にか俺に寄り添うように横になって、布団へと入り込んできた。

狭い懺悔室に大の男が二人。しかも成長したシモンには縦の長さも足りないのだろう。膝を曲げ、布団の中にある俺の足と触れた。

「まだ熱いね、師匠。気持ち悪くない？」

「あ、えっと」

いつも二階で寝る時よりも距離が近い。そんな中、シモンの骨ばった手が俺の頬を優しく撫でてくる。

熱い。確かに、凄く熱い。でも、これは熱のせいなのか、それともシモンがすぐ傍に居るからなのか、今の俺にはよく分からなかった。

「師匠、俺にはたくさん甘えていいから」

「……ぁ」

それは、いつだったか。俺が、他でもないシモンに言った言葉だ。あの時は、本当にまだシモンは小さくて、俺が抱っこ出来るくらい幼くて、頼りなくて――。

でも、今はどうだ。

「師匠、思う存分甘えて。もう俺、こんなに大きくなったよ。分かるでしょ」

透き通った瞳が、情けない俺の姿を否応《いやおう》なく映し出す。シモンの足が俺の足に深く絡みつき、大きな掌が俺の後頭部を優しく撫でた。

そう、シモンはもうこんなに大きくなった。あの頃の、出会ったばかりのシモンとは違うのだ。そう思ったら、肩の力が抜けた。

「あたまが、いたいんだ」

「うん」

「あと、あつくて、でも……さむくて」

「うん、うん」

「それに、すごく……きもち、わるいんだ」

熱い、苦しい、寒い、怖い。

――ししょう、こわい。たすけて。

それは熱を出した子供達が、ずっと俺に向かって言い続けていた言葉だった。でも、俺はそんな子供達に何もしてやれない。俺に出来る事と言えば、頭を撫でて「うんうん」と頷いてやる事だけ。

「……そう、だったのか」

「師匠？」

ここに来て、俺はようやくあの時の子供達の気持ちが理解できた。

「しもん、おねがいだから」

「ん？」

「そばに、いてくれ」

あれは子供達から俺への、全身全霊の「甘え」だったのだ。

「しもん、しもん……」

「大丈夫、俺はここに居るから」

気が付くと、俺は自分よりも大きなシモンの体に優しく抱き締められていた。別に、ソレで何一つ症状が良くなるワケではない。正直、今も頭は割れるように痛いし、熱くて寒くて死にそうだ。

「しもん、つかれた。きつい」

「師匠、お疲れ様。いつもありがとう」

でも、俺が何をしても全て受け入れてもらえるという安心感は、全ての苦しみに勝った。シモンの手が背中を優しく撫でてくれる度に体の緊張が解け、まるで全て大丈夫だと教えてくれているかのようだ。

「でも、師匠が風邪引いてくれて……俺としては運が良かったかも」

「え？」

ゴツゴツとした腕に抱き締められながら、シモンの低く落ち着いた声が俺の鼓膜を甘く揺らす。

「俺が風邪引く必要、なくなった」

その言葉に、シモンがこの寒空の下、水浴びをしていた理由がやっと分かった。

「おまえ、まさか……」

「だって、俺も師匠と二人きりになりたかったし。……ずっと、独り占めしたかったから」

どうやら、シモンはわざと風邪を引こうとしていたらしい。風邪を引けば、懺悔室で俺を独り占めできる、と。だとすれば、あの時の呆れたような鷹の目も、まぁ、分からなくもない。

「ごめんね、師匠」

ちっともごめんなんて思っていない子供のような声が、耳元で囁いてくる。本当に嬉しそうだ。

そんなシモンの声を聞いた瞬間、胸の奥に湧き上がってきたのは呆れでも怒りでもなく、止めどない〝喜び〟だった。風邪とは違った熱が、体中をジワジワと火照らせてくる。風邪のせいで体中ダルくて仕方ないのに、なんだろう。気持ち良くて堪らない。

「まったく。風邪、辛いんだからな」

「ん、ごめんなさい」

「……でも、まぁいいよ」

そういう愚かなほど真っ直ぐなところも、俺の大好きな勇者《シモン》だ。

それに、俺もシモンと同じだ。今、確かに思ってる。風邪引いてラッキーって。お陰でこうして俺もシモンに素直に甘えられた。

「しもん、あのさ」

「ん？」

「治ってからでいいから」

だとしたら、もっと甘えていいだろうか。

シモンの胸板に顔を押し付けながら、熱がどんどん上がるのを感じる。これは熱のせいなのか。それとも俺の体に容赦なく触れてくるシモンのせいなのか。

あぁ、ダメだ。言うな。言うな。言ったら、もう――。

「きす、してほしい」

言ってしまった。

これでもう、後戻り出来ない。だって、これまでは全部「シモンが言ったから」という免罪符でなんとか自分を誤魔化してきた。でも、コレは他でもない「俺」の意思だ。いや、本当はずっと「そう」だった。

俺は、シモンが好きだ。

「うん、分かった。今する」

自覚した直後、視界は開け、目の前がシモンの嬉しそうな顔でいっぱいになった。キラキラと輝く金色の瞳は、この世の幸福の全てを集めて固めたような煌めきを放っていた。そんなシモンの輝く瞳に見惚れていたせいで、反応が一瞬遅れた。

「っは？　……ちょっ、っンぅ」

気付けば、俺の唇はシモンによって容赦なく塞がれていた。どうやら、「治ったら」という言葉はシモンの中ではなかった事にされているようだ。

あれだけ吐いたのだ。きっと俺と口なんか合わせたら、気持ち悪いだろう。というか、そんな事より！

「やっ、めろ……感染るだろうがっ！」

「え、大丈夫」

「いや、大丈夫じゃ……んっ」

俺の言う事なんか一切聞く耳を持たず、シモンの唇が延々と重ねられる。熱のせいなのか、酸素が足りないせいか。次第に「シモンに感染ったら」なんていう思考が朧気《おぼろげ》になっていく。

「っふ、ぅ」

シモンの背中に腕を回し、より強く密着する。互いの汗を含んだ衣服が、熱を通しピタリとくっついた。

熱い。きつい。痛い。辛い。でも、幸せだ。あぁ、風邪引いて、本当に良かった。

「……っはぁ」

微かに開けた視線に薄っすらと映った初代勇者の立派な姿。それを見て、俺は思った。

きっとシモンはお前より凄い「勇者」になるぞ、と。

◇◆◇

「あー、スッキリしたぁっ」

五日後、俺はようやく脱・懺悔室と相成った。

いや、本当は三日目あたりには結構しっかり全快していたりもしたのだが、なんやかんや五日間、懺悔室でシモンと一緒に過ごした。

ナニをしていたかは、まぁ、あまり触れないでほしい。まぁ、多少言葉を濁して表現するなら「たくさん甘えさせてもらっていた」というところだろうか。

でもそんなシモンとの五日間を過ごしながら、俺は少し不安だった。

「アレは、絶対シモンに感染ってる……！」

いつもの朝のルーティンである朝食のパンを焼きながら、俺は頭を抱えた。いや、頭痛がするワケじゃない。自分の浅はかさに頭を抱えているのだ。

甘えていいと言われて、言われた通り甘えた。思う存分。お陰で、腹の中に居座っていた欲求不満は全て解消された。ええ、解消されましたとも。今は清々《すがすが》しいほどスッキリしている。

「もう、何やってんだよ。俺」

しかし、その代償にシモンはきっと体調を崩してしまうだろう。シモンだけは風邪の憂き目を見ずにここまで来たのに。なんてこった。

「……まぁ、シモンが風邪引いたら、俺が看病してやればいいのか」

そしたら、また二人で……と、浮ついた声で独りごちてしまった自分に、俺は「あぁぁぁっ！」と再び頭を抱えた。

もう俺はダメだ！　あと二日は懺悔室に籠るべきだ。もちろん、一人で！

そう、俺が自身の愚かすぎる欲求に罪悪感を募らせていると、背後からシモンの声が聞こえた。

「師匠、おはよう。もう体は大丈夫？」

「あ、うん。お陰で随分良く――」

その瞬間、俺は目を剝いた。

「どうしたの、師匠？」

「……え、あの。あれ、シモン、お前」

「ん？」

名前：シモン　Ｌｖ：71
クラス：夜の勇者

シモンのレベルが上がっていた。昨日、一緒に懺悔室に居る時までは確かにレベル70だった筈なのに。そして、もちろん状態異常もない。シモンの顔色はすこぶる良く、ケロリとしている。

「師匠？」

「……はは。やっぱ、ホンモノは違ぇな」

「え、何、どうしたの？」

「いや、やっぱお前は凄い奴だよ」

そう、俺が手を必死に伸ばしてシモンの頭を撫でてやると、シモンは嬉しそうに目を細めて笑った。

そんな大きな子犬のような可愛いシモンの姿に、やっぱり思ってしまう。

「夜の勇者」ってやっぱ下ネタじゃね？

修業8：たくさん使いすぎた

「……とうとうこの時が来たか」

俺は朝食のパンを籠に抱えながら、深いため息を吐いた。俺の手には、いつもより仰々しい手紙。それは聖王家の紋が記された、国王からの正式な勅命文書だった。

「お疲れさん、今日もありがとな」

俺は止まり木から此方をジッと見つめる鷹に一言声をかけると、膨らんだ胸の部分を優しく撫でた。

「ところでさ、今回も……コレだけ？」

念のために尋ねてみる。すると、鷹はどこか気まずそうに俺からその青い目を逸らした。その仕草にやっぱりコイツは人間みたいだな、と改めて思うのだった。

「ごめん、お前は何も悪くないのに気を遣わせて悪かったな」

「……ぐぅ」

「ほら、もう行きな。帰りが遅くなるとお前も怒られるぞ」

俺は籠からパンを一つ取り出すと、そのまま勢いよく空中へと放り投げた。直後、止まり木に止まっていた鷹が一瞬にして視界から消える。そして、流れるような動作で空中のパンを咥《くわ》えて飛び去って行った。

「やっぱスゲェなぁ。かっこいい」

あの鷹とも長い付き合いだ。俺が旅に出てからなので、かれこれ、六年……いや、もうすぐ七年になるか。俺がここに居付くようになってからは、子供達にも人気で、どこか世話をしてくれているような節さえあった。

「ほんと、人間みたいなヤツだったな」

鷹の姿が見えなくなるまで見送ると、俺は再び手紙に目を落とした。そこには事務的に綴られた登城命令が、整った文字で淡々と記されていた。ただ、事務的で感情など読み取れない文章ながらも、ハッキリと感じ取れる。

この手紙を寄越した相手が「怒っている」という事が。

「……最近、まったくお金も貰えてなかったからなぁ」

俺がこの世界に呼び出され、勇者だなんだと祭り上げられてから、俺はなんの結果も出せないまま、ただ無為に金の無心ばかりを王様に対して行ってきた。

「まぁ、そりゃ王様もそろそろ怒るよなぁ。でも……でもさぁ」

仕方がないだろ!? ホンモノの勇者を育ててあげる為には、それなりに入り用だったのだ。なにせ十二人分の育ちざかりの食費だ。ある程度は仕方がないと思ってほしい。

「でも、そんなん向こうは知ったこっちゃないだろうしなぁ」

ともかく一度、城に来いという旨が、チクチクとした嫌味と共に金色のインクで淡々と書き記されていた。あの豪華絢爛な王様らしい、派手なインクだ。

太陽に透かして見ると、インクに金粉でも混ぜ込んであるのか、キラキラと輝いて見えた。

「綺麗だなぁ」

代々王様は王家の血の濃い「金色」の髪の王子が受け継ぐ事が決まりとされている。故に「金」は王家の公式色である、らしい。

でも、俺にとって「金色」は王様の色じゃない。

「シモンの髪みたいだ」

そう、ポツリと呟いた時だった。

「師匠？」

「っ！」

いつの間にか、俺の真後ろにはシモンが立っていた。気配を消して近づいていたせいか、まったく気付けなかった。

「どうしたの、ソレ。いつもの手紙？」

「あ、うん。そうそう」

「……待って。なんか、ソレいつもと違わない？　どうしたの、何かあった？」

「あ、えっと……これは」

「見せて」

「だ、ダメ！」

シモンが矢継ぎ早に質問をしながら、流れるような動作で俺から手紙を取り上げようとしてくる。いや、さすがにこんなガチガチに王様に叱られている手紙を、何も知らないシモンに見せるワケにはいかない。

俺は慌てて手紙をポケットにしまうと、何事もなかったようにシモンに向き直った。

「なんでもないよ。そんな事より腹減ったろ？　朝飯にしようぜ」

「……」

竈からパンを取り出しながら尋ねる俺に、シモンはムスリとした表情のまま何も答えない。未だにその目は俺のポケットの中にある手紙へと向けられているが、そんなシモンの視線に、俺はひたすら気付かないフリを決め込む。

「シモン、パン何個食いたい？」

「……六個」

「んー、じゃあ七個食え。七は縁起の良い数字だからな」

「そうなの？」

「そうだよ」

俺は、焼き立てのパンを次々とシモンの腕の中へと乗せていく。さすがに七個ともなると、結構な量なのでシモンの腕はフワフワのパンでいっぱいになっていた。

「シモン。お前は昔からすぐ遠慮するけどさ、ほんと最初から食いたい数を素直に言っていいんだって」

そう、シモンは俺が食べ物を「いくつ食べたい？」と尋ねると、いつも少し遠慮して答える癖がついている。なので、俺は昔から何か適当な理由をつけては、シモンには少し多めに食べ物を渡すようにしていた。

「でも、師匠。最近お金足りてないんでしょ」

「……足りてるよ」

なんて事ない風を装いつつ言葉を返しながら、俺は心臓が跳ねるのを止められなかった。まさか、このタイミングでシモンに金の事を言われるとは。

最近になって、王様から毎月運ばれていた金がまったく届けられなくなった。減らされたとか、少なくなったとかではない。ゼロだ。

なので、確かにちょーっと家計は火の車だったりしていたのだが。それでも、気付かれないようにやりくりしていた筈なのに。

「師匠、俺ももっと仕事増やすから」

「いいって。シモンは既に十分手伝ってくれてるよ」

「でもっ！」

「それに、シモンの仕事は強くなる事だろうが。あんまり働くと修業の時間がなくなるぞ？」

俺はシモンの肩をポンポンと軽く叩くと、すぐ脇に表示されるステータス画面を見た。

名前：シモン　Ｌｖ：75 クラス：夜の勇者

シモンはこれまでの修業の結果、レベル75にまで成長していた。でも、まだだ。まだ欲しい。ここまで来たら魔王と同じレベル100までは到達してもらいたいところだ。

魔王には「頼れる仲間」が居た。でも、シモンにはソレがない。なにせ、この世界にはレベル30の中途半端な俺と、レベル5以下の最弱モブしか存在していないのだから。

レベルは出来るだけ上げておくに越した事はない。

「金ならちゃんとあるから心配すんな。アイツらが大きくなるまでの食費くらい、どうって事ねぇよ。

お前との〝約束〟は、ちゃんと守るから安心しろ」

「いや、そういう事じゃなくて……」

「おら、シモン。お前もだぞ。パンを食え。これも修業のうちだからな」

まだ何か言いたげなシモンを無視し、もう一つシモンにパンを押し付けた。結局、八個になってしまったが、まぁいいだろう。八も多分良い数字だった筈だ。

「さて、そろそろアイツらも起きてくる頃だな。シモン、パンを焼くのを手伝ってくれ」

「ん」

籠の中の残りのパンは、もう半分も残ってない。もう一回くらい焼いた方が良いだろう。

俺はシモンと共に竈へ戻ると、ポケットに入れていた王様からの手紙をその中へと容赦なく放り投げた。手紙が一瞬にして灰になる。

よし、これでシモンに手紙を見られる心配がなくなった。

「シモン、パン持って来てくれー」

「……うん」

不満そうな様子を隠しもしないシモンの返事に、俺は小さく息を吐いた。

王家からの登城命令。

さすがに無視するワケにはいかないか。

◇◆◇

「え、聖王都に行く？　なんで？」

その夜、俺はいつものダンジョン攻略の帰り、シモンに聖王都へ行く事を告げた。

「ちょっとアッチじゃないと買えない武器があってさ」

「じゃあ、俺も一緒に行く。最近、聖王都じゃ良い噂聞かないし。師匠一人で行かせられない」

やっぱり、絶対付いて来るって言うと思った。

シモンからの予想通りの反応に、俺は肩をすくめるしかなかった。さて、どうやってシモンを諦めさせるか。

「いや、別に大丈夫だよ。大袈裟《おおげさ》だな」

「大袈裟じゃない！　ここ数年、財政難だかなんだかでずっと税金も上がり続けてるのに、そこにきて王様が新しい宮殿を建てるとか言い出してるせいで、王家に不満を持つ民衆が増えてピリピリしてるんだよ。聖王都の治安も荒れてるって聞いた」

「ふーん、シモン。お前詳しいな」

「師匠が疎すぎるんだよ！」

どこか苛立《いらだ》ちすら覚えているようなシモンの表情に、それでも俺は首を縦に振るワケにはいかなかった。

「ダメだ。子供達はどうするんだよ。危ないだろうが」

「何言ってんの？　アイツら、もうその辺のゴロツキにも負けないよ」

シモンから返された言葉に、俺は「確かに」と内心苦々しい気分になった。そうなのだ。教会に居る、シモン以外の十一人の子供達は、いつの間にかシモンの手によって鍛え直され、子供ながらに全員「レベル5」にされてしまっていた。

レベル5。

数字だけ見ると大した事はないが、相対的に見れば決してそうではない。なにせ、名将と呼ばれる国の兵士ですら最大レベルが5の世界だ。子供ながらに皆、一流の兵士と同じレベルに仕上がってしまっていたのである。さすが、ホンモノの勇者は鍛える力もピカイチらしい。

「特にヤコブが一番強いかもね」

「……そ、そうか」

シモンがドヤ顔で俺を見下ろしてくる。確かに、シモンと子供達が手合わせをしているところを何度も見てきたが、一番年下の筈のヤコブが最も実力をつけていた。

最初に出会った頃は「しよー」と、師匠という言葉すらまともに発音できなかったヤコブは、今やどこにも居ない。

まぁ、とは言ってもヤコブもまだ八歳。性格の方は未だに甘えん坊のままだが。

「ヤコブは、お前に一番憧れてるからな」

「そう?」

「そうだよ」

やはり、強さの原動力は「憧れ」だ。まさに、シモン自身が身をもってそれを証明してくれた。

「ま、そういうワケだから。俺も師匠と一緒に聖王都に……」

「ダ、ダメダメダメ！　聖王都には俺一人で行くから！」

「はぁ!?　なんでそんなに一人で行きたがるんだよ！　師匠、もしかして俺以外にも弟子を作る気じゃないだろうな!?」

なんだ、この浮気を疑う嫉妬深い彼女みたいな言い草は……！

「作らねぇよ！　俺にはお前しか居ないっていつも言ってるだろ!?」

そして、俺の返事もなんだ！　これはバカップルの会話ですか？　いいえ、これは師弟の会話です！　まぁ、師弟にしてはソレなりの事はヤっちゃってますけど！

「じゃあいいじゃん！　俺も連れて行ってよ！」

「だーかーらっ！」

しかし、いつもの一撃必殺「お前だけしか居ないよ」を使っても、シモンはなかなか納得しない。そんなシモンの姿に、俺は作戦を変える事にした。最近はどちらかと言えば〝こちら〟の方がシモンにはよく利く。

「頼むよ。いくら強くなったって、まだ皆子供だ。お前がアイツらと一緒に居てくれると思うから、俺も一人で安心して出かけられるんだよ。なぁ、シモン」

――お前だけが、頼りなんだよ。

その俺の言葉にシモンの目が大きく見開かれる。そして、その表情は徐々に隠し切れないほどの喜色に満ち、そして――。

「俺だけ？」

「そうだよ。アイツらだけじゃ、何かあるんじゃないかって気が気じゃない。シモンが居てくれるから、俺も安心して遠出が出来るんだ」

「……ふーん」

まんざらでもなさそうなシモンの顔。シモンは昔から真っ直ぐで単純だ。

シモンからすれば「師匠から頼りにしてもらえる」というのは、そりゃあもう嬉しい事らしい。それに、俺の方もシモンに頼っているのは紛れもない事実だ。

「聖王都に行くのはお前の新しい武器を買う為でもあるから」

「新しい武器？」

「そうだよ。あと一年もしたら、二人で魔王討伐の旅に出たいなって思ってるからさ。今回の聖王都行きはその準備も兼ねてんの」

「っ！」

息を呑むシモンに、俺は横目に「レベル75」というシモンのステータスを見た。最近、シモンのレベルの上がり方が緩やかになった。ここからはもっと難易度の高いダンジョンに挑めるよう、本腰を入れてレベルを上げる必要があるだろう。その為には、そろそろこの街から出なければならない。

「……師匠と二人だけで旅？　ほんとに？　二人だけで？」

「さすがに子供達は連れてけねーからな」

俺の言葉に、シモンの大きな目が一気に見開かれた。口元には抑えきれない笑みが広がり、頰がほんのり赤くなっている。

「やった――！」

大きな体で、幼い子供のように飛び上がるシモンを見て、俺は内心「可愛い奴め」と遥か高みにあるその頭を、めいっぱい腕を伸ばして撫でてやった。また身長が伸びた気がする。

「おう、お前にピッタリの武器を買って来てやるから、お前はしっかり修業してろ！」

「うん、うんっ！　師匠と二人で旅。やっとだ……」

「ああ、俺も楽しみだよ」

さて、ひとまずシモンという出発前のラスボスはどうにか出来た。次は、本チャンのラスボス。どう国王様を説得して機嫌を直してもらうかが問題だ。どうにかしてあと少し魔王討伐を待ってもらわなければ。

そう、俺が頭の片隅で色々と作戦を練っている時だった。

「ねぇ、師匠」

俺に頭をグリグリと押し付けていたシモンがなんとも嬉しそうな顔で俺に言った。

「師匠が帰ってきたらさ……もう俺、成人だし。一緒にお酒飲もうよ」

「へ？」

「ね、お願い。俺、師匠と酒が飲みたい」

「あ、あぁ」

言いながら、シモンは俺の手を流れるように掴むと、そのまま手の甲に小さく口づけを落とした。

「だから、早く帰って来てね」

まるで王子様のような優雅さを纏いながらそんな事を言うシモンに、俺は照れるより先に、何故か前世の弟の言葉を思い出してしまっていた。

――二度と帰ってくんな！　バァァカ！

それは、俺が弟から送られた最後の言葉だ。その言葉に、俺はあの時同様、思ってしまった。

「なんか今、死亡フラグ立った気がする」

「え、何？」

「いや、なんでも……ない」

まるで真逆の言葉の筈なのに、ゲームや物語上ではこの手の台詞はご法度だ。特に「主人公目線」で放たれる死亡フラグの強制力ときたら、それはもう凄まじい力がある。

「あぁ。師匠、早く帰って来て」

いや、俺。まだ目の前に居るんですけど。

そう、まるで俺が居なくなった後のモノローグのような台詞を口にし始めたシモンに対し、俺はふと目にしたステータス画面に息を呑んだ。

名前：シモン　Ｌｖ：75
クラス：勇者

シモンの【クラス】から余計な装飾語が消えた。

あれ。なんか、マジで死んだかも。俺。

修業9：たくさん折れた

あの時感じた死亡フラグは正しかった。

この世界には「レベル30の俺」と、「レベル5以下のその他」しか居ない……だから俺は、ある程度は「最強」なんだと、そう思っていた。


「おいおいおいおい！　なんだよっ、アレ！」

しかし、それはまったくの勘違いだった。

俺は、電光石火の速さで走っていた。いや、違う。ちょっと格好良く言ってみたけど、ただ全速力で逃げていただけだ。


「ふざっけんな！　急に呼び出して、突然罪人扱いはねぇだろうがっ！」

先ほどまで、俺は数年ぶりに「王様」と対峙していた。

手紙の雰囲気から、怒っている事は分かっていた。でも、あの時の俺ときたら、久々の王様を前に「なんか、王様ってシモンと似てる気がするなぁ」なんて呑気な事を思っていたほどだ。

しかし、そんな安穏とした感情はすぐに消えてなくなった。

――その偽者の反逆者を捕らえよ。

王様の一言により、俺はあっという間に兵士達から捕縛され、真っ赤な絨毯の上に顔を押し付けられていた。予想外の展開に混乱しつつ、俺が気になったのは王様の口にした「偽者」という言葉。

あぁ、そうさ。そんな事は俺が一番よく分かっている。でも、そもそも俺を「勇者」に仕立て上げたのは、この王様だったじゃないか。

――真の勇者ゴルゴタよ、あの偽者を討ち取り、この世界に平和をもたらしてくれ。

ゴルゴタ。その聞き慣れない名前に俺が視線だけ上げると、いつの間にか、王様の隣には一人の男が立っていた。

肩まで伸びた漆黒の髪。その隙間から見える鋭い瞳は、まるで深淵《しんえん》を覗き込むかのように冷酷で、目が合っただけで背筋に嫌な緊張が走る。

直後、その黒髪の男の脇に表示されているステータスに、俺は思わず息を呑んだ。

名前：ゴルゴタ　Lv：60
クラス：魔剣士
HP：5421　MP：741
攻撃力：321　防御力：245
素早さ：121　幸運：51

ゴルゴタというその男は、王様の言葉を借りるならば「真の勇者」だという。

確かに、ゴルゴタのレベルは俺の倍だった。ただ、ソイツが勇者でない事は、俺にはハッキリと分かった。なにせ、ゴルゴタも俺とまったく同じだったからだ。

【次のレベルまで、あと……0】

ゴルゴタのレベルも既に60で頭打ちになっている。これでは、レベル100の〝あの〟魔王には絶対に勝てない。そもそもクラスがただの魔剣士じゃないか。

それに、なにより——。

「シモンがホンモノの勇者だろうがっ！」

どうやら、この王様は凝りもせずまた異世界から「勇者もどき」を召喚したらしい。だからこそ、今度は「俺」の存在が邪魔になった——。

「……いや、違う」

——君はこの世界を救う勇者だ。

俺を「勇者」だと言った王様の顔と、今しがた俺に「偽者」だと言い放った王様は、まるきり同じ顔で笑っていた。それこそ、コレは最初から決まっていた予定調和だと言わんばかりに。

「……そういう事かよ」

ここにきて、俺はやっと理解した。

そもそも、王様にとって「勇者」が本物か偽者かなんてどうでも良いのだ。なにせ、ここがレジェンドシリーズの世界ならば、あの王様こそが人類史に残る賢王と名高い「初代勇者」の血を引く〝正当後継者《勇者》〟になるのだから。

でも、あの王様は、もとより「魔王」を倒す気など欠片もない。

「っくそ！　クソクソクソ！」

この世界に来てから、ずっとずっと見ないフリをしてきた〝違和感〟が、ここに来て一気にツケとなって襲ってきた。

「……この世界は、一体何なんだよっ！」

レジェンドシリーズの世界は、いつだって魔王は「悪」で、勇者は「善」だった。だから、魔王を倒せば、全ての問題は消えてなくなる。世界は平和になる。みんな「幸福」になれる。そう、信じてやってきた。

でも、俺は分かっていた筈だ。

「世界は、そんなに単純じゃない……！」

王様は言った。

魔王の放つ瘴気のせいで土地が死に、人々は住む場所を追われている、と。

「……魔王ってなんだよ、瘴気ってなんだよ!?」

俺はこの世界で「魔王」が人を襲う姿なんて一度も見た事はなかった。もちろん「瘴気」なんて感じた事もない。

人々が常に苦しんでいたのは「重税」と「苦役」。親に捨てられ飢えに苦しむ子供達が、今日を生きる事に必死で、盗みに手を染め、教育の機会すら与えられない現実。

——民は魔王のせいで飢えている。彼らを救う事が出来るのは、選ばれし勇者である君だけだ。なぁ、キトリス。

なぁ、民は一体誰のせいで「飢え」ていた？

「っはぁ、っはぁっはぁ」

苦しい。いつもより息が切れて仕方がない。視界はぼやけ、意識が遠のきそうになるのを、俺は必死に耐えた。

背後にそびえる純白の城は、清々しい青空に明るい太陽の光を浴び、まるで自らが栄光や正義そのものだと言わんばかりだ。

体中に炎が纏ったような怒りの中、俺はふと視界の端で赤く点滅する四角枠を見た。

名前：キトリス　Lv：30
クラス：剣士　状態：瀕死《ひんし》
HP：11　MP：3

俺のHPもMPも残りあと僅かだ。

この世界に来て、俺は初めて「瀕死」という状態異常を見た。HPが5％以下なことを知らせるステータスだ。HPがゼロになれば死亡するこの世界で、今の俺は限りなく「死」に近いところに居る。

「どうする、どうする、どうするっ」

城に呼び出され、一方的に「勇者の名を騙《かた》った悪徳詐欺師」として皆の前で糾弾されまくった挙句、俺が「ソイツは本物の勇者じゃない」と叫ぶと、その場でゴルゴタとの一騎打ちを強制された。

――誰が、偽者の言う事になど耳を傾けるものか。

王の言葉に逆らう者など、彼の甘い蜜を吸って生きる貴族にはおらず、俺の言葉は周囲から浴びせられる罵声にかき消される。

その後、あれよあれよという間に闘技場に連れて行かれ、倍のレベル差がある相手に、民衆の前で俺はコテンパンにされてしまった。勇者として祭り上げられたパレードの時同様、人々はただただ俺を「娯楽」として消費するだけ。

あの王様にとって、民衆の目を欺く為の「悪」は、「魔王」でも「勇者の名を騙った偽者」でも、どちらでも構わないのだ。

そして、それは民も同じ。日頃の不満を、身に降りかかった不条理を、誰かのせいにして楽になればそれでいい。皆、分かりやすい「悪」を求めている。結局のところ「真実」なんて、どうでもいいのだ。

まさに〝俺〟がそうだったように。

「っぁ、っぅあ！」

足がもつれ、痛みのせいでまともな受け身すら取れずに地面に倒れた。痛い。転んだせいもあるが、もう体中が切り傷と打ち身だらけだ。

「……やば、またＨＰ減った」

これ以上は本当にヤバイ。

もちろん俺がゴルゴタに勝てない事は分かっていた。だから、俺はあと一撃食らったら終わりというところで、一瞬の隙を突いて闘技場から逃げ出したのだ。

その結果が、このザマである。

「ちく、しょうっ！」

感情のまま、拳を地面に打ち付けた。

「俺が勇者じゃない事くらい……ずっと分かってたよ！」

そして、この世界の「悪」が、決して「魔王」ではない事もまたそうだ。ずっと、俺は気付かないフリをしてきた。ゲームの世界だからと、思考を放棄してきた。

「……だって、仕方ねぇだろ」

でも、じゃあ俺はどうすれば良かったんだ？　いや、むしろこれからどうすればいい？　この世界を救う方法なんて、ただのレベル30の「剣士」でしかない俺には分からない。

でも、ずっと変わらない確かな事が、一つだけある。

「シモンは、本物の勇者だ。シモンなら……きっとこの世界を変えられる」

俺は必死にその場から立ち上がると、再び足を動かした。

勇者には、世界を変える力がある。善悪すらも曖昧なこの複雑怪奇で魑《ち》魅《み》魍《もう》魎《りょう》ばかりの世界でも、シモンならきっと——。

「……でも、もうシモンのところには戻れない」

走りすぎたせいで、止めどなく流れ落ちてくる汗。それを腕で拭いながら、俺は揺るぎようのない事実を口にした。その言葉は、体中でジクジクと絶え間なく痛みを放つ傷よりも、大いに俺の心を抉《えぐ》った。

「俺が戻ると、皆に迷惑がかかる」

俺はもうクラストの街にも、子供達の居る教会にも、そしてシモンのところにも戻れないだろう。あんな大衆の前で「偽者」だと糾弾され、逃げ出した俺だ。きっとすぐに手配書が回るに違いない。

「シモン、お前がホンモノの勇者だぞ」

今の俺の心を支えるのは、もう本当にソレだけだった。

手配書が回るまでは、物理的な時間がかかる筈。だとすれば、その前に出来る限りの事をしておかないと。

「……目、いてぇ」

流れ落ちる汗が目に入って沁《し》みる。

俺は乱暴な手つきで目を擦ると、懐かしい記憶の全てを振り払うように走り続けた。

◇◆◇

その後、予想通り俺の手配書が聖王都領内全てに発布され、晴れて反逆者として追われる身となった。

でも、俺は死んでない。どうやら今回の死亡フラグは、俺の必死の生存本能のお陰でバキバキに折る事に成功したようだ。昔から、俺は不幸中の〝幸い〟だけはギリギリ持っているようだ。

「ほんと、俺はここぞという時の〝運〟だけは良かったもんな」

あれから二年。

俺はこの「善」も「悪」も分からない世界で、たった一人で生き続けている。

修業10：たくさん忘れた

――俺、師匠の弟子の中で何番目に強い？

あぁ、凄く懐かしい声がする。

「……っ！」

俺は簡素なベッドの上で目を覚ますと、勢いよく体を起こした。カーテンの隙間から差し込む日の傾き具合から、幾分目覚めるのが遅かったと分かる。昨日、大量に貰った夏野菜があるお陰で、青々とした新鮮な匂いが鼻孔を掠めた。

「なんか……スゲェ懐かしい夢を見てた気がする」

ここは、聖王都から東に少しばかり離れたガリラヤという小さな田舎の村だ。若者は皆、聖王都へと出稼ぎに出るせいで、村には年寄りしか居ない。いわゆる、限界集落というヤツだ。

そんな小さな田舎村に、俺は一年ほど前から滞在している。

「えーっと、なんだっけ。確か、今日はナザレさん家《ち》の屋根の修理をする約束だったな。その後はヨセフさんの畑の手伝いで……」

ジワリと混乱する頭を整理するように、今日の予定を思い浮かべる。

村の中で圧倒的に最年少である俺は、何かにつけ近所の爺《じい》さん婆《ばあ》さんから用事を頼まれる事が多かった。まぁ、その代わり色々と食事の世話を焼いてもらえるので、持ちつ持たれつというヤツである。

「教会に居た頃は、俺が一番年上だったんだけどなぁ」

この村じゃ一番の若造で、誰からも「坊や」扱いだ。

いや、待て。それだとこの世界では語弊がある。そう、俺は村の皆から「子供」扱いをされていた。

「まぁ、世話を焼いてもらえるってのも悪くないケドさ」

起き上がって自室を見渡すと、そこには机と水回りのみという簡素で質素な部屋が映る。家に来た人間に「モノを飾ったりしてはどうか」と何度も提案されたが、俺は別にコレで良いと思っている。なにせ、此処にいつまで居られるかも分からないのだから。

「もう一年か、早いなぁ」

俺は、ぼんやりとした頭のまま、テーブルへと向かった。その上に置かれた古びた湯桶《ゆとう》からコップにお茶を注ぐ。トクトクと液体が注がれる音のみが、シンとする部屋に響き渡った。

静かだ。本当に、自分以外部屋の中には誰の気配も感じない。この一年、ずっと変わらぬ朝を迎えてきた筈なのに、今日は懐かしい夢を見たせいか妙に寂しさが際立つ。

「みんな、どうしてるかなぁ」

俺の言う〝みんな〟とは、もちろん教会で世話を焼いてきた子供達の事だ。全員、無事に成長できているだろうか。俺のせいで、大変な目に遭っていなければいいが。

――ししょー?

「っ！」

懐かしい声に、思わず手にしていたコップに力が入った。

「……ヤコブ」

二年前のあの日。

最後に唯一会う事が出来たのは、教会の中で一番年下のヤコブだった。

闘技場から必死に逃げ出した俺は、ＨＰがギリギリの状態で、ともかく走った。走って走って走り続け、手配書が出回る前に、やっとの事で教会に辿り着いたのだ。

手にはこれまで地道に貯《た》め続けた財産全て。

ついでに、約束通りシモンの新しい武器も買った。本当は聖王都の商店街でしっかり品定めをして買いたかったが、もちろん俺にはそんな時間は残されていなかった。でも、出来るだけの事はしておきたかったのだ。

そうやって、半分死にかけなボロボロの状態で、俺はクラストの街の——皆の居る教会へと戻った。

誰にも会うつもりはなかった。金と荷物、そして一通の手紙だけを教会の入口に置いて、そのまま姿をくらますつもりだった。でも、一つだけ気になった。

『シモン、怒るだろうな』

——師匠、早く帰って来て。

シモンの声が、耳の奥でありありと響き渡った。

もちろん、シモンにも会えない。そりゃあそうだ。シモンに事情を説明し、納得させられる時間も自信も、その時の俺には欠片もなかったのだから。

夜だと修業に出るシモンに出くわす可能性が高い為、明け方、俺はソッと教会へと立ち寄った。

『……みんな』

じきに追っ手も手配書もこの街に届くだろう。もう、俺は二度とこの教会を見る事も、子供達に会う事も出来ない。そう思うと妙に名残惜しく、想《おも》いが込み上げてきて、しばらく教会の前で立ち尽くしてしまった。

鼻の奥が、ツンとする。そう、思った時だ。ガチャリと、教会の扉が開いた。

『っ！』

突然の事に、心臓が跳ねる。誰だ、と思った直後、酷く甘ったれた声が俺を呼んだ。

『ししょう？』

『……ヤコブ』

その瞬間、目を擦りながら教会から出て来た末っ子の姿に、俺は静かに息を吐いた。

ヤコブだ。出会った頃は〝ししょう〟が上手く言えなかった、教会の中で最も小さくて弱かった男の子。

今では子供達の中で一番腕っぷしの立つ、シモンの一番弟子だ。

『どぉしたの？　ようじ、もーおわった？』

『ううん、ちょっと忘れ物があって取りに来ただけ』

『そーなのぉ』

まだ半分夢の中なのだろう。目を擦りながらフラフラと足元が覚束ない姿に、俺は思わず笑ってしまった。

いや、違うな。俺はヤコブに対して笑ったのではない。どうしようもない自分に対して笑ったのだ。

『あぁ、まったく。俺ときたら……』

そう、俺は今……心底ガッカリしている。先ほど扉が開いた瞬間、俺は思ったのだ。

シモンが来てくれたのかも、と。

『卑怯《ひきょう》すぎだろ』

時間がない、早く此処から立ち去らねば。

なんて焦っているフリをしながら、本当はシモンに見つかってしまいたかったのだ。

ＨＰもギリギリ。金もなく、行く当てもない。それどころか、これから国中に追われる反逆者となり、たった一人で走り続けないといけない未来を前に、俺はシモンに会いたいと――いや、助けてほしいと思ってしまった。

だからこそ、こうして扉が開くまで教会の前に立っていた。

『バカだ、俺』

きっとシモンなら、こんなボロボロの俺を放っておいてはくれなかっただろう。一緒に怒ってくれただろう。大丈夫だよ、俺が一緒に居るからと言ってくれただろう。俺を、色々なモノから守ってくれるだろう。抱き締めてくれただろう。

そんな甘えた期待を胸に、俺はずっと教会の前で、シモンを〝待って〟しまっていた。でも、実際に出て来たのはシモンではなく、ヤコブだった。

『ヤコブで、良かった。ラッキーだわ……ほんと』

『しょー？　おれ、おしっこいく』

お陰でシモンに対する甘えを断ち切る事が出来た。ここに俺が居ると、皆に迷惑がかかる。

『ヤコブ、ちょっとその前にシモンに伝言を頼めるか？』

『なぁにー』

こんな寝ぼけたヤコブに、まともな伝言は無理だろう。俺は今度こそハッキリ笑ってみせると、ヤコブに視線を合わせる為に地面に膝をついた。

『あそこにある荷物、金もたくさん入ってるから、ちゃんとシモンに全部渡しといてくれ』

『うんー』

『あと、もう一つ』

『うんー』

コイツ、マジで分かってんのか？

未だにうつらうつらした様子で頷くヤコブに、それでも俺は伝えた。もう、これしか伝える方法がない。

『パンを焼く時は、素振り七回分で充分だから。それ以上焼くと焦げる』

『パンは、すぶり、ななかい』

『そう。それ以外、俺の知ってる事は全部シモンには教えたからって言っておいて』

『うんー』

『よく出来ました。はい、おしっこして来い』

俺が、ヤコブの背中を軽く叩くと、ヤコブは目を擦りながら静かに頷いた。さぁ、俺もそろそろマジで逃げないと。

そう最後にヤコブに背を向けようとした時だった。

『しょう、ないてるのー？』

『…………ないてないよ』

それが、あの街での最後の会話だった。

その後の俺は、もう酷い有様だった。ともかく逃げた。泥まみれ土まみれ。時に山奥、時にダンジョンの奥。ともかく最初は人里から身を引いた。

なにせ、国中に発布された手配書と、俺にまつわる凄まじく捻じ曲げられた噂の数々のせいで、少しでも顔を晒そうモノなら、すぐに憲兵に突き出されかねなかったのだ。

「偽りの勇者は、国から金をむしり取る金の亡者だった」だの「幼い子供達を囲い極悪非道の虐待を繰り返していた」だの。特に、国の財政難は全てが俺のせいであるかのように書かれていたのは「はぁ!?」の嵐だった。

確かに金は貰っていたが、国が傾くような使い方はしてねぇよ！　体《てい》よく自分の贅沢三昧《ざんまい》で生じた財政難まで俺のせいにしやがって！

「あー、もう。あの王様マジでムカつくっ」

そんなワケで、「ある事ない事」ではなく「ない事」ばかりで埋め尽くされる新聞の誌面は、完全に俺を社会的に殺しにかかっていた。

どうやら、死亡フラグというのは、こういう「死亡」も含むタイプのフラグだったらしい。それでも、「生命」の死亡だけは必死に回避した。人目を盗みつつ、ともかく正体がバレないように最初の一年は場所を点々としながら生活をしていたのだ。

「あん時は、マジで死ぬかと思ったわ」

あの酷すぎる一年間の記憶は、出来れば二度と思い出したくない。

そう、苦々しい記憶から逃れるように窓の外に目をやった時だ。空に、一匹の立派な鷹が飛ぶ姿が見えた。

「……そういえば、アイツはどうしてんだろ」

アイツ。それは、ずっと俺の元に王様からの手紙と金を届けてくれていた、あの「鷹」の事だ。

「元気にしてるといいけど」

教会から逃げ出した直後。一度だけこりゃもうこのまま餓死するわって事があった。

いや、まぁ結構な頻度でそういう事態には陥っていたのだが、本当に一度だけ冗談抜きで死にかけた事があったのだ。

死亡フラグをバキバキに折った。だが、同時に長い逃亡生活で、心も折れかけていたのだ。「もう死んでもいいかも」と、その時の俺は疲れ果てて思っていた。でも、なんの気まぐれか。

「……思わず、吹いちゃってたんだよな」

唯一、変わらず俺の胸にかかっていた鷹笛。それを、俺は吹いた。

「……来てくれるなんて思わなかった」

そう、アイツは俺の目の前にやって来た。その鋭いくちばしに金貨を一枚咥え、悠然と俺の前に降り立ったのだ。

もちろん、最初は罠《わな》かと思った。なにせ、この鷹は〝あの〟王様の手下だ。しかし、そんな俺の思考を他所に、あの鷹の深い海の底のような青い瞳は、ただひたすらに静かだった。その目を見ていたら、何故だろう。手を伸ばさずにいられなかった。

「あの金がなかったら、マジで死んでただろうな。俺」

傷だらけの掌を見下ろしながら、俺は静かに呟いた。

最後に触れた、あの鷹の柔らかくも温かい羽の感触は、「もういいか」と生きる事を諦めていた俺の心を柔らかく包んでくれたのだ。

「アイツ、ほんとに人間みたいなヤツだったな」

あの鷹は格好良くて、厳しくて。そして情の深い父親のようなヤツだった。

そんなギリギリの「不幸中の幸い」に支えられて逃げ回る俺に、ある日、光明がさした。

「まさか、王様が殺されるなんてな」

一年前に起きた突然のクーデターにより、前王は排斥されたのだ。同時に、俺に対して発布されていた手配書が一斉に消えた。まぁ、手配していた国王本人が殺されてしまったのだ。それどころではなくなったのだろう。

こうして、俺はやっと〝逃げる〟という生活に一旦幕を下ろし、一カ所に定住する事ができたのだ。

「でも、ここもいつまで居られるかなぁ」

田舎とは言え、聖王都からそう遠くない場所だ。都で何か大きな動きがあれば、情報が入りやすいだろうとこの村を選んだが、今のところ、俺の居場所が漏れたという噂は聞かない。が、バレない保証はどこにもない。

「クーデターで国の勢力も変わったって話だし、もう俺の事も忘れてくれてるといいんだけど」

不幸中の幸いにだけは縁がある俺だけれども、ただ、ちょくちょく入ってくる新しい王様についても、さほど良い話は聞かない。むしろ、前よりも随分過激な噂を聞く事が多いくらいだ。

「前王もその家族も側近も皆殺しにした、とか。逆らう人間や貴族も容赦なく殺していく、とか……ヤバすぎだろ、ソイツ。絶対に関わりたくなさすぎる」

どうやら、新しい王様も王家の血筋を引く人間らしいが、詳しい事は分からない。ただ、いつの時代も権力争いというものは、血で血を洗う骨肉の争いという事だろう。

「ったく、ここは本当にレジェンドシリーズの世界かよ」

男の子に夢と希望を与えてきた、剣と魔法の夢の世界はどこ行った。

「……ただ、税金は下がって良かったたって皆言ってるんだよな」

ヤバイのは国の中枢だけで、今のところ普通に暮らす俺達みたいな奴らにはなんの影響もない。いつだって民衆にとっては「魔王」も「王様」も、そして「勇者」すらも、自分の生活に関係のない遠い存在なのだ。

「俺は、一体何を必死に救おうとしてたんだろうなぁ」

いつの間にか、手にした茶は飲み干していた。気が付けば、太陽もかなり高い位置まで昇っている。

「あー、急がねぇと。ナザレさんのところに行くんだった」

今日はやたらとぼんやりしてしまう。久々に昔の夢を見たせいだろうか。一人の事も、部屋が静かな事も今更な筈なのに、妙に教会に居た頃と比べて物悲しくなってしまった。

思い出すな。思い出してももう皆のところには戻れない。シモンにも、二度と会えないのだ。

「早く、忘れねぇと」

そう、俺が入口の戸に手をかけた時だった。

コンコン。

「っ！」

家の戸を叩く音が俺の耳に響いた。その音に、俺はドクドクと心臓が嫌な音を立てるのを感じる。

村の人間なら、わざわざ家の戸を叩くなどという事はしない。皆、大声で俺の名前を叫んで呼ぶ。

「なんだ……この気配」

俺が扉の向こうに感じる、明らかに一般人とは異なる異様な気配に立ち尽くしていると、扉の向こうから静かな声が聞こえた。

「キトリス様、我が王の命令で参りました。村の方々に手荒な真似はしたくありません。どうか、大人しく私達と共に来てください」

王の命令。その言葉に、俺はつい先ほど呟いたばかりの自分の言葉が耳で響くのを聞いた。

――ヤバすぎだろ、ソイツ。絶対に関わりたくなさすぎる。

ほら、言ったそばからコレだよ。俺は不幸中の幸いは持ってるけど、ソレはアレだ。一回必ず「不幸」に見舞われるという事だ。

「……クソ、なんだってんだよ。もう」

そう言えば人は必ず死ぬのだ。だからこそ、死亡フラグが折れる事など、絶対にあり得ない。

俺は腹を括ると、普段より重く感じる自宅の扉を勢いよく開いた。

◇◆◇

死亡フラグは折られてなかった。むしろ、元気にご健在だった。

「さぁ、キトリス様。此方にどうぞ」

「……あい」

あぁ、久しぶりのフラグだな。元気にしてたか。出来れば二度と会いたくなかったよ！

通されたのは、ジワリとした懐かしさの漂う王宮だった。ここは俺にとって全ての「岐路」となった場所だ。俺はここで「勇者」にされ、そして最後には「反逆者」にさせられた。

「懐かしいですか？」

「あ、いえ、そんな事は」

静かに問いかけてきたのは、俺を村まで迎えに来た従者の男だった。首元で結われた長髪の茶褐色が漆黒のローブの上でサラリと揺れる。

「キトリス様、そう緊張されないでください」

「いや、それはさすがに無理っていうか。……っていうか、様付けは止めてもらっていいですか。俺、ほんとただの一般人なんで」

「それは出来ません。貴方は特別なお方なので」

「……そう、ですか」

すげなく返された否定の言葉に心臓が跳ねた。

特別なお方。妙に引っ掛かる言い方だが、指名手配犯を皮肉たっぷりに言おうとすると、もしかしたらそういう表現になり得るのかもしれない。

もう今回ばかりはおしまいだ。ええ、もうおしまいですとも。さすがの俺も、この不幸中の不幸から幸いを摑み取れるほど「運」のパラメータは高くない。

「大丈夫です。王はあなたに危害を加えたりしません」

謁見の間に続く長い廊下の真ん中で、従者の男がクルリと俺を振り返る。その目に、俺は何故かひどく懐かしい感覚を覚えていた。

「あ、れ？」

「どうされました」

その鋭く精悍な顔立ちは、見る者に一瞬で強い印象を与える。濃い茶褐色の長髪と言い、深い海の底のような青い瞳と言い、まるで獲物を見据える鷹を思い出させる。

「あの、どこかで会いましたっけ？」

「ほう」

俺のなんとも要領を得ない問いかけに、従者の男はフッと小さく笑うと、「さぁ」と再び俺に背を向け長い廊下を歩き始めた。何故か鼻で笑われてしまった。でも、嫌な感じはしない。

それにしても、いつの間に居場所がバレていたのだろうか。やはり定住などするべきじゃなかったのかもしれない。なんて、今更後悔してももう遅い。事はこうして起こってしまったのだ。

「キトリス様」

「っあ、はい！」

再び、従者の男から声がかけられる。ただし、今度は振り向く事なく歩き続けながら。

「そんなモノはもうお捨てなさい」

「え、と。そんなモノ？　なんの話ですか？」

「その首から下げている、みすぼらしい笛ですよ」

言われて自分の首を見下ろすと、そこにはずっと肌身離さず持っていた鷹笛があった。

みすぼらしいと言われて少しだけイラっとした。あの日から、一度も吹く事はなかったが、これはこれで俺の寂しさを紛らわしてくれた大切なモノだ。

「アンタに関係ないだろ」

あの鷹は敵か味方かも分からない。でも、吹いたら来てくれる相手が居るというのが、見知らぬこの世界で、どれほど俺の支えになったことか。

「これは、俺の大事なモノなんだ。何も知らないアンタが勝手な事を言わないでくれ」

「……そうですか」

従者の男の声が、何故か喉の奥で詰まったような声になった。

ヤバイ、口の利き方を完全に間違った気がする。

「あの、そんな事より抵抗とかしないので、村の人には何もしないでくださいね」

これ以上この話題に触れられたくなくて、無理に話を逸らした。

「もちろんです。貴方《あなた》が国王の剣の指南役を引き受けてくださるのであれば、あの村には手出しは致しません」

「あの、やっぱソレ、ちょっとおかしくないですか？　王様の剣の指南役を俺みたいな奴が？」

「それは、王から直接お伺いください」

いや、聞けるかよ。っていうか、「剣の指南役」なんて口先だけの話で、結局難癖をつけて俺を処刑したいだけだろう。

「キトリス様、どうぞ。此方に我が王がいらっしゃいます」

「う……」

謁見の間。

壮大で重みのある大きな扉が目の前に現れる。この扉を見るのは一体何度目になるだろう。一度目は召喚されてすぐ後。二度目、三度目は王様からの賞賛を浴びる為。

四度目は……そう、前回。以前の賞賛などまるでなかったように、その場に居た全員から糾弾された。誰も俺の言葉になんて耳を傾けようとしなかった。

あぁ、だから四って数字は苦手なんだ。もう完全にこじつけだけど。

そして今回、この扉の前に立つのは五度目。五って数字の意味はなんだったか。いや、もうなんでもいい。新しい王は、何故俺をこうして呼びつけたのか。もうワケがわからない。

「もう、どうにでもなれよ」

生まれてきた以上、死亡フラグを折る事は絶対に出来ない。そう、俺が重い扉に手をかけた時だった。

「キトリス様」

最後に扉の脇に立っていた従者の男が静かに声をかけてきた。

「あなたの手は、いつも温かく、とても優しかった」

「え?」

「この世界を――いや、」

あの方を、お救いください。

その言葉を最後に、従者の男は謁見の間の扉を開け放つと、俺の背中を優しく押した。その深く優しい声は、まるで父親のようだと、俺は思った。

こうして、俺は光のさす方へと一歩足を踏み入れた。

エピローグ：たくさんの人が居る、この世界には、

あれ、なんだっけ。

この世界には、一体どんな奴が居たんだっけ？


「え……？」

謁見の間に足を踏み入れた瞬間、俺は思わず呆《ほう》けた声を上げてしまった。なにせ、そこにはまったく予想していなかった人物が玉座に腰かけていたからだ。

太陽のように輝く黄金色の髪に、金色に縁どられた大きな瞳。鍛え抜かれたその体軀をゴールドと真紅のローブが優雅に包み込む。

いや、まさか。待て。なんでそこにお前が座っている？

「あぁ、師匠。やっと見つけた」

まるで本物の王様みたいに玉座に腰かけるシモンの姿は、文句なしに〝王〟そのものだった。まさか、一年前にクーデターを起こした王家の血を引く人間って。

「……シモン？」

お前だったのか、シモン。

「師匠の言う通り。俺、ちゃんと〝魔王〟を倒したよ」

「あ、え？」

シモンがその美しい顔に、深い笑みを浮かべ、ゆっくりと玉座から立ち上がった。まるで褒めてく

れと言わんばかりのその笑顔に、俺は強烈な懐かしさを覚える。そうだ。シモンはよくこんな顔で俺に甘えてくれていた。

でも、何故だろうか。その笑顔に俺は酷い違和感を覚えた。

「魔王を、倒した？」

「そうだよ。師匠がずっと言ってたでしょ。魔王を倒してこの世界を救えって」

シモンの言っている意味が俺にはよく分からない。一体どういう事だ。シモンは何を言っている？

そんな俺の混乱を他所に、玉座から立ち上がったシモンが、真っ赤な絨毯の上を一歩、また一歩と俺の方へと近寄ってくる。そのあまりにも優雅な姿に見惚れていると、ふと、懐かしいモノが目に入った。

名前：シモン	Lv：100
HP：9999	MP：999
攻撃力：999	防御力：999
素早さ：999	幸運：999

「……うそ、だろ」

レジェンドシリーズのレベル上限は100だ。これも、シリーズを通したお約束。シモンのステータスは、見事にカンストしてしまっていた。

「ねぇ、師匠。俺、前より少しは強くなったんだよ。でも、やっぱり俺じゃ分からない事だらけだからさ」

一歩、また一歩とシモンが俺との距離を詰めてくる。

そうやって、互いの距離が近付くとより分かる。シモンは本当に大きく、いや……大人になった。

もう、俺の手の届かないところにまで行ってしまったのではないかと思えるほどに、あの頃とは全然違う。

「だから、師匠。また俺に色々教えてよ」

気が付くと、すぐ目の前に「王」になったシモンが立っていた。感情のない金色の瞳が、静寂と虚無を湛えながら俺へと向けられる。

これは、俺の知ってるシモンじゃない。こんなのまるで――そう思った瞬間、俺はシモンのステータスを前に息を呑んだ。

名前：シモン　　Ｌｖ：100
クラス：暴君

「っ！」

シモンのステータスからは、「勇者」の文字が消えていた。

「師匠、次は誰を殺す？」

「シモン……なん、で」

「なんで、って。そんなの当たり前じゃん」

シモンの口元から、笑みが消えた。シモンの手が、俺の頬に優しく触れる。

「師匠を傷つけた奴は全員殺さなきゃダメでしょ。あぁ、傷って言っても目に見えるモノだけじゃないよね。だとすると、今まで殺した奴らだけじゃ足りない。噂に踊らされて、師匠を傷つけた奴とかさ……」

「っぁ、ぅ」

金色の、透き通った瞳が戸惑う俺の姿を如実に映し出す。その奥には、深い〝孤独〟がたゆたっているように見えた。俺が居なくなって、シモンは一体どんな道を歩んできたのだろう。ずっと自分を受け入れてくれていた俺という存在を失って、どれほど孤独を感じただろう。怒りに苛《さいな》まれただろう。

「ねぇ、師匠？」

シモンは確かに特別な奴だ。

子供達の前では優しい兄貴で。街の皆の前では格好良いリーダーで。そして、世界にとっては選ばれし勇者で。

──あぁ。師匠、早く帰って来て。

でも、俺が思い出すシモンはいつだって甘えた子供の顔をしている。

「……俺、だけだったのに」

シモンが甘えられたのは、他でもない俺だけだった。それなのに、たった十八歳の子供に、俺は何を押し付けた？

「でも、そうなると国民全員殺さなきゃいけなくなるから。どうしたらいいかなって。ねぇ、師匠はどう思う？　全員殺しておく？」

あぁ、全部俺のせいだ。

——君はこの世界を救う勇者だ。必要なモノは言いなさい。私がなんでも揃えてやろう。

今のシモンは、まるであの時の前王《アイツ》と同じような顔で俺を見ている。この世界は全て自分のモノだ、思い通りにしていいんだと、その目は言っていた。

「大丈夫、俺に任せてくれたら師匠の望みは全部叶《かな》えられるから。さぁ、殺したい奴の名前を言って」

「……シモン、お前」

「ん？」

シモンが勇者じゃなくなった。壊れてしまった。

——俺、師匠の弟子の中で何番目に強い!?

あんなに明るくて元気で、なんにでも一生懸命で、弱い奴に優しくて、みんなのリーダーで。そんな、俺の大好きなシモンが。

——俺には、お前しか弟子は居ないよ。

俺は、シモンに何度そう言った？

自分に向けられる純粋な好意が嬉しくて。勇者という特別な存在が俺に依存している。それが堪らなく気持ち良かった。そうだよ。俺は自分が世界に選ばれなかった劣等感を、シモンで埋めようとしたんだ。

「……シモン、ごめん。ごめんな」

「師匠、どうしたの？　どこか苦しいの？」

シモンの瞳を憧れで曇らせ、依存で視界を閉ざさせた。挙句、最後の最後で俺は逃げ出した。

《シモン、お前がホンモノの勇者だ。この世界を救ってくれ》

俺がシモンに残した最後の手紙。

世界を救う。何から？　どうやって？　そもそも〝世界〟ってなんだ？　そういう面倒事を全てシモンに押し付けた。シモンは特別だから。勇者だから。世界に選ばれたんだから。

――師匠の言う通り。俺、ちゃんと〝魔王〟を倒したよ。

そして、シモンは俺の言う通り世界を救った。

シモンの世界は「俺」だった。俺がそうさせてしまった。コイツの世界を脅かしたのは、レベル100の魔王ではなく、貧しいこの国と悪政を敷き虚飾にまみれた王だから。

その結果が、コレだ。

名前：シモン　Lv：100
クラス：暴君

俺がシモンを〝暴君〟という名の〝魔王〟にした。

「どうしたの、師匠。もしかして、泣いてる？　俺が居なくて寂しかった？　辛かった？　ねぇ、誰に酷い事された？　全部話してよ。俺、もうこの国で一番偉いんだから出来ない事なんて何もないよ。師匠、俺に甘えてよ」

目の前に立ちはだかるシモンを見て、俺は静かに息を吐いた。

以前、魔王を前にした俺は何も考えずにその場から逃げ出した。逃げ出して、その責任を〝ホンモノ〟に押し付けようとした。

でも、今度は逃げない。

「シモン、俺は世界を守る勇者になりたかった」

俺は頬に触れたシモンの手から逃れるように数歩後ろへ下がると、腰に携えた剣を摑んだ。

「だから、今度こそ、俺はこの世界を救ってみせる」

「え？」

刀身を抜き、シモンの喉笛にその切っ先を突き付ける。静寂と虚無で満ちていた瞳に、更に絶望の色が混じった。

「師匠、なんで。どうして俺に剣を向けるの？　俺は、師匠の言う通りに魔王を倒したのに……どうして」

シモンの瞳が鈍く光る。闇と血にまみれた今もなお、シモンには俺しか映っていない。

「なぁ、シモン。俺は世界を救いたいんだ。だから——こうする」

俺は、シモンの喉笛に向けていた剣を、渾身《こんしん》の力を込めて赤い絨毯に突き立てた。刃の音が静寂を切り裂く。そして、静かに床へ片膝をついた。両手は柄《つか》に、視線は、忠誠を誓う相手だけを一心に見つめる。

レジェンドシリーズの騎士は、こうやって王に一生の忠誠を誓うのだ。

「あ、え？　し、師匠……？」

突然の俺の行動に、シモンの目が大きく見開かれた。その姿は、出会った頃となんら変わらない。

体が大きくなっても、レベルが100になっても、勇者じゃなくなっても、俺の目の前に居るのは〝シモン〟だ。

「なぁ、シモン。一度しか言わないから、よく聞けよ」

「……は、い」

あぁ、そうさ。本当はずっと分かっていた。

「シモン、俺にはお前しか居ない」

「っ！」

俺の好きだった「勇者」は、どんな困難からも逃げず、折れず、立ち向かって「世界」を救ってきた。俺は「勇者」じゃないし、「世界」が何かも分からない。でも、一つだけ確かな事がある。

「俺の救いたい世界は、シモン。お前だよ」

シモンの世界が「俺」であるように、俺の世界もまた「シモン」だ。

「ごめんな、シモン。俺が居なくて寂しかったな。よく、今まで一人で頑張ったよ」

「っぁ、あ……あぁ」

この玉座に辿り着くまでに、シモンはきっと大量の血を流してきたのだろう。このままシモンが暴君と言う名の魔王であり続ければ、次の勇者がシモンを倒しに来る。

そんな事は、絶対に俺がさせない。

「これからは、俺がお前の傍に居る。何があっても、ずっと一緒だ」

「それって、師匠の中で、俺が……一番って事？」

震える声でシモンが問いかけてくる。その問いに、俺は柄から手を離すと、その場から立ち上がった。

まったく、何度伝えれば気が済むのか。ずっと昔から、俺の答えは変わらないのに。

「一番で、唯一無二って事だよ」

「っ！」

俺の、この世界で唯一の〝弟〟子。お前は、俺がこの命に代えても一生守ろう。

そう、俺がシモンを抱き締めてやると、その瞬間、シモンのステータスが変化した。

名前：シモン　Lv：100
クラス：賢帝

俺は自分より随分と大きくなった弟子を抱き締めながら、その体に頬を寄せた。懐かしい、シモンの匂いだ。

あぁ、俺はやっとここに戻って来れた。

「師匠……ずっと、あいだがった。ざみじがっだ！」

「うん、うん……！」

シモンはこれまで、何があっても俺の前では泣かなかった。そりゃあそうだ。男の子は、好きな相手に格好良いところだけ見ていて欲しいモンだから。それは俺も同じ。

でも、もう良いだろう。

「つぁぁぁぁん！」

真っ赤な絨毯の上で、顔をグシャグシャにして泣き喚く最愛の弟子を抱き締めながら、俺は涙を隠すようにシモンの体に頭を押し付けた。

「……あぁ、やっと俺にも世界が守れた」

シモンは俺の全てだ。

名前：キトリス　　Lv：30 クラス：救世主《セイバー》

この世界にはレベル30の俺と、レベル5以下のその他。

そして、レベル100の勇者しか居ない！

プロローグ：あの世界には、

ガキの頃、兄ちゃんに聞いた事があった。

『にーちゃん、なんでレジェンドシリーズのキャラ全員レベル100で止まっちゃうの？　魔王も、勇者もさー』

『あぁ、それは〝レベルキャップ〟のせいだ』

『れべるきゃっぷ？　なに、ソレ』

レベルキャップ。

それは、ゲーム内で極端なレベル差が発生するのを防ぐ為、開発側が決めたキャラクターレベルの上限の事だ。

そう、それが正しい答え。でも、あの時の兄ちゃんは俺にこう言った。

『レベルキャップっていうのは、キャラクター自身がそれ以上強くなれないって思い込んでるせいでついちゃう〝限界〟の事だ』

兄ちゃんは俺の頭を優しく撫でる。俺は、兄ちゃんに頭を撫でてもらえるのが大好きだった。

『じゃあ、レベル100より強くなれないのは、勇者がこれ以上強くなれないって思ってるから？』

『そういうこと！』

まったく、何が『そういうこと！』なんだか。

兄ちゃんはこういう嘘を平気でつく奴だった。誰も傷つかない、兄貴ぶった格好つけた嘘を。

『だから、勇大《ゆうだい》。お前も自分の限界を自分で決めるなよ？　レベルキャップをつけるのは、いつだって自分自身なんだからな』

『うん、わかった！』

『よーし、それじゃもっともっと強くなれるようにレベル上げやるぞー』

『おー！』

俺は、そんな格好つけた兄ちゃんが大好きだった。ウソじゃない。本当に大好きだったんだ。

それなのに、俺はそんな兄ちゃんの手を――。

――二度と帰ってくんな！　バァァカ！

自分から振り払ってしまった。

◇◆◇

兄ちゃんが居ない。どこを探しても見つからない。

「兄ちゃん、これ……どうやったら勝てるんだっけ」

真っ暗な部屋で、俺はコントローラーを握り、キラキラと輝くテレビ画面をジッと見つめた。そこには剣士が魔王を前に、ＨＰもギリギリのところで死にかけている姿が映し出される。仲間は誰も居ない。たった一人だ。

あぁ、これはもうダメだな。

俺は真っ赤に光るＨＰゲージを前に静かに目を閉じた。

――どうした、ちょっと兄ちゃんに貸してみろ。

「っ！」

兄ちゃんの声が聞こえた気がした。でも、振り返ってもそこには誰も居ない。

「……居るワケねぇか」

俺には六歳年上の兄貴が居る……いや、居た。俺の兄ちゃんは、二十歳になる直前に死んだ。交通事故だった。

そして今日、俺はそんな兄ちゃんの年齢を追い越した。

「兄ちゃん。なぁ、……魔王ってどうやったら倒せるんだっけ？」

俺が今やってるゲームは、兄ちゃんが死んだ時、腕に抱えていたレジェンドシリーズのゲームだ。アイツは、コレを買いに行った帰りに死んだ。

もちろん、あの時に出た最新作ではない。俺がまだ「兄ちゃんの弟」だった頃、一緒に遊んでたヤツ。俺は未だにそのゲームをクリアできずにいる。

ユウキ　Lv30
クラス：剣士
HP：0

「あー、もう。また死んだ。どうやったら勝てんだよ。兄ちゃん、教えてよ」

無理だ。

だって、兄ちゃんはもう居ない。帰ってくるな、と言ったら本当に帰って来なかった。死んでこいと言ったら、本当に死んでしまった。

「……兄ちゃん、弟の中で俺は何番目に好き？」

こうして答えてもらえる筈のない問いを、俺は何度口にしただろう。

「もう、やめよ」

やめるのはゲームなのか。それとも、既に居ない相手に対する無意味な問いかけか。自分でも分からないまま、ゲームの電源を消そうとした時だった。

『なぁ、勇大。これはどう見てもレベル不足だろ。お前、レベル上げサボってたな？』

「っ！」

『さすがにレベル30じゃ、魔王には勝てねぇだろ』

「にい、ちゃん……」

いつの間にか、俺の隣に兄ちゃんが座っていた。あの日と変わらぬ姿で。優しい笑顔で俺の事を見つめながら。

『つーか、お前かよ。俺にレベルキャップくっつけてたのは。道理で、どんなに頑張ってもレベルが上がらないと思った』

「あ、なんで……」

『さぁ、勇大。一緒に勇者〝ユウキ〟をレベル上げするぞ。ほら、貸してみろ』

「あ、うん」

俺は手にしていたコントローラーを兄ちゃんに渡す。

優気《ゆうき》。俺の兄ちゃんの名前。「勇気」じゃなくて「優気」。優しい兄ちゃんにピッタリの名前だと、俺はずっと思っていた。だからこそ、俺はこのゲームの勇者に兄ちゃんの名前を付けたのだ。

ユウキ　Ｌｖ30
クラス：剣士
ＨＰ：２５４１　ＭＰ：453
攻撃力：158　防御力：98
素早さ：68　幸運：24

『さぁて見てろよ。レベルキャップは〝自分〟で外すモンだからな』

死んだ筈の兄ちゃんが復活した。

これは夢か。いや、そうかもしれない。でも、夢でもなんでもいい。それでもいいから、俺はずっと兄ちゃんに言いたい事があったのだから。

「……兄ちゃん」

『んー？』

フィールドの中でちょこちょこと敵を倒していくユウキのグラフィックを横目に、俺は喉の奥が震えるのを感じた。

「ごめん。ごめ、んなさい……」

『なんだぁ、急に。何に謝ってんの？』

「あ、えっと」

俺はこの人に謝らなければならない事がたくさんある。弟だからと我儘《わがまま》ばかり言ってきた事。話しかけられても無視してきた事。死ねって言った事。他にも色々、それこそ数えきれないくらいある。

でも、一番謝らないといけないのは――。

――知らない。あんな奴、俺は知らない。あんなの、俺の兄ちゃんじゃない。知らないっ！

あの日、兄ちゃんが不良達に絡まれてボコボコにされた日。

俺は兄ちゃんを見捨てて逃げた。それだけじゃない。あんな泣き虫でみすぼらしい弱い奴は、俺の兄ちゃんじゃないなんて言って、それ以来酷く当たるようになった。

――ごめんな。兄ちゃん、弱くて。

その度に、兄ちゃんが辛そうに笑う姿を、俺はずっと見て見ぬフリをしてきた。

でも、そんな事をしていたら、兄ちゃんは俺の前から永遠に居なくなってしまった。後悔という名の楔《くさび》が、ずっと俺をあの日に引き留める。

あの日から、俺は一歩も前に進めていない。

「兄ちゃん……俺、おれぇっ」

『勇大、大丈夫だから』

兄ちゃんがコントローラーを片手に俺の頭を優しく撫でる。そのあまりにも昔と変わらぬ温かさに、俺はずっと言えなかった言葉を、やっと口にする事が出来た。

「ずっと、あいだがった。また、こうして一緒にゲームが、じだがっだ！」

会いたい、会いたい、会いたい。

別に強くなくていい。弱くていい。格好良くなくてもいい。ダサくてもいい。なんでもいいから、ずっと会いたかった。また、兄ちゃんの弟に戻りたかった。

『ん、俺も。ずっと会いたかったよ、勇大』

「っほ、んとに？」

『本当だよ。だって、たった一人の弟だぞ。会いたくないワケないだろ』

「……っ！」

『お前も大きくなったなぁ』

俺は、兄ちゃんの体に抱きついて泣き続けた。その間、兄ちゃんは困ったように、でもどこか嬉しそうに俺の頭を撫で続けてくれた。そうやって、どれくらい時間が経った頃だろう。

『お、勇大！　見ろ！』

「え？」

兄ちゃんが嬉しそうな声で俺を呼んだ。顔を上げると、テレビ画面の向こうに久々に見る画面が現れていた。

《【ユウキ】はレベルアップした！》

『ほら、俺のレベルが上がった！』

ユウキ　Ｌｖ31 クラス：剣士

ずっと、レベル30で止まったままだったユウキのレベルが上がっていた。何年も、何年もずっと止まったままだったユウキが、やっと前に進んだ。

「……凄い」

『ほらな、レベルキャップってのは自分で決めた限界なんだから。自分で外すモンなんだよ』

おい、まだそんな事言ってんのかよ。

喉の奥まで出かかった憎まれ口を、俺は静かに飲み込んだ。いや、そんな事が言いたいんじゃない。

やっと兄ちゃんに会えたのだ。最後に、もう一度だけ尋ねていいだろうか。

「……ねぇ、兄ちゃん。弟の中で俺は何番目に好き？」

何度も、何度も尋ねてきた質問。決まりきった答えを求めて、俺は心からの「甘え」と共に兄ちゃんに尋ねた。この答えさえ聞ければ、俺はやっと――。

『俺には、お前しか弟は居ないよ。お前だけだ』

「……うん、俺の兄ちゃんも兄ちゃんだけだ」

やっと、前に進めそうだ。

最後に見た兄ちゃんは俺の知らない、ゲームのキャラクターみたいな顔をしていた。

◇◆◇

「っ！」

目が覚めた。どうやら、俺は寝ていたらしい。

「にいちゃん？」

体を起こし、周囲を見渡す。カーテンから漏れ入る光が視界を覆う。目が、少し沁みた。

「……夢か」

誰も居ない部屋に、ボソリと呟く。

そりゃあそうだ。兄ちゃんは死んだんだ。もう会えない。どんなに会いたいと願っても、もう二度と。そう、俺がジワリと広がる絶望と共に体を起こした時だ。

「あ」

《【ユウキ】はレベルアップした！》

ユウキ　Ｌｖ31
クラス：剣士

勇者のレベルが上がっていた。ずっとレベル30だった勇者——いや、ユウキのレベルが。俺は何もしてない筈なのに。

「……あー、あれ？」

夢か現《うつつ》か。よく分からないが、なんだかそれまで鬱屈《うっくつ》とモヤがかかったような胸の内が、一気に晴れ渡っていく気がした。ずっと重かった心が、少しだけ軽くなった気がする。

まるで、久々に兄ちゃんと一緒にゲームで遊んだ後のような、そんな懐かしい幸福の残り香が、俺の体を包む。

「あー、レベル上げやるか」

俺はゲームのコントローラーを握ると、画面で嬉しそうに笑うユウキを動かし、冒険を再開させる事にした。

上がったと言ってもレベルはまだ31。ユウキの冒険は、まだまだこれからだ。

◇◆◇

「っ！」

目が覚めた。

「あれ、ここ……どこだっけ？」

見慣れない豪華な天井とフカフカの毛布に、俺は一瞬、ここがどこだか分からなかった。あれ、さっきまで家で弟とゲームをしていたような気がするのだが、なんてぼんやりとしていた時だ。

隣から聞こえてきた懐かしい声で、俺は一気に意識が現実に引き戻された。

「おはよ、師匠」

「あ、えっと。シモン？」

「ん」

チラリと毛布から見えるシモンの上半身は、一切何も身につけていなかった。付け加えるならば、先ほどからずっと俺の足に絡まっている下半身もまた同様だ。

「よく眠れた？」

「う、うん」

「ほんと、じゃあ体は辛くない？」

さも、当たり前のように腕枕をされ、もう片方の手で頭を撫でてくるシモンに、俺は昨晩の記憶が鮮明に蘇ってくるのを感じた。

「……あ、えっと。その、だいじょうぶ、です」

「そう。なら良かった」

気まずい気まずい気まずい。

まさか再会してすぐに、あんなに激しく事に及んでしまうとは。色々と話したい事も、事情を尋ねたい事も山ほどあったのに、まさか、あんな風に我を忘れるなんて。じわじわと顔に熱が集まるのを感じつつ、俺が羞恥心から目を逸らそうとした時だ。

「あ」

俺の視界の端に、とんでもないモノが映り込んできた。同時に、俺の頬を撫でていたシモンの手がピタリと止まる。

「ねぇ、師匠。一つ聞いていい……」

「あ、あっ、えっ!?」

キトリス　Lｖ31
クラス：救世主

レベルが上がっていた。俺の、ずっと30で止まっていたレベルが！　という事は、まさかあれは――。

――うん、俺の兄ちゃんは兄ちゃんだけだ。

夢じゃ、なかったのか？

そう、俺が湧き上がってくる感動と歓喜に身を任せようとした時だった。ステータスに釘付けになっていた俺の視界が一転した。いつの間にか腕が柔らかいベッドに縫い付けられ、俺の視界は太陽の光に輝く立派な王様で埋め尽くされる。

「ねぇ、ユウダイって誰？」

「え？」

レベル100の魔王が、俺の前でニコリと笑った。

この世界には、師匠しか居ない！

1

昔、師匠に聞いた事があった。

『師匠、魔王ってどんな奴《やつ》なの？』

『うーん、そうだなぁ。とりあえず悪い奴だよ』

師匠は竈《かまど》の中のパンを覗《のぞ》き込みながら、なんともザックリとしたことを言い放った。あれだけ毎日のように「魔王を倒せ」なんて言ってくるから、親の仇《かたき》みたいな話でも飛び出すのかと思ったのだが。

『悪い奴……？』

『そうそう。スゲー強くて悪い奴。私利私欲の為《ため》に人々を苦しめ、嘘《うそ》で世界を支配する。それが魔王！』

焼き立てのパンの香ばしい匂いが、朝の澄んだ空気に溶ける。

あぁ、良《い》い匂いだ。そう思ったと同時に、ゆったりとした空腹が俺の思考をソッと包み込む。まさか、スラムで生まれた俺にこんなに穏やかな空腹を感じられる日が来るなんて、今でも信じられない。空腹は、常に命を繋《つな》ぐ為に湧き上がってくる荒れ狂う感情だった筈《はず》なのに。

『だから、シモン。お前が魔王を倒して、この世界を救うんだ』

『俺にそんなこと出来るのかな』

『出来るさ！　だって、お前はホンモノの勇者なんだから！』

本物と偽者。師匠が〝勇者〟を語る時によく使う言葉だ。

『ねぇ、師匠。俺がホンモノって事は、ニセモノも居たりすんの？』

俺がパンの匂いを嗅ぎながら尋ねると、それまで明るかった師匠の声がピタリと止《や》んだ。竈の火を窺《うかが》う横顔は、どこか引き攣《つ》って見える。

『師匠、どうしたの？』

俺は何かまずい事でも言っただろうか。そう考えて、俺が師匠に一歩近付いた時だ。師匠は竈からパンを取り出すと、そのパンをジッと見つめながら軽く頷《うなず》いた。

『……良い感じに焼けてるな』

どうやら、パンの焼け具合を確認していただけらしく、すぐに明るい笑顔が俺へと向けられた。

『さぁ、シモン。パンが焼けたぞ。いくつ食べたい？』

『じゃあ……四個』

『そうかそうか。でも、なんか四って数字は俺が苦手だから、五個にしとこうな』

師匠はいつもこうだ。何個食べたいか聞いてくるクセに、俺の言う事を聞いてくれた試しがない。

『シモンだけ特別』『他の皆には内緒な』って言いながら、言った数より多くパンをくれる。

俺の我慢《わがまま》や気遣いなんて、師匠にはまったく通じない。

『ほい、熱いからゆっくり食えよ』

そう言って、焼き立てのパンが師匠から差し出される。

満たされる事が分かった上で感じる空腹というのが、これほど幸福感に満ちるモノだなんて俺は知らなかった。俺は師匠の焼いてくれるパンが大好きだ。

でも、俺が一番好きなのは、もちろん――。

『シモン、たくさん食べて大きくなれよ。大人になったら、一緒に魔王を倒しに行こうぜ』

『……うん』

笑顔で優しく頭を撫《な》でてくれる、師匠だ。

温かい食事。安全な寝床。そしてなにより、自分の全てを受け入れてくれる存在。師匠は何も持っていなかった俺に全てを与えてくれた。だから、今度は俺の全てを使って師匠にたくさん与えたい。

『師匠が言うなら、倒すよ』

師匠は、俺の世界の〝全て〟だ。

◇◆◇

その瞬間、容赦なく玉座に剣を突き立てた。

「はぁっ、師匠。やっと倒したよ」

師匠の懐かしい声を遠くに聞きながら、静かに目を閉じた。鼻孔をくすぐるのは、焼き立ての仄《ほの》かに甘いパンの香り——ではなく、濃い血の匂い。俺の手にあるのは、温かいパンではなく、冷たくて硬い剣。

そうだ。あの幸せな日々は、もうどこにもない。

「うん、師匠の言う通り。魔王って本当にヤバイ奴だったよ」

先ほどまで何か喚《わめ》き散らしていた魔王は、今や何も言わなくなった。腕に力を込めると、あっけなく胴体と首が離れ、真っ赤な絨毯《じゅうたん》にゴトリと音を立てながら首が落ちた。

あぁ、やっと魔王を倒す事が出来た。

「私利私欲の為に人々を苦しめ、恐怖と嘘で世界を支配する。ほんと、最低な奴だった」

贅《ぜい》の限りを尽くし国を傾けたのは、紛れもなく〝魔王《コイツ》〟だ。この男の度を超えた浪費癖と、性へのだらしなさは最早狂気と言えた。

豪華な宮殿。毎晩のように行われるいやらしい宴会。そして、死体が纏《まと》う光り輝く宝石の数々。その全てが自己崇拝へと帰着する。コイツは自らを「この世の全て」だとハッキリ言った。異常で異様で、心底――。

「気持ち、悪いっ」

俺と同じ金色の虚《うつ》ろな瞳《ひとみ》がジッと此方《こちら》を見つめている。師匠は俺の目を綺麗《きれい》だと言ってくれたけど、コイツと同じだと思うと目玉を抉《えぐ》り出したい衝動にかられた。こんな奴の血が俺の中にも流れているなんて、考えたくもない。

玉座に腰かける胴体は、頭を失ってもなお権力にしがみつくかのように、ひじ掛けを握り締めていた。

「お前のせいで、俺みたいな貧しい子供がどれだけ生まれたと思う？」

もちろん首の落ちたソイツから答えが返ってくる事はない。でも、今更そんな事はどうでもいい。

権力者なんて皆そういうモンだ。はなから期待しちゃいない。

ただ、一つだけ絶対に許せない事がある。

「――何が、ニセモノの勇者だっ！」

俺は湧き上がる怒りのまま、玉座に鎮座する魔王の亡骸《なきがら》に、何度も何度も剣を突き立てた。

「お前のせいでっ！　お前みたいな奴のせいでっ、師匠はっ！」

血の匂いが更に濃くなる。鼻孔に染み渡るその鉄臭さは、生々しい命の断片を感じさせ、更に吐き気が増す。

あぁっ、気持ち悪い気持ち悪い気持ち悪い！

自己陶酔に狂ってるクセに、狡猾《こうかつ》でしたたか。自分の「悪」を民から隠す為に、他の「悪」を利用する。「悪」がなければ自分で作る。

さすが魔王だ。師匠の言う通り悪い奴だった。そして、師匠はこんな汚い奴の醜悪さを隠す為の隠れ蓑《みの》にされた。

「……でも、おかしいなぁ」

魔王なのに凄《すご》く弱かった。必死に命乞いをしてくる姿なんて、惨めを通り越して滑稽《こっけい》だ。肩で息をしながら、魔王の体から剣を引き抜く。

その瞬間、遠くで師匠の声が聞こえた気がした。

──シモン。魔王も強いけど、その仲間も強いから気を付けろよ？　魔王にも、ちゃんと仲間が居るんだからな。

そう言えばここに来る途中、少しだけ他よりマシな奴も居た。なんか「勇者様」って兵士に呼ばれてたけど。でも、笑わせんなって感じだった。きっとアレこそが「ニセモノの勇者」だ。

あんな奴が「勇者様」なら、師匠はなんだよ。救世主か。

「クソッ。邪魔だな、コイツ」

物言わぬ魔王にいつまでも玉座に居座られては迷惑だ。俺はその死体を足で蹴り落とすと、血にまみれた玉座へ倒れ込むように腰を下ろした。

なんだか凄く疲れた。お腹《なか》も空いた。体中が痛い。

「ねぇ、師匠」

パンを焼いてよ。体を撫でてよ。抱き締めて背中をトントンしてよ。

魔王の死体の隣で、腰に下げていた酒を一息で飲み干す。本当は、この酒も師匠と一緒に飲む筈だったのに。

「あーぁ、まず」

こんなモノの何が美味《おい》しいのか。大人達はどうしてこんな不味《まず》いモノであんなに楽しそうな顔を浮かべる事が出来るのか、俺にはちっとも分からない。

俺は空になった酒瓶を放り投げると、冷たい玉座の上で膝を抱え腕に顔を埋《うず》める。

「ししょう、どこに行ったの」

情けない。まるで親に捨てられた子供のような声だ。こんなの、クラストの街で盗みをしていた時と何も変わらないじゃないか。

あの時は師匠が迎えに来てくれた。なのに、今は一人。誰も俺の事なんか迎えに来ちゃくれない。

「ししょう……おれ、魔王を倒したんだよ。褒めて……ほめてよ」

俺の呼びかけに、師匠が答えてくれる事はない。

そりゃあそうだ。だって、師匠はどこに居るのか分からない。そもそも、生きているのかさえ分からないのだ。

俺は師匠が居ないと生きていけない。だって、俺の世界には師匠だけだったから。

「……もう、こんな世界嫌だ」

師匠の居ない現実から目を背けるように、深く意識を沈めた。

2

母親に愛されていると思った事は、一度もなかった。

「アンタさえ居れば……いつか王宮から迎えが来ると思ってたのに」

病床に伏す母が、死の淵《ふち》で言った言葉がソレだった。その顔は、美しいと持て囃《はや》されていた頃の面影など欠片《かけら》も残っておらず、酷《ひど》くやつれ青白かった。そんな母の横顔を、俺はただ黙って見ていた。

「育ててやった時間、全部ムダだったなぁ」

最後の最後で出てくる言葉がソレかよ。確かに、好かれていると思った事は一度もなかったが、まさかここまでとは。

でも、だからと言って今更何も感じない。だって、俺はこの人に何も期待しちゃいないから。

「ねぇ、シモン」

「なに」

母の真っ黒な瞳がジッと俺を見つめる。

「アンタは王様の子供なんだからね」、それが母の口癖だった。まるで、それしか生きるよすがはないとでも言うように繰り返される世迷言《よまいごと》。そんな母を、ずっとバカにしながら生きていた。

「アンタに期待した私が……バカだったたね」

どうやら、最後の最後でようやく理解したらしい。そう、この人はバカだ。でも、今更気付いても遅い。この人は、もう長くない。

「シモン。死にたくなきゃ、その辺で子猫みたいに鳴いてな。そうすりゃ、どっかの誰かが拾ってくれる。顔だけは綺麗に産んでやったんだから」

母からの最期の教え。いや、遺言と言っていいかもしれない。

「ぜったい、やだ」

そんな生き方は死んでも嫌だ。

母の生き様を見て、強くそう思った。他人に期待して、自分の人生を他者に預けると〝こう〟なる。

俺にとっての母からの教えは「言葉」ではなく「生き方」そのものにあった。

「おれは、絶対にアンタみたいな生き方はしない」

「……そう」

そんな俺に母はもう何も言わなかった。俺から目を逸《そ》らし、ただぼんやりと真っ青な空を見上げていた。俺達みたいな奴に家なんてない。通行人も見て見ぬフリ。

これが、俺の生きてきた〝当たり前〟の毎日。死は、いつもすぐ近くにある。決して特別な事じゃない。

それから数日後の事だった。

「母さん？」

俺はこのクソみたいな世界にたった一人放り出された。

「……おれは、あんな風には絶対にならない。誰かに依存しないと生きられないような生き方なんて、まっぴらだ」

それが、何もなかった俺の中に、唯一生まれた揺るぎない決意だった。それなのに――。

「よし、分かった。スラム街の子供達は今後、俺が腹いっぱい食わせてやる。その代わり、シモンは俺の弟子になれ」

「はぁ!?」

その人は、突然俺の前に現れた。

◇◆◇

師匠は、ともかく変な奴だった。

自分の事を「師匠」と呼ばせ、俺の事を「ホンモノの勇者」だと言った。なんだよ、勇者って。今時、そんな話を本気で信じてるなんて……爺《じい》さんや婆《ばあ》さんじゃあるまいし。でも、一番変だったのは。

「シモン、腹減ってんだろ？　お前だけ特別。こっそり食えよ」

どこまでも、俺に優しかった事だ。当たり前のように差し出される温かいパンに、俺はどう反応したらいいのか分からなかった。

こんなの変だ。おかしい。いや、分かっている。きっとコイツも俺の体が目当ての変態に違いない。そう、何度も自分の知っている「クソみたいな大人」に当てはめて考えようとしたけど、出来なかった。

「まさか、お前。大人のクセに〝坊や〟なのか？」

「は？　なんだよ、坊やって。俺の方が年上だろうが」

大人のクセに、まるで何も知らない坊やみたいな反応ばかりしてきて、むしろコッチが悪い事をしてるみたいな気持ちになる。それに、俺がどんなに反抗的で生意気な態度を取っても、怒って暴力を振るうような事もしない。

「よし、良い具合に焼けてるな」

毎日毎日、俺達の為に大量のパンを焼いてくれる。

「お前だけ特別」なんて言ってもらえたのは生まれて初めてで、あの頃は憎まれ口ばかり叩《たた》いていたけど、本当は嬉《うれ》しくて堪《たま》らなかった。

「……美味しい」

「そうだろ、そうだろ。焼き立てはなんでもウマいんだよ！　ほら、もっとたくさん食え！」

飢える心配をしなくてもいい安穏とした日々は新鮮で、焼き立てのパンみたいに温かく、俺の体を満たしていった。そんなんだから、気付くのが遅れてしまった。

俺自身が、この世で一番バカにしていた母親と同じ生き方をしてしまっていた事に。

◇
◆
◇

師匠に一太刀浴びせることが出来たあの日。俺は初めて自分を慰めた。

全てが初めてだったが、娼婦だった母親のお陰で、自分の体の変化に戸惑う事はなかった。

「っはぁ、ぅ……師匠、ししょうっ」

誰も居ない教会の懺悔《ざんげ》室で内側から鍵を閉め、一心不乱に勃起《ぼっき》するペニスを擦《こす》り上げる。俺の汚い衝動を見ているのは、壁に描かれた初代勇者だか王様だか分からないソイツだけ。「懺悔室」とは、自分の過去の行いに対して許しを乞《こ》う場所らしいが、俺はこの行為に対して罪悪感など欠片もなかった。

「ンっ、っはぅ……きもち」

止めどなく流れ出る先走りが、掌《てのひら》の動きに合わせグチュグチュと汚い音を部屋中に響かせる。ツンと鼻を突く性の匂いは、男を連れ込んでいた母親を彷彿《ほうふつ》とさせて嫌悪感が募る。でも、俺は手を止める事が出来なかった。

「っはぁ、俺が……師匠の体に傷をつけた……ししょうの、からだに、あんなっ」

普段、洋服と装備品の中に隠れた師匠の体は、思ったよりも綺麗だった。そんな師匠の体についた真っ赤な傷痕《あと》。そして、そこに触れた時に漏れた師匠の甘い声を、俺は一生忘れないだろう。

――シモン。俺には甘えていいからな。

「っは、っぁ……師匠には、俺だけっ」

正確には「弟子は、お前だけ」だったが、それでもいい。師匠の中の「たった一人」になれるなら、肩書きはなんでも良かった。

「っぁ、っう……きもちっ。ししょう、もっと」

あぁ、他人に甘えるってこんなに気持ちが良い事だったんだ。この感情を知ったら、もう戻れない。無理だ。

俺は、心も体も全て師匠に持っていかれた。

「……っはぁ、っく」

気が付くと、掌には白濁色の液体がべったりこびりついていた。ぼうっとする頭の片隅で、吐き出したモノの匂いが鼻を突く。その匂いに、俺は再び母親の口癖を思い出していた。

――アンタは王様の子供なんだからね。

「そっか」

そして、気付いた。

あれほど愚かだとバカにしていた母親と、同じところに堕《お》ちてしまっている事に。誰かに依存しないと生きられないような生き方なんて、まっぴらだった筈なのに。他人に期待するなんて馬鹿《ばか》のする事だと思っていたのに。

――私のこと、愛してるって言ってくれたのよ。

「……母さん」

今なら母さんの言っていた事が理解できる。飢餓状態の中で差し伸べられた手を、人はそう簡単に手放せないのだ。

俺も、もう二度と師匠に出会う前の自分には戻れない。だって、俺は師匠にだったら地獄にだって突き落とされても構わないと思っているのだから。

「もう……どうでもいい」

それ以上考える事を拒否するように、再び欲をもたげる自身を擦り続けた。

◇◆◇

最近、まともに師匠と目を合わせられない。

「シモン、おやすみ。また後でな」

「うん」

性を覚えたその日から、俺は師匠に背を向けて寝るようになっていた。これまでは、寝る直前まで師匠にくっついて修業の話ばかりしていたのに。でも、仕方ない。師匠を見てたら興奮して全然眠れなくなるから。

もちろん、そんな俺のあからさまな変化に、師匠が寂《さび》しがっているのにも気付いていた。

「……これじゃ、俺が一番坊やだな」

背後からソッと囁《ささや》かれた言葉に思わず体が跳ねる。今、師匠は「坊や」と言っただろうか。それってどういう意味だろう。俺の思っている意味で合っているのだろうか。

「坊や」は、性経験のない奴を揶揄《からか》って使う下品な言葉だ。だとすると、師匠も〝そう〟なのか。

「そんなワケない。だって……師匠は大人だし」

何度も何度もそう言い聞かせてきたが、次いで脳裏を駆け巡る「でも、でも、でも」という否定の言葉。

「師匠は、なんで俺なんかにここまでしてくれる？」

師匠はともかく謎の多い人だ。貴族じゃないと言っていたが、育ちが良いのは見ていれば分かる。それに、聖王都に居る誰かと定期的に連絡を取り、金を受け取っているようだし。でも、聞いてもはぐらかされるだけで何も教えてくれない。

「師匠は、俺を……騙《だま》そうとしてるのか」

いや、それはない。騙すつもりなら「ホンモノの勇者」なんて謳《うた》い文句でなく、もっとマシな言い回しをするだろう。それに、師匠は嘘をつくのがすこぶる苦手だ。思っている事が全部顔に出る。そんな子供っぽい姿に、出会った頃から妙に惹《ひ》きつけられてきた。

――シモン、俺は運が良かったよ！

「っ！」

記憶の片隅で、師匠の明るい声が響き渡る。

そうだ。「たくさん甘えろ」と言ってもらえた〝あの日〟を境に、俺の世界は大きく変わった。

――こうして、お前に会えたんだからな。

「……し、しょう」

師匠は、俺みたいな奴と出会えた事を心の底から〝幸運〟だと言ってくれた。母親にだってあんな風に存在を認めてもらえた事はなかったのに。

あの瞬間、俺はやっとこの世界に自分の居場所を見つけられた気がした。俺は、この人の隣が良い。ずっと一緒に居られるなら、そこが地獄でもどこでも構わない。

「綺麗だ」

師匠の寝息を確認すると、俺は寝返りをうち師匠へと身を寄せた。

「師匠……坊やって、ほんと？　まだこの体、誰にも見せてないってこと？」

師匠の頬《ほお》に手を触れる。そこには、いつものしっかりした表情とはうって変わり、あどけない寝顔を見せる師匠の姿があった。

あぁ、綺麗だ。本当に、何も知らない子供のようじゃないか。そう、俺が師匠の頬を優しく撫でた時だ。

「……っぅ、しも、ん」

「っ！」

師匠の口から俺の名前が漏れる。起きたワケではないようだが、俺の手に擦り寄るように頬を寄せてくる姿に、思わず息が詰まった。

ダメだ。今日はこの後、ダンジョンでの修業もあるから我慢しようと思ったのに。でも、もう無理そうだ。

「っ、くぅ……っはぁ」

俺は師匠の頬を撫でながら、もう片方の手をズボンの中に入れた。そこには、性懲りもなく反応を示すペニスがあった。

何度こんな夜を繰り返してきただろう。師匠を想《おも》いながら、皆が寝てる中で自分を必死に慰める。こんなのはいけないと、必死に我慢した事もあった。でも、我慢したら我慢したで夢精する。

こんなの、師匠にバレたらなんて思われるか。嫌われるかも、気持ち悪がられるかも……でも、もしかしたら。

「っはぁ、ししょ……も、くるし」

受け入れてもらえるかも。

そんな夢想をしながら、俺は毎晩のように師匠から隠れて自身を慰め続けた。

「……気持ち悪《わり》ぃな、俺」

寝ても覚めても、師匠の事しか考えられない。

◇◆◇

年を重ねるごとに、俺の中での師匠の存在は大きくなってく。

同時に、俺は自分で自分を慰めるだけじゃ飽き足らず、師匠に自慰の世話までしてもらうようになっていた。

「ねぇ、師匠。シて」

「でも……敵が、襲って来る、かもだし」

「大丈夫だよ、モンスターの気配なんてしないし。俺、一人じゃ分かんないから」

「分かんない」なんて、一体どの口が言ってんだ。図々しいにも程がある。でも、師匠の前だと、どれだけ体がデカくなっても子供のままでいられる。甘える事に、なんの躊躇《ためら》いもない。ただただ、気持ちのままに振る舞える。

「ね、師匠。おねがい」

「っぁ、えっと」

そんな俺の見え透いた嘘に、師匠は毎度毎度顔を真っ赤にしながら、恥ずかしそうに俯《うつむ》く。どうしよう、と心底悩む姿が堪らなく可愛《かわい》くて、俺は熱を持つ下半身を師匠に擦り付けた。

大丈夫、師匠は俺が甘えれば絶対に頷いてくれる。

「師匠のも……苦しそうだよ」

「っン」

「ね、一緒に気持ち良くなろ」

そう言って緩くズボンを押し上げる箇所に手を触れると、師匠は二、三度深い呼吸を繰り返し、ジッと俺を見つめた。その目は欲にまみれており、聞く前からもう答えは分かっていた。

「うん」

その瞬間、俺は師匠の唇に嚙《か》みついた。


これは自慰か、それとも性行為か。

「っは、し、師匠っ。ししょうっ！」

いつ敵が襲って来るとも知れぬダンジョンの中、師匠の太腿《ふともも》の隙間に自身を挟み込ませ、バカみたいに腰を振っていた。師匠は尻を突き出す体勢で、目の前の木に必死に手をついて体を支えている。そんな事しなくても、俺が支えているから倒れる事なんてないのに。

「っぁ、ぅ……シモン！　それっ、やばっ」

「これ、きもちい？」

「ひぁっ！」

程よい太腿の筋肉の硬さと、柔らかい肌の感触、律動と共に激しく揺れる師匠のペニスが、俺の欲望を加速度的に高める。チラチラと髪の隙間から見えるうなじは、思わず嚙みつきたい衝動に駆り立てられる。

「師匠、かわい」

「かわいく、ねぇしっ」

「かわいいよ、ほんと……かわいすぎて頭がどうにかなりそう」

俺は師匠の体を背後から抱き締め、真っ赤に染まる耳に舌を這《は》わせた。その瞬間、師匠の肩がヒクリと跳ねる。師匠は体中どこもかしこも敏感で、全部〝初めてです〟って反応をしてくるから堪らない。

「師匠って耳、弱いよね。ほんとに可愛い」

「だから、可愛くねぇって！　み、耳はそんな風にされたら、誰だって……こう、なるだろ」

後ろ姿からも分かるほど、師匠は体中、真っ赤だった。はだけた服の隙間から覗くうなじも、肩も、いやらしく突き出された腰も。まるで、俺の一太刀で赤く染まったあの傷痕のような色をしていて、酷く興奮する。

「ねぇ、師匠」

「なっ、んだよ」

ただ、少しでも性行為の真似《まね》事になるようにこの体勢を取ったものの、これだと師匠の顔が見えない。それに、キスも出来ない。少し……いや、かなり不満だ。

「師匠、こっち向いて。キスして」

「い、やだ！」

師匠は木の幹に体重を預けると、俯きながら必死に首を振った。

まぁ、今の俺なら師匠の顔を無理やりこちらに向かせる事も出来なくはないのだが、こういう子供みたいにグズる師匠もまた可愛く思えて、俺は再び赤く染まる耳元に唇を寄せた。

「なんで嫌なの？　教えて、師匠」

「……だって、俺はかわいく、ねぇし。顔、見られたくねぇ、し」

「可愛いよ、俺が言うんだから間違いない」

師匠の体が、一呼吸ごとに大袈裟《おおげさ》に揺れる。可愛いと言う度《たび》に、うなじにさす赤みが濃さを増している気がした。

ヤバイ、頭がおかしくなりそう。とっくにおかしくなってるのかもしれないけど、もっと、もっとだ。

「……っはぁ、師匠。ね、お願い」

早く、コッチを向いてほしい。早く、キスしたい。我慢できない。

無理やり此方を向かせてキスしてやろうかと思った矢先、俯いていた師匠が震える声で言った。

「だって、シモンが言ったんじゃないか」

「え？」

「俺の、顔……大した事ないって」

師匠の思いもよらぬ返しに、一瞬なんの事だか理解できなかった。俺が師匠をそんな風に言うワケ――。

――お前みたいな男……しかも、顔も大した事ねぇ奴は捕まったら終わりだぞ。

「あ」

言った。まだ師匠と出会ったばかりの頃。あの頃の俺は、まだ師匠の実力も、その優しさも全てを疑っていた。だから、毎日生意気ばかり言ってて。

すると、先ほどまで俯いていた師匠が、微《かす》かに顔を此方に向け、ジッと俺を見てきた。恨めしそうな表情で「ほらな」とでも言いたげだ。

「あ、えっと……あれは、その。ちがくて」

「違わない。お、俺は、ほんとにお前と違って大した事ないんだ。だから」

師匠が大した事ない？　いや、そんな事ないだろ。だって、俺は師匠にこんなにも全てを持っていかれてるのに。

「違う、あれは……そのっ、ウソだから！　師匠が可愛いのは、ほんとでっ」

「頼むから、もう可愛いとか言わないでくれ……！　なんか、勘違いしそうになる」

再び師匠の頭が俯き、消え入るような声で言った。先ほどまで焼けるような熱を持っていた体も、波が引くように赤みが引いている。

「っあ、あ」

なんだコレ、最悪すぎる。

過去の俺は、何を余計な事を言ってたんだ。もし、今からあの頃の生意気ばかり言っていた俺に会えるなら、二度とそんな口が利けないくらいぶん殴ってやるのに。

「も……こういうの、止めないか」

「っ！」

酷く震えたその声を聞いて、一瞬泣いているのかと思った。とっさに体に回していた手でそっと頬に触れてみたが、肌は乾いていて涙の感触はない。顔を直接見ることは出来なかったが、どうやら泣いているわけではないようだ。

「師匠、あの……ごめん。でも、俺は本当に、師匠の事が」

「謝らなくていいよ。だって、本当の事だ」

そういえば、俺は師匠が泣いたところを一度も見た事がない。どちらかと言えば表情豊かでコロコロと変わる方だろうが、それでも、師匠の悲しそうな顔はほとんど見た事がない。きっと、意識的に見せないようにしてきたのだろう。

そう思うと、過去の自分に腹が立つと同時に、別の感情も湧き上がってきた。

「シモン、お前は特別な人間だ。でも、俺は……その、凄く、普通の奴で。っていうか、女の子でもないし、ほんと、可愛くもないし」

そうなのだ。昼間の師匠なら、絶対にこんな姿を他人に晒《さら》したりしない。でも、夜。俺の前では違う。

「きっと、お前にはもっと……そのふさわしい子がいるから、だからっ」

「ねぇ、師匠」

確かに、昔の俺は死ぬほど余計な事を言った。

「なんだよ。別に、謝らなくていいからな。だって、お前は……」

「可愛いよ」

「は？」

でも、本当は師匠だってもう分かってる筈なんだ。あの頃の俺と、今の俺は全然違うって。それでも、師匠は俺の言った一言をずっとずっと覚えていて、俺が可愛いと口にする度に、その一言を胸につっかえさせながら否定し続けきた。

なぁ、それって実は凄い事なんじゃないのか。

「……はぁっ、も。可愛すぎる」

「だ、からっ、可愛くないって言ってるだろ!? だって、お前がそう言ったんだ!」

俺の言葉に、師匠が勢いよく俺の方を振り返る。その顔は、怒っているというより〝拗《す》ねている〟と言った感じだった。「シモン、俺はあの時の言葉を絶対に忘れないぞ!」って。そうだ。師匠は他でもない俺自身に、過去の俺の言葉を否定してほしいんだ。

今、師匠は俺に「甘えて」いる。

「可愛いよ、ほんとに。可愛すぎて、もう……変になりそう」

「っは、シモ……んっ」

俺は、此方を向いた師匠の顎に手を添えると、再び顔を朱に染める師匠に容赦なく口づけた。

「っ、んぅっ!」

体と舌をピタリと重ね合わせ、これ以上ないってくらいに深く絡み付く。昔は凄く大きく感じていた師匠が、大人だと思っていた師匠が、歳《とし》を重ねるごとに実はそうでもない事に気付いた。甘えさせてもらうより、甘えてもらう方が最高に気持ち良い事も知った。

「っは、ね……しじょう」

「な、に」

互いの鼓動を間近に感じる。呼吸の音も、吐く息も。師匠の瞳には、俺しか映っていない。でも、今のままじゃまだ足りない。俺は、師匠のもっと奥深くで繋がりたかった。

「ここ、挿《い》れたい」

俺の言葉に、師匠の瞳が大きく見開かれた。

こちらに向かって突き出された腰の先。これまでも、指で何度も触れてきたその場所に、今度こそ俺自身を突き立てて、師匠が誰にも見せた事のない顔を一番近くで見たかった。

腰を揺らしながら、穴の入口を指でゆっくりと撫でる。

「ダメ？」

「あ、えっと」

こういう時は、出来るだけ甘えた声で。そうすれば、きっと師匠は頷いて――。

「……こ、怖いから。まだ、待って」

「ぐっ」

おい、なんだこの可愛い生き物は。

「ダメ」じゃなくて「待って」なんて。こんな事言われたら我慢できなくなる。なのに、我慢するしかなくなる。この人は、俺をどうするつもりなんだろう。しかも、こういう時だけは目を逸らさずに俺だけを見つめて伝えてくるのだから堪らない。

「っふ――」

滾《たぎ》る熱を落ち着かせるように深く息を吐く。でも、こんな事で師匠への欲望が収まるワケがなかった。無理だ、絶対無理。

あぁ、いっその事いつもみたいにドロドロに甘えて擦り寄ってみるか。そうすれば、師匠は「仕方ないなぁ」って、最終的には許してくれるかもしれない。

「シモン、大丈夫か？」

しかし、気遣わしげな表情で此方を見つめてくる姿に、俺は思わず腰に添えた腕に力を込めた。こんな場面でも、師匠は自分の事より俺の事を想ってくれる。

こういう時、改めて思ってしまう。こんなに大きくなってなお、俺はこの人にずっと守られているのだ、と。

「……分かった」

だったら、俺も「怖い」と告げられたその気持ちを、一番に考えられる人間にならなければ。俺だって、師匠に甘えてもらえるような男になりたい。

「師匠がいいって言ってくれるまで、待つよ」

「あ、ありがと」

明らかにホッとした様子で告げられた言葉に、俺は再び深く息を吐いた。師匠を求めて滾る熱を身の内に抱えたまま、その首筋に顔を埋《うず》める。

苦しい。でも、我慢しないと。

「ね、師匠……弟子の中で俺は、何番目に強い？」

我慢する代わりに、いつもの質問を師匠に投げかける。もうそれは俺にとって〝問い〟ではなく〝儀式〟だった。

「俺の弟子はシモンだけだよ」

そう言って、俺の頭を優しく撫でてくれる師匠に力いっぱい抱きつく。この言葉さえあれば俺は何だって出来る。

「師匠、ししょう……大好き」

依存して、生きる意味の全てが師匠に集約されていた。あれだけバカにしていた母親と同じかそれ以上の生き方をする自分の姿を、過去の自分が見たらどう思うだろうか。
この頃になると、俺の世界には師匠しか居ない、ではなく師匠こそが〝俺の世界そのもの〟になっていた。この人さえ隣に居ればどこでだって生きていける。他に何もいらない。そう、思っていたのに――。

ある日突然、俺の世界は奪われた。

3

師匠が居なくなった。

たくさんのお金と、新しい剣。そして、一枚の置手紙だけを残して。師匠の字で書かれたその置手紙には、乱暴に一言だけ書き記されていた。

《シモン、お前はホンモノの勇者だ。お前が魔王を倒せ》

「どういう事だよ、コレ」

俺がもう少し強くなったら、一緒に旅に出てくれるんじゃなかったのかよ。この手紙じゃ、まるで俺一人で魔王を倒せって言ってるみたいじゃん。

そう、俺が師匠からの置手紙を読みながら茫然《ぼうぜん》としていると、ヤコブが首を傾《かし》げながら俺に話しかけてきた。

「シモン。あのね、オレ……あさ、たぶん師匠に会ったような気がする」

「なんだって？」

「夢かと思ってたけど、夢じゃないかも。なんか、ししょうが、色々言ってた気がする」

「師匠は!?　師匠は、その時なんて言ってた！」

クソッ！　なんで俺じゃなくて、よりによってヤコブなんだよ！

一瞬、カッと頭に血が上りそうになるのを必死に抑えた。ヤコブはまだガキだ。泣かせるとむしろ面倒な事になる。

「……眠かったからあんまり覚えてないけど」

「なんでもいいからっ！　覚えてる事を全部言え！」

ヤコブのぼんやりした口調に、俺の苛立《いらだ》ちは更に募る。でも、仕方がないだろう。だって、一度戻って来た筈の師匠が、手紙と剣と、こんな大金を残して姿を消したなんて、明らかにおかしい。

「えっと、えっと……パンを焼く時は」

「は？　パン？」

「えっと、パンは、七回素振りして、焼きなさい？　もう全部シモンに教えたって」

「何言ってんだよ。お前」

「……だって、ししょうが。それ以外は、もう全部シモンに教えたって」

「っ！」

もう全部シモンに教えた。その言葉に、俺は背中に嫌な汗が流れるのを感じた。

──なぁ、シモン。一人でも魔王を倒してくれるか？

いつだったか、師匠に言われた言葉が脳裏を過《よぎ》る。その言葉が、俺の中の不安と焦りに拍車をかけた。

「なんだよソレっ！　師匠がそんな事言うワケないだろ!?」

「だって！　ししょうが、そう言ったんだもん！」

何か少しでもいいから師匠についての手がかりが欲しい。それなのに、ヤコブときたらとんだポンコツだった。もう、意味が分からない事ばっかり言いやがって。

俺は、まだ全然、師匠の〝全部〟を教えてもらっていない。

「クソッ……師匠。なんで、俺のところに来てくれなかったんだよ」

そしたら、みすみす一人でどこかに行かせたりしなかったのに。いや、そもそも聖王都に一人で行かせるべきじゃなかったんだ。せめて俺が一緒に付いて行っていれば。

今更どうしようもない後悔と、不安が募る。そして、役立たずなヤコブに俺が教会の壁を殴りつけそうになった時だった。ヤコブが何かを思い出したように大声を上げた。

「あ！」

「何か思い出したのか⁉」

そう必死に詰め寄ると、ヤコブはその大きな目を瞬《またた》かせながらハッキリと言った。

「ししょう、泣いてたよ」

「は？」

「ししょうは泣いてないって言ってたけど、普通にボロボローって。いっぱい泣いてたよ」

まるで珍しい虫でも見つけたように報告してくるヤコブに対し、もうそこからの俺の記憶は曖昧だ。

「師匠が、泣いてた？」

なんだよ、ソレ。師匠が泣いたところなんて一度も見た事ねぇのに。俺が思い出す師匠は、いつだって明るい顔をしている。

じゃあ何か。師匠は一人で泣きながら此処《ここ》に戻って来て、金や剣を置いて行ったって事か。

「……師匠、どこ行ったんだよ」

それからすぐの事だった。

聖王都から、師匠の手配書と一緒に酷い噂《うわさ》が回ってくるようになったのは。手配書には凄《すさ》まじい額の懸賞金がかけられていた。生死は問わない、と、その手配書にはデカデカと書かれている。国王からの勅命による手配書が出されたのは十数年ぶりという事で、国中大騒ぎだった。

「はは。なんだよ、コレ」

罪状はこうだ。

どうやら師匠は自らを〝勇者〟だと偽り、国から多額の金を騙し取っていたらしい。そのせいで、国が未曾有《みぞう》の財政難に陥っている、と。しかも捕らえようとした本物の勇者との闘《たたか》いでは、人質に取った一般人に怪我《けが》を負わせたとも書かれていた。

でも、そのお触れの中で最も酷かったのは『共に暮らす年端もいかない子供達に性的虐待を行い、無理に従わせていた』という部分だろうか。そこには、目を覆うほど残虐非道な行いの数々が、言葉を隠すことなく書き連ねられていた。

「……へぇ、そうだったんだ？　師匠」

手配書に書かれた顔は、俺の知っている師匠そのままだった。なんだか、手配書だけでも久々に顔が見れたのが嬉しくて、俺は街にある手配書を全部剝がして自分の手元に集めた。

でも、俺がどんなに手配書をかき集めても、街中酷い噂で持ち切りだった。皆、俺の顔を見れば師匠の話しかしない。

「おい、コレ。お前らのトコの師匠じゃねぇか。やっぱヤベェ奴だったんだな。国の金を使い込むたあ、とんだ悪党だぜ」

「ねぇ、シモン。これ貴方の師匠じゃない？　貴方達が、あの人にこんな酷い事されてたなんて……可哀想《かわいそう》。私が慰めてあげる」

「シモン、貴方も騙されてたんでしょう？　最近ずっと国の兵士さんが来てるって聞いたけど、辛《つら》いなら私の家に来ない？」

「なぁ、シモン。アイツは今どこに居んだよ。一緒に城に突き出してやろうぜ。こんだけの懸賞金が貰《もら》えりゃ、一生遊んで暮らせるぜ？」

何も知らないお前らが師匠を語ってんじゃねぇよ。

短くない時間を共に過ごした筈の街の人間達ですら、掌を返したような事ばかりを言う。人間ってこんなに汚いのか。ほんと、吐き気がする。

「黙れよ、殺すぞ」

お前らは知らないだろ。

師匠は俺達の為に毎朝毎朝、わざわざパンを焼くんだ。節約の為に、固いパンしか買って来られないから、少しでも美味しくなるようにって。

ボロボロの教会も、子供達が怪我するといけないからって、ちょっとずつ修理して。夜に勝手に外に出れないようにって鍵まで手作りして。自分はずっと古いのばっかり使ってるのに、俺にはいつも新しい道具を買ってくれるんだ。

「……師匠は、何も悪くない」

何が未曾有の財政難だ。師匠が俺達に出会う前から、この国はとっくの昔に終わってたじゃないか。じゃなきゃ、どうして俺達みたいな子供で溢《あふ》れかえってる？

なぁ、虐待って何だ？

「っひぐ。じじょう、どごぉ」

「なんで、いなぐなじゃったの」

「私たちがいうこと、きかなかったから？」

虐待された子供は、師匠を想ってこんな風に泣くのか。

師匠が居なくなって、俺にバレないように隠れて泣く子供達の姿を、ただただ気付かないフリをしてやる事しか出来なかった。アイツらは、子供なりに俺には気を遣うから。

子供というのはとにかく手間のかかる、面倒な生き物だ。

『っひぐ、っうぇぇぇぇっ！　じじょう～～』

『あいあい、師匠はここに居るよ』

漏らしたり、吐いたり、そりゃあもう子供は当たり前みたいに汚れ仕事を持ってくる。ちょっとした同情心や気まぐれで面倒を見続けられるようなものではない。そんな相手に、師匠は嫌な顔一つせず「大丈夫大丈夫」と、抱き締めて背中を撫で続けていた。だからだろう。

『お――ら、もう寝るぞ――！』

『師匠、うるさーい』

『まだ眠くないしー』

子供達は、師匠に対してだけは、どこまでも「我儘《わがまま》」で「生意気」だった。

『ちぇっ、みんなシモンの言う事は素直に聞くのに、俺には口答えばっかりしてさぁ。舐《な》められてんのかなぁ』

そう、何度か愚痴を零《こぼ》された事があったが、それは違う。

親に捨てられた経験のある子供にとって、感情のまま振る舞える相手がどれほど稀有《けう》な存在か、師匠はまるで分かっていない。この人なら、何をしても自分の全てを受け止めてもらえると思えるからこその生意気。俺がそうだったから分かる。「我儘」は、子供達から信頼を得ている証《あかし》なのだ。

『みんなー、パンが焼けたぞー！』

教会の子供達にとって、師匠は間違いなく「親」だった。

俺達に師匠がしてくれた事が虐待だと言うのなら、親の居ない子供が盗みをしなきゃ生きていけないようなこの国は、そのトップは。子供達から親を取り上げ、俺から世界を奪ったアイツは。一体何だというんだ。

「——それこそ〝魔王〟だろ」

師匠は王に偏っていた財を、貧しい者達に回してくれていただけじゃないのか。

『シモン、お前がホンモノの勇者だよ』

——シモン、アンタは王様の子供なんだからね。

そう口にする時の師匠は、少しだけ母さんと似ていた。でも、母さんの時とは違い嬉しくて堪らなかった。どんな理由でもいい。師匠の生きるよすがが〝俺〟にあるのなら、俺は勇者にだって何だってなってやる。

でもさ、師匠。

「それなら、師匠は俺にとって救世主だったよ」

だって、あなたに俺の世界を救ってもらったんだから。


闘技場での公開処刑の際、罪人は体中に傷を負っている。

それらしい者を見かけたら、必ず憲兵に報告するように。

「ねぇ、師匠。傷が痛くて泣いてたの？　それとも、」

俺に会えなくなるのが悲しくて泣いた？

俺は誰も居なくなった教会の懺悔室で、師匠の書いた一言だけの手紙を何度も何度も読み返した。

《シモン、お前がホンモノの勇者だ。この世界を救ってくれ》

「分かった。師匠が言うなら……そうする」

魔王を倒したら迎えに行くから。それまで待ってて。

俺は、今度こそ世界を救ってみせる。

◇◆◇

そこから、俺の生活は酷いモンだった。

師匠に再び出会う為、俺の世界を奪った奴に復讐する為、ともかく邪魔な奴は全員殺した。それに、使えるモノはなんでも利用した。

「ヤコブ、どうだった？」

「ししょうの事、もう王様はどうでもいいみたい。また、新しい〝勇者〟に魔王を倒してもらわなきゃって言ってたよ」

「……っは、魔王ね。一体誰の事を言ってんだか」

教会の子供たちを自分の手足のように使い、師匠の居場所を探り続けたが、どうしてもその行方を摑《つか》むことは出来なかった。

「アイツ、本当に腐ってんな」

まぁ、腐っているというなら俺だって似たようなモンだ。自分だけではなく、まだ年端もいかない子供達にも同じように手を汚させているのだから。でも、手段を選んでいる余裕はなかった。

「ねぇ、シモン」

「ん？」

「ししょうの事を悪く言う奴は、みんな、やっつけていいんだよね」

幼いヤコブの茶色の瞳が、ジッと俺を見つめながら尋ねてくる。その腰には、俺が買い与えた小さなナイフがしっかりと携えられているのが見えた。

「いいよ。ただし、バレないようにな」

「ん」

師匠が居なくなって、皆あの頃のような無邪気な子供のままではいられなくなった。ヤコブの小さな頭をそっと撫でる。掌に伝わる温かさに、俺は殺していた感情が少しだけ蘇るのを感じた。

コイツらだけは、俺と同じ気持ちでいてくれる。血は繫がってないけど、師匠と過ごした記憶で繫がる大切な〝家族〟だ。

「もうすぐだ。……もうすぐ、魔王を倒せる。師匠の望みを叶《かな》えられる」

こうして、師匠が居なくなってから俺は魔王の喉笛を狙い続けた。そして、やっと〝その日〟はやってきた。それなのに――。

「お前のせいでっ！　お前みたいな奴のせいでっ、師匠はっ！」

魔王を倒した。

やっと、やっと、やっと！　師匠の望みを叶える事が出来たのに。それなのに、どうして。

「……ししょう、どこに行ったの」

師匠は、戻って来てくれないの。褒めてくれないの。抱き締めてくれないの。こんな師匠の居ない世界なんて、もう耐えられない。

そう、血まみれの玉座で膝を抱えている時だった。

「シモン」

静まり返った謁見の間で、男の声が聞こえた。その声は重く、深く、まるで闇夜を切り裂く鷹《たか》の羽音のように俺の鼓膜を静かに揺らす。

「……誰だ」

おかしい。人の気配なんて欠片もなかったのに。むしろここに来るまでの間、邪魔な奴は全員殺した筈だ。腰の剣に手をかけながら、声のする方へと全神経を集中させる。しかし、相手に殺気は微塵《みじん》も感じられない。

「お前は会いたい人が居るんだろう。そんなところで蹲《うずくま》っていても何もなせない」

「な、に？」

そこには、真っ黒いローブに身を包んだ一人の男が立っていた。そして、あろうことか俺にとんでもない事を言ってきた。

「シモン、今度はお前が王になれ」

「……は？」

海の底のような深い青色の瞳がジッと俺を捕らえる。その目に、俺は何故《なぜ》か酷く見覚えがあるような気がしてならなかった。

「お前にはその玉座に座る資格がある。お前が再び彼に会いたいと願うなら、私が必ずそれを叶えてやろう。だから――」

何を言っているのか、さっぱり分からなかった。でも、その理知的な青い瞳を見て、俺は本能的に理解した。

「お前は、あの人が楽に生きられる〝世界〟を作れ」

――ほら、シモン。見てみろよ。コイツ、水浴びさせてやると気持ち良さそうに笑うんだぜ！　可愛いなぁ。

コイツも師匠と過ごした記憶で繋がる大切な〝家族〟だ、と。

「分かった」

気付けば、俺は玉座から立ち上がっていた。そして、同時に母親に心の底から感謝した。

――アンタは王様の子供なんだからね。

母親の愚かさと、この汚い血が役に立つ日が来るなんて。お陰で、俺は師匠みたいなお人好《よ》しな奴が搾取されずに生きれる世界を作れる。

「俺は、一体何をすればいい」

「シモン……いや、シモン様。あなたが、この国を救う勇者だ」

「勘違いするな。俺が救うのは師匠だけだ」

「それでいい。それで、この国は救われる」

そうやって、俺が魔王から血まみれの玉座を簒奪《さんだつ》して一年が経過した頃。

「シモン様、お探しの方が見つかりました」

「そうか……連れて来い」


やっと、世界を取り戻す時が来た。

4

師匠が、俺の喉笛に向かって剣を掲げる。

「シモン、俺は世界を救う勇者になりたかった」

そう言って俺を見据える瞳には、なんの迷いもない。俺の大好きな師匠の目だ。

「だから、今度こそ、俺はこの世界を救ってみせる」

「え？」

師匠が居なくなってから、俺はたくさんの人を殺した。

師匠を傷つけた奴、俺の邪魔をする奴、目障りな奴、鬱陶《うっとう》しいニセモノ。アイツらは全員〝魔王〟だった。だから、全員殺した。師匠に会いたくて、師匠に褒めてもらいたくて。

「師匠、なんで。どうして俺に剣を向けるの？　俺は、師匠の言う通りに魔王を倒したのに……どうして」

なんとなく気付いていた。こんなにも汚れきった俺は、綺麗な師匠の隣には居られないって。

きっともう、師匠は二度と昔みたいに笑ってくれない。パンを焼いてはくれない。眠れない夜に抱き締めて体をさすってくれる事も、怪我して心配そうな顔を向けてくれる事も、俺にだけ体を擦り寄せて甘えてくれる事も、もう二度とないんだ。

そう、思ったのに。

「シモン、俺にはお前しか居ない」

そう言って俺に向かって膝をつく師匠を前に、俺は真っ暗だった目の前が一気に開けるのを感じた。

俺の事をチラリと見上げてくるその目は、先ほどまでとは全然違う。

「俺の救いたい世界は、シモン。お前だよ」

そう、迷いなくハッキリと告げられた言葉に、視界が揺らぐのを感じた。

「師匠……それって、師匠の中で、俺が一番って事？」

出会った頃と同じ。俺を見て嬉しそうな顔をする師匠が、そこには居た。

「一番で、唯一無二って事だよ。シモン」

――やばッ、もう見つけちまった！　ラッキー！

――シモン、俺は運が良かったよ！　こうして、お前に会えたんだからな？

師匠は、俺と出会えた事を「幸運」だと言ってくれた。

そんな事を言ってくれる人は、この世界で、後にも先にもこの人しか居ないだろう。だって、こんな魔王みたいになってしまった俺にも、師匠は変わらず無邪気な笑顔を向けてくれるのだから。

やっと、俺の世界を取り戻せた。

「あ、ぁあッ……ぅっ」

そう思った瞬間、胸の奥が熱くなって目の前が滲《にじ》んでいく。何か言わなければと焦るが、喉が詰まり上手《うま》く声が出せない。

泣くな、泣くな、泣くな。

俺はもう大人じゃないか。王様にだってなった。師匠を守れるくらい強くなった筈だ。それなのに、どうして――。

「師匠……ずっと、あいだがった。ざみじがっだ！」

「うん、うん……！」

気が付けば、張り詰めていた糸が切れたように涙が溢れ出していた。

「っぁぁぁぁん！」

幼い子供のように泣き喚く俺を、師匠は昔のように優しく抱き締めてくれた。

なんだ、コレ。俺が師匠を迎えに行った筈なのに、これではまるで俺が迎えに来てもらったみたいじゃないか。

「……あぁ、やっと俺にも世界が守れた」

耳元で聞こえてきた師匠の震える声に、息を詰まらせる。初めて聞く師匠の泣き声と、もう離すまいと力強く背中に回される腕にハッキリと理解した。

俺は、また師匠に救われたんだ、と。

◇◆◇

――シモン！　師匠が見つかったらすぐに私達にも教えてよね！

そう、みんなと約束していた。

そりゃあそうだ。だって、みんな師匠に会う為にここまで頑張《がんば》ってきたのだから。「絶対だよ！」と口々に言う彼らに、当たり前だ、任せておけとその時の俺は心の底から思っていた。

なのに、これは一体どういう事だ。

「っは、ぅ。しも、ん……待って」

「やだ、待てない」

真っ赤な顔で此方を見上げてくる師匠に、俺は容赦なく口づけた。

「ん、ふぅっ」

師匠の唇から収まりきらなかった唾液が漏れる。きつく瞑《つぶ》られた目元には、微かに涙の跡が見えた。

俺ばかりが子供のように泣き喚いてしまったと少しばかり後悔していたが、なんだ、やっぱり師匠も泣いていたんじゃないか。そう思うと、腹の底から収まりきらないほどの愛《いと》おしさが募る。

「っはぁ、っはぁ。ししょ……やっと、やっとまた会えた」

「し、もん？」

久しぶりの師匠に、俺の頭の中からはみんなの事なんて一瞬で消え去ってしまっていた。

ごめん。少しだけ待ってほしい。ちゃんと後から報告するから。だから、せめて今この時だけはこの人を独り占めしたい。俺だけの師匠で居させてほしい。

「よかった、本当に……良かっ、たぁ」

俺がベッドの上で力いっぱい師匠に抱きついていると、温かい掌の感触が俺の背中を優しく撫でた。

「シモン、ごめんな。ずっと心配かけたな。一人で、よくここまで頑張ったな」

「っぁ、ぁ……」

ずっと望んでいた言葉を耳元で囁かれ、再び視界が歪《ゆが》む。そうだ、こうやって師匠に褒めてほしくてこれまで頑張ってきたんだ。

首元に顔を埋め、懐かしい師匠の匂いを嗅ぐ。お日様と、焼き立てのパンの匂い。俺が望むのは、どんな子供も当たり前にこの温《ぬく》もりを享受できる、そんな世界だ。

「師匠、あの」

「ん？」

ただ、そんな安穏《あんのん》とした幸福を享受する片隅で、師匠の温もりが俺にもたらすのは決して生ぬるい感情だけではなかった。

「もう、待たなくていい？」

再会して早々寝室に連れ込んで、早くも反応を示す下半身には俺自身呆《あき》れる。

「っぁ、の……えっと」

俺の問いかけに、視界の端に映る師匠の耳がジワジワと赤く染まっていくのが見える。

どうしよう、もう可愛すぎる。このままじゃ「待って」と言われても止まれる自信がない。大人になっても、王様になっても、俺は師匠の前だと子供に戻ってしまう。

そんな葛藤の中でも師匠の優しい手は止まる事なく俺の背中を撫で続けている。そして――。

「お、お待たせ」

「……！」

控えめに口にされた、けれどハッキリとした肯定の言葉に自然と唾液を飲み下した。激しく募る興奮のせいで気付かなかったが、太腿には師匠の熱も俺同様に張り出して当たっている。あぁ、もうダメだ。

「わっ、ちょっ……シモンっ！」

ダメだ。焦るな。せっかくこうして再会できたんだから、出来るだけ優しくしないと。そんな理性からの緩やかな静止は、長年募らせてきた欲望の前にあっけなく崩れ去った。

「ま、待って。その、服は……その、着たままでっ」

「ヤだ」

「シモン！　あのっ、ちょっと待ってくれ！」

裸を晒すなんて今更だ。何故か酷く慌てる師匠の静止を無視し、俺は師匠が身につけている邪魔な布を剝ぎ取っていった。今、この布一枚でだって俺達の間を遮られたくない。その一心で、最後のシャツのボタンを外した。

「な、にこれ」

眼下に広がった師匠の裸体に、俺は思わず息を詰まらせた。

「……だから、待ってって言ったんだ」

「師匠、これは」

「き、汚いだろ。あの、やっぱ無理しなくていいから」

目を逸らしながら「汚い」と表現された視線の先には、おびただしい傷に覆われた師匠の体があった。

鋭い刃物で切り裂かれた長い線状の傷から、その横には何度も火に炙《あぶ》られ続けたような酷い火傷《やけど》の痕まで、傷の種類も大きさも様々だ。一体どんな攻撃を受けたらここまで酷い傷が体中につくというのだろうか。

「そ、そういえば、皆はどうしてる？　元気にしてるか？」

あまりの衝撃で動けずにいる俺に、何を勘違いしたのか師匠が慌てて俺の体を押しのけようとしてきた。

何か言わないと、と思うが俺の口から漏れるのは震える呼吸音だけ。興奮とは違った熱が体中を覆い尽くす。この止められない激情は何だ。そう思った瞬間、脳裏に浮かんだのは玉座に腰かける〝魔王〟の姿だった。

「……殺す」

やっとの事で紡ぎ出せた言葉は、その一言に尽きた。

「殺す……殺してやる」

「シ、シモン？　おい、どうした」

前王を前にした時の怒りと殺意が、ここにきて再び激しく募る。

あれだけ国中に手配書が出回っていたのだ。師匠がこれまでどんな生活を送ってきたか、考えなかったワケではない。でも、まさかここまでなんて。

「俺の師匠に……絶対に殺す。アイツっ、なぶり殺してやるっ」

「ちょっ、落ち着け！　全部傷は治ってるし、それに殺すって言ったって。もう王様はお前が――」

殺しただろうが！　と口にしようとした師匠の瞳が、大きく見開かれた。同時に、俺の視界が再び激しく歪む。

「シモン。お前、また泣いてるのか？」

「……泣いて、ない」

嘘だ。泣いてる。師匠と離ればなれになってからは、一度だって泣いた事なんてなかったのに。再会してから泣いてばかりだ。やっと大人になれたと思ったのに。王様にだってなったのに。昔に比べてなんでも出来るようになった筈なのに。

でも仕方ないだろう。悔しくて歯がゆくてもどかしくて、どうしても堪《こら》えきれない。俺が力のないガキだったせいで、大切な人を守り切れなかった。

「シモン、これはお前のせいじゃない」

「でもっ！」

更に言い募ろうとする俺に、師匠はゆっくりとその体を起こした。

「なぁ、よく見ろよ。シモン」

それまで自分の体を「汚い」と恥じ、俺から目を逸らしていた師匠が真《ま》っ直《す》ぐ此方を見ていた。そうだ、俺は昔からこの目が好きだった。

「これは、俺の選択の結果だ」

「……ぁ」

「だから、あんまり誇れた見た目じゃないけど……俺は後悔してない。それに、俺はちゃんと生きてる」

凛《りん》とした声が、静かな寝室に響く。

これだからこの人には敵《かな》わないのだ。どんな状況にあっても、自分の選択に後悔を残さない。この人は、紛れもなく俺の〝師匠〟だ。

「……師匠、コレ痛い？」

「痛くないよ。もう、全然平気だ」

その体には、俺の知らない師匠の〝これまで〟が広がっていた。

世界に弾かれ、それでも生きる事を諦めなかった師匠の二年間。この傷は、俺達を——俺を、守る為に負った傷だ。そう思うと、殺意も怒りも消えはしないが、全部愛おしく見えた。

「っはぁ、もう。どうしよう」

「シモン？　……んっ」

師匠の体にある傷の一つをソッと指でなぞる。おずおずと俺の名を呼ぶ師匠に、教会で並んで眠る度に、その寝顔に囁き続けた言葉を口にしていた。

「綺麗だ」

「は？　いや、お前……何を」

そんなワケないとばかりに目を見開く師匠に、俺は身体につく傷を撫で続ける。この傷も、こっちの傷も、全部そう。俺だけじゃない。師匠も、この二年間ずっと一人で戦ってきたんだ。ずっと一緒だった。

「迎えに行くのが遅くなってごめん。ずっと、一人で頑張ったね」

再び師匠の瞳が見開かれる。そして、その顔を隠すように。いや、まるで俺に甘えるように、師匠は顔を俺の胸に押し付けてきた。

「嘘じゃない。本当にずっと師匠は綺麗だよ」

「〜〜〜っうぅ」

押し付けられた服が、ジワリと何かで濡れる感触が広がる。その感触に、俺の手は自然と師匠の頭へと向かっていた。少し固い髪が、俺の指の間をくすぐる。

あぁ、そうだった。忘れてた。甘えさせてもらうより、甘えてもらう方がずっと気持ちが良いんだった。

◇◆◇

師匠の好きな匂いって、どんなのだろう。

部屋に充満する石鹸《せっけん》の香りに、俺は深く息を吸い込んだ。

——シモン、お前。くさいよ。

俺は一度、匂いで失敗している。だからというワケではないが、王位に就いた頃気まぐれに香油を取り寄せる事があった。

そして、その中の一つが妙に気に入った。まるで早朝を思わせる瑞々《みずみず》しいその香りは、何故か無性に師匠を思い出させた。だから、よく寂しさを紛らわせるのに使っていたのだが——。

「師匠、これどう？　好き？」

それがまさか、こんな風に役立つ時が来るなんて思わなかった。

「つぁ、ぅ……シモ。あ、あの、ちょっと」

「ん？　師匠はこの匂い好きじゃない？」

「ぁ、いや。そうじゃ、なくて……っひ！」

ベッドに横たわり控えめに足を開く師匠に、俺はゆっくりと後ろの穴に指を食い込ませていく。ナカに入りきらなかった香油がトロリと太腿に伝う様子は、爽やかな匂いに反して酷くいやらしかった。

「つはぁ、っはぁぅ。しもん、しも……んっ」

俺の名前を呼びながらキュッと指を締め付けてくる師匠の姿に、触れてもいない自身が痛いほど反応しているのが分かる。少しでも気を抜くと、湧き上がってくる情動に呑《の》まれてしまいそうだ。

「……っは。これ、師匠の好きな匂いじゃなかった？」

わざと気付かないフリをしながら問いかけると、師匠は腕で自身の目元を隠しながら必死に首を振った。

「っぁ、っん、ンぅ……わかん、ないっ！」

どうやら目を合わせるのが恥ずかしいらしい。顔は見えなくなってしまったが、お陰で冷静に、師匠の横たわる体をじっくりと観察できる。

「……っは、イイな。コレ」

視界に広がる惜しげもなく晒された痴態に、思わず声が漏れた。

はだけたシャツの隙間から覗く傷痕は、羞恥心により高められた熱のせいで、先ほどよりもハッキリと浮き上がって見える。それなのに、指を挿入した穴の付近、特に太腿の内側なんかは、傷もなく色も白い。昔よりも筋肉が落ちたのか、触り心地も柔らかく気持ちが良かった。

「し、シモン」

「ん？」

「そんな……あ、あんまり見んなよ」

すると、それまで腕で目元を隠していた師匠が、その隙間からジッと此方を見てきた。師匠の体を観察するのに夢中で、いつの間にか手が止まっていたようだ。

「あぁ、ごめん。手、止まってた。これじゃ辛いよね」

「ち、ち、違うっ！　そういうワケじゃなくてっ。あの、体をあんまり見ないでほしいってだけで……あッ、ひぅぅ〜〜」

止まっていた指を激しく抜き差しして、柔らかい粘膜を抉るように擦る。その瞬間、それまでダラリと開かれていた師匠の足が、指の動きに合わせてピンと爪先まで伸びた。

「んっ、っひぁ……ま、まって！　だめっ、ナカっ……あっ、あっ！」

師匠の淫らな声が、俺の鼓膜を甘く揺らす。

あぁ、これだ。師匠が俺にだけ聞かせてくれる、この上擦った声。この声を聞くと、俺は何も考えられなくなる。それこそ、深酒でもした後のように。

挿入した穴からは、くちゅくちゅと粘膜が健気《けなげ》に指に絡み付く音まで聞こえてくる。

「っはぁ、師匠……かわいい。かわいっ」

思わず自分の声かと疑いたくなるほど、甘ったるい声が吐息と共に漏れる。この人のナカに猛《たけ》る自身を突き立てる夢想を、これまで何度してきたことか。

「つぁ、〜〜うぅっ！　それ、ヤめ……やめろっ」

「……どうして？　気持ち良くない？」

わざと不安な様子を装いながら問いかけると、師匠は慌てて首を横に振る。こういう反応の一つ一つが、可愛くて愛おしくて堪らないのだと、改めて思い知る。

「き、もちぃけど、その……ただ」

「ただ？」

「……はず、かしい」

羞恥心のせいで震えを纏う声が鼓膜を揺らす。同時に、どれほど解《ほぐ》しても痛いほど指を締め付けてくる後ろの穴に、俺は思わず笑っていた。

「っはは」

「……し、しもん？」

ここにきて、少なからず胸の奥にくすぶっていた不安が消えた。突然笑い出した俺に、師匠は目を瞬かせながら此方を見上げてくる。

あぁ、良かった。師匠の体はあの頃からずっと変わらず、俺しか知らないみたいだ。

「やっぱり、師匠は最高だ」

「っへ……あぁッ、っふ、っぁぁん！」

俺は一気に、後ろの穴に挿れていた指の数を増やすと、そこからは激しく抜き差しを繰り返した。

淫らでいやらしい音を響かせながら、これまでは避けていたナカの一点を容赦なく指の腹で潰す。

「〜〜っひ！　っぁぅ！　しょこっ、らめぇっ！」

「ダメ？　気持ちよくない？」

「あッ、あッ！　き、もちぃぃっ」

師匠がベッドの上で激しく跳ねる。いつの間にか、ピンと勃《た》ち上がった師匠のペニスからはダラダラと先走りが流れ、それが香油の香りと交じって堪らなくいやらしい匂いを部屋に充満させていた。

「っはぁ、っは……ねぇ、師匠、俺の指がそんなに気持ち良い？」

「ん、んっ。ひも、ちぃっ。シモンの手、すきっ」

コクコクと必死に頷く師匠の姿が可愛くて、俺はそのまま師匠の体に纏う傷を舌で舐めた。

「っひ、っぁ。〜〜っあぅぅ！」

どうやら、傷痕は他の部分よりも敏感らしい。下から上、上から下へと傷を舐める度にビクビクとせわしなくナカが収縮する。今や恥かしさを覚える余裕もないようで、勃起したペニスを擦り付けるように体を密着させてくる。

「シモン、しもん……っふ、んぅ、ひもちぃ」

「師匠……はぁっ、っく」

久々に触れる師匠の肌に、体の熱が一際高まる。ずっと我慢してきたが、もうそろそろ限界だ。下半身が痛いほど張り詰めて苦しい。俺はずっとずっとこの時を待っていた。師匠が俺の成長を待ってくれていたように、俺も師匠の気持ちが育ちきるまで——と。

でも、もういいだろうか。師匠も俺と同じ気持ちだと思っても構わないだろうか。

「し、師匠？　あの、もう……」

挿れるよ。そう、口にしようとした時だった。

「ん、ン……はぁ、ぅ」

ピタリと体を密着させていた師匠が、いつの間にか俺の首筋へと顔を寄せていた。そのせいで師匠の乱れた呼吸が肌に吹きかかる。くすぐったい感覚に身を捩《よじ》ると、そこには焦点の定まらない目でジッと此方を見上げる、師匠の姿があった。

「師匠？」

「しもん、おれな……」

師匠の瞳の色の中に、ずっと忌み嫌っていた金色が映り込む。そして、直接問いかけたワケでもないのに、師匠は俺がずっと気にしていた疑問への答えをくれた。

「昔から、お前の匂いが……一番、好きだよ」

「っ」

もしかして、思っているよりもずっと前から、師匠は俺と同じ気持ちだったんじゃないだろうか。期待と興奮で呼吸すらままならなくなる中、俺の顔は師匠の傷だらけの手によって優しく挟み込まれていた。

「はぁっ、可愛いなぁ」

感じ入ったように紡がれた声が、しっとりと耳の奥に染み渡る。愛おしそうに目を細める姿がジッと俺だけを見つめ、優しく俺の頬を撫でた。

「ぁ、う……かわ、いい？　俺が？」

「ん、可愛い。世界一可愛い」

なんだこれは。死ぬほど顔が熱い。こんなの生まれて初めてだ。師匠に出会ってから、ずっと満たされていると思っていたのに。ここに来てもなお、師匠は俺すら気付いていなかった心の穴を塞いでくれる。

「っはぁ……っはぁ、ぁ」

息が苦しい。顔が熱くて脳みそが蕩《とろ》けそうだ。その間も、師匠の目は俺だけを見つめ愛おしそうに微笑《ほほえ》んでいる。指を挿入していた穴は、まるであやすようにヒクヒクと絡み付く。その拍子に、ナカから漏れ出した香油が俺の指を伝った。これは俺の汗だろうか。いや、もうそんなのはどうでもいい。

「っくそ！」

「はぁ……ンっ」

浅い呼吸の後、ずっと師匠の穴を塞いでいた指を勢いよく引き抜いた。その瞬間、甘い声を漏らす師匠の腰を容赦なく押さえ付けると、まだ閉じきらない穴に自身の猛りを押し付けていた。

「っはぁ……もう、挿れるよ」

「う、っぁ」

細められていた師匠の瞳が大きく見開かれる。その目が、妙に艶めいて期待しているように見えたのは、俺の願望が見せた幻覚か。沸騰するような熱をその身に宿しながら、俺は自分ではもうどうしようもないほどに猛った熱をそのまま師匠のナカへと突き立てた。

「っひ、っぁぁぁ！」

甘い悲鳴のような嬌声《きょうせい》が、空気を淫らに震わせ耳から俺の興奮を煽《あお》る。

ずっと望んでいた温もりは、火傷しそうなほど熱いうねりだった。狭い。指でもキツかったのだから当たり前だろう。でも、決して拒絶されているワケではない。

「っく、っはぁぁ……イイっ！」

柔らかな肉の壁が、情動のまま激しくうねるペニスに絡み付き、隙間なくピタリと包み込まれる。まるで、甘やかされているようで堪らない。

「ぁん、っひ！　しもっ、しもんっ！　っぁ、んっ……しゅきっ、かわいいっ」

「っは、どっちが！」

師匠の嬌声と共に放たれる甘えた声が、しきりに俺の名前を呼ぶ。健気なほど必死に体に抱きついてくる師匠の姿に、俺の腰の動きは自然と速まる。

「しょ、こ！　もっ、ヤメて……っひ！」

「っなんで？　ここ擦ると、師匠、凄い気持ち良さそうなのに」

「〜んっ！」

甘く震える師匠の体に、俺は調子に乗って更に腰を奥へと進める。組み敷《し》いた師匠の体は、二年前より小さくなった気がして、より愛しさが増した。

「そっ、それ以上されたらっ、おかしくなる」

「……じゃあ、もっとおかしくなってよ」

興奮で意識が持っていかれそうだ。はくはくと息をする師匠の口から覗く舌が堪らなくいやらしくて、俺はそれに誘われるように唇を重ねた。

「んっぅ、っふぅぅ」

激しく交じり合いながら、息をするのを忘れて口内を犯す。上も下も分からないほどに粘膜が蕩け合い、お互いの体の境目が曖昧になるのを感じる。俺はもっと深いところで溶け合ってしまいたくて、師匠の片足を持ち上げ、角度を変えてナカを抉った。

「〜〜〜んぅぅぅっ！」

その瞬間、師匠の目が見開かれ、同時にピリッとした痛みが背中を走る。どうやら、師匠の爪が俺の背中を引っ掻《か》いたらしい。

「っは、最高……！」

師匠から絶え間なく与え続けられるヒリつく痛みに、俺は更に激しくナカを穿《うが》ち続けた。師匠から与えられる傷なら、もっと欲しい。一生消えないくらいの深いやつ。

師匠の嬌声を煽るように、真っ赤に染まる耳に舌を這わせ「綺麗だ」「可愛い」と直接言葉を注ぎ込む。その瞬間、師匠の顔がクシャリと歪んだ。

「お、俺はっ……きれ、じゃないっ！　可愛くないっ！」

体中を真っ赤にしながら、恥じらうように首を横に振る姿が堪らない。否定する口とは反対に俺のペニスを包む肉壁が淫らに絡み付いてきた。

「っは、っぅ」

何度目とも知れぬ絶頂へと駆け上る感覚が、体中を覆い尽くす。

「おれは、お前と違って、きれい……なんかじゃない。だって、おれは……俺はっ」

「師匠？」

ここに来てもなお、師匠は自分を否定する。俺は本当の事しか言ってないのに。師匠は、いつもそうだった。

——ねぇ、師匠。俺がホンモノって事は、ニセモノも居たりすんの？

そう、何気なく尋ねた時の、あの傷ついた横顔が頭から離れない。

師匠は、ずっとずっと「自分なんかニセモノだから」って自分を卑下し続けている。それは、体の外には現れない、アイツの身勝手な行為でついた心の傷だ。それだけは、どうしても放っておけない。

「っじゃ、あ」

師匠に否定させないような言葉を告げればいい。でも、なんて言えばいい。何を言えば、俺は師匠を救えるだろう。

師匠の体に浮かぶ傷の一つ一つを慰めるように舌を這わせながら、深く息を吐いた。

「……大好き」

「え？」

本当は格好良く「愛してる」って言おうと思っていたのに、口から出てきたのは、なんだか子供っぽい言葉だった。でも、どうしてだろう。「大好き」の方がしっくりきてしまった。だって、ずっとそうだった。師匠は俺の世界でたった一つの。

「……おれの、大切な宝物」

「っ！」

吐き出すように告げた言葉と共に、俺はピタリと師匠の体に抱き着いた。

この人だけは、誰にも渡したくない。俺だけのモノでいてほしい。この人は俺の光だ。

――俺にはお前だけだよ、シモン。

あの言葉だけが、俺の生きるよすがだった。この感情だけは、いくら師匠にだって否定させない。だって、これは俺だけが取り出せる、他の誰でもない俺の心なのだから。

「シモン……」

師匠の声がハッキリと俺の名前を呼ぶ。頬には優しい師匠の手の感触。

「お前も、俺の……宝物だよ」

「うん」

本物とか偽者とか。そんなのは、宝物の前には何も意味がない。だって、ソレはこの世にたった一つしかない。それこそ、唯一無二だ。

「可愛い、俺だけのシモン」

そう、どちらからともつかぬまま始まった深い口づけの中。俺は唯一の宝物を腕に抱きながら、そのナカで激しく果てた。

◇◆◇

「ししょう」

あぁ、なんて幸せなんだろう。

お互いがお互いにとって唯一無二だなんて、これ以上に幸福な事ってあるだろうか。柔らかい毛布の中で、俺は片時も離したくないとばかりに、師匠を抱き締めた。

「師匠」

「ん、っんぅ」

腕の中で、微かに師匠が身じろぐ。こうしていると、教会で向かい合って寝ていた夜を思い出す。

そうだ。こうやって寝ている時に、師匠を呼ぶと決まって師匠は「シモン」と俺の名前を呼んでくれていた。

「ねぇ、師匠。……ししょう?」

「……ぅん」

期待するように、何度も師匠を呼ぶ。どうしよう、名前なんて呼ばれたら、せっかく収まった熱が再燃しかねない。でも、それも良いかもしれない。だって、久しぶりだし。甘えていいって師匠も言ってくれていたし。

「師匠には、俺だけだもんね」

「ん」

微かに微笑みを浮かべながら、返事をするように頷く師匠に俺が腕の力を込めた時だった。

「……ゆぅ、だい」

「は？」

聞き慣れない名前が師匠の口から漏れた。

「え？　なに……ユダ、イ？　誰？」

しかも、なんとなく分かる。ソレは明らかに男の名前だ。

「っふふ……ゆうだい」

微笑みながら、これでもかというほど優しい顔で俺以外の名前を呼ぶ師匠に、先ほどまでとは違う熱がムクムクと滾っていく。

「へぇ、ユウダイか。ユウダイねぇ」

何度か、それを口の中で転がして本能的に思う。この名前は、何故かともかく気に食わない。

「……あぁ、これは少し話す必要がありそうだ。ねぇ、師匠」

俺は、幾度となく漏れ聞こえる師匠の嬉しそうな「ユウダイ」という寝言に、幸福とは激しい炎のような感情だと知ったのだった。

この世界を統べる事が出来るのは、
レベル100の勇者とレベル100の魔王しか居ない！

おまけお喋り：この世界を統べる事が出来るのは、レベル100の勇者とレベル100の魔王しか居ない！

王宮：シモンの部屋

キトリス「なぁ、シモン。大切な話があるんだ。ちょっといいか？」
シモン「何、どうしたの？」
キトリス「話したいのは……その、魔王の事だ」
シモン「魔王？」
キトリス「そうだ。この世界の魔王は俺達人間に干渉してこないようだけど、このまま何もせず放っておくのもどうかと思うんだ」
シモン「師匠、何言ってるの。魔王なら俺が倒したでしょう？」

シモンの言葉に、キトリスはハッとしたよ！

キトリス（そういや、シモンって前国王の事を未だに〝魔王〟だと思ってんだよな……ここはちゃんと訂正しとくか）
シモン「師匠、どうかしたの？」
キトリス「あの、驚かないで聞いてくれ。シモン、お前が倒したのは魔王じゃない。実はただの人間の王様なんだ（なんだ、このセリフ）」

シモン「いやいや。師匠何を言ってるの。アイツが魔王だよ。だって、私利私欲の為に人々を苦しめ、嘘《うそ》で世界を支配する〝悪い奴《やつ》〟でしょう？　まさにアイツじゃん」
キトリス「あー、確かにそうなんだが……じゃあ言い方を変えよう。この世界に、魔王はもう一人居るんだ」
シモン「もう一人？　それってどんな奴？　ソイツも私利私欲の為《ため》に人々を苦しめ、嘘で世界を支配する〝悪い奴〟なの？」
キトリス「えーっと、それは……」

シモンの言葉にキトリスは考え込んだよ！

キトリス（うーん、魔王は別に人間を襲ってるワケじゃないし。瘴気なんてモノも国王の作り話だったワケだし。俺の事だって簡単に倒せただろうけど、追ってくる事もなく逃がしてくれたし。それに、なにより——）

キトリスは魔王城に乗り込んだ時の事を思い出したよ！

——過去回想——
キトリス『現れたな、魔王！　お前を倒して、この世界に平和を取り戻してやる！』
魔王？『あ？　なんだ、お前？』

名前：??　Ｌｖ：100
クラス：魔王

キトリス『はい、ムリ――――！』
剣士キトリスは逃げ出した！
――回想終了――

キトリス「あの時はレベルにばっか目が行ってたけど、確か、あの魔王……」
シモン「師匠？」
シモンは心配そうにキトリスを覗き込んだ！　そんなシモンをキトリスはジッと見つめ返したよ！
キトリス「……似てる」
シモン「え、何？」
キトリス「お前、魔王にそっくりだ。そうだよ、最初にシモンを見た時にピンとキたのも、どことなく魔王に似てたからだったんだ！」
キトリスはシモンの顔を見てなんだか凄《すご》くスッキリした気分になったよ！
シモン「俺が、魔王に似てる？」
キトリス「ああ、めちゃくちゃ似てる！（なにせ、魔王も金髪だったし、それに顔も相当なイケメンだったからな！）」

シモン「……それって、俺が私利私欲の為に人々を苦しめ、嘘で世界を支配するヤツだってこと？」

シモンはキトリスの言葉にしょんぼりした！

キトリス「あっ、あっ。違う違う。俺が言いたいのは、そういう比喩的な意味じゃなくて。その、ガチで顔が似てるって意味で……」

シモン「まぁ、そうだよね。俺なんて師匠に比べたら汚い人間だし。魔王って言われても仕方ないよ」

シモンはより一層しょんぼりと俯《うつむ》いた！

キトリス「あぁ、ごめんって！　魔王に似てるなんて言われたら、そりゃあ嫌な気持ちになるよな。ごめんな？」

シモン「……うん、俺は師匠と違って穢《けが》れた血だし。滅ぼされた方がいいのかもしれない」

キトリス「え、急にどうした――!?　ちょっ、ごめんって！　なんでもするからその切なそうな顔やめてぇ!?」

シモン「今、なんでもするって言った？」

キトリス「な、なんだこの切り替えの早さ」

シモン「ねぇ、なんでもするって言った？」

キトリス「あ、えっと……ハイ、なんでもします（圧が凄い）」

シモン「じゃあ、今晩は俺の部屋で一緒に寝て」

キトリス「えぇぇ。俺、今日はヤコブの部屋で寝る約束してて。それにお前とは昨日の夜一緒に……」

キトリスは何かを思い出して赤面した！　ゆうべはおたのしみでしたね！

シモン「俺、やっぱり魔王なんだ……」

キトリス「あー――、もう。分かった分かった。一緒に寝ますっ！　これでいいだろ？（ヤコブには明日にしてもらうか）」

シモン「うん、師匠のおかげで明日からも道を踏み外さずに〝王様〟をやれそうだよ」

キトリス「あいあい。なら良かったよ」

シモン「で、魔王がどうしたって？」

キトリス「やっぱりいいや。魔王だからって悪いヤツとは限らないし。それに……」

シモン「それに？」

キトリス「なんかあったらさ、シモン。犬でも連れて一緒に魔王を倒しに行こうぜ」

シモン「犬？　なんで急に犬？」

キトリス「えっと……どうやら魔王の弱点みたいなんだ」

名前：??　　　　Lv：100
クラス：魔王　　弱点：犬

キトリス（なぜか魔王だけは、ステータスに【弱点】が見えたんだよなぁ。なんだったんだろ、アレ）

シモン「犬が苦手な魔王……それは、本当に魔王なの？」

キトリス「わ、分からん」

さて、シモンに似ている魔王って、一体どんなヤツなんだろうね！
全ての答えは、物語の原点【初代様には仲間が居ない！】にあり！

あとがき

皆様、こんにちは。はいじと申します。
【この世界には、レベル30の俺と……（はい、長いので割愛します！）】読了頂きありがとうございます。

このお話は、「シモン」という才能溢《あふ》れる男の子と、その成長を見守る「キトリス」という師匠の数年間を描《えが》いたお話です。もうこれ以上レベルアップの見込めない主人公が、才能溢れる幼い勇者の師匠となる……と、この設定は書きながらじんわりと身につまされました。

新しい才能が次々と現れて、今までの常識をあっさり覆していく。その隣にいると、昔ほど勢いのなくなった自分がなんだかとても小さく感じる。まあ、こんなことは現実でもよくある話なんですよね。

でも、最終的にキトリスはシモンをきっちり救済しましたし、自分のレベルキャップ（限界）も外す事に成功しました。そんな彼の姿に「自分なんか」と、溜息を吐いている「この世界の誰か」を元気付けられるお話になっていたらいいなと思います。

と、真面目な事を書きましたが、このお話はあくまで「ボーイズラブ」を描いた作品。なので、私のライフワークでもある「執着攻め」を柱に、シモンの少年時代には、これまた大好きな「ツンデレ年下攻め」要素もばっちり挿入できました。お陰で、書いていてとても楽しかったです。

さて、最後になりましたが、この本が出来上がるまで何から何まで優しくお世話をしてくださった担当さん。前作に引き続き、キャラクター達に鮮《あざ》やかなビジュアルを与えてくださった高山《たかやま》しのぶ先生。その他、こうして本が出来上がるまで一緒に駆け抜けてくださった関係者の方々。

そして、絶対に忘れてはいけない！　この作品を手にとり、ここまで読んでくださった皆様。本当にありがとうございます。これからも、私自身少しでもレベルアップできるように頑張っていきたいと思います！

それでは、またどこかでお会いできたら幸いです。

【初出】

この世界にはレベル30の俺と、レベル５以下のその他。そして、レベル100の魔王しか居ない！
（小説投稿サイト「ムーンライトノベルズ」にて発表の作品に加筆、修正を加えたものです。）

この世界には、師匠しか居ない！
（小説投稿サイト「ムーンライトノベルズ」にて発表の作品に加筆、修正を加えたものです。）

この世界を統べる事が出来るのは、レベル100の勇者とレベル100の魔王しか居ない！
（書き下ろし）

この世界にはレベル30の俺と、レベル5以下のその他。そして、レベル100の魔王しか居ない！

2024年11月30日 第1刷発行

著者 はいじ
イラスト 高山《たかやま》しのぶ
発行人 石原正康
発行元 株式会社 幻冬舎コミックス
〒151-0051 東京都渋谷区千駄ヶ谷4-9-7
電話03（5411）6431（編集）
発売元 株式会社 幻冬舎
〒151-0051 東京都渋谷区千駄ヶ谷4-9-7
電話03（5411）6222（営業）
振替 00120-8-767643
デザイン ウチカワデザイン
印刷・製本所 株式会社 光邦

検印廃止

幻冬舎コミックスホームページ https://www.gentosha-comics.net